U0880159

贝页

ENRICH YOUR LIFE

旅德故事

IN DEUTSCHLAND

王安忆 著

文匯出版社

目录

旅德散记

1987

又旅德国

1988&1992

旅德散记

当我急不可待地终于写完了这些，我如释重负，忽然地觉着一身轻松。这一段孤独的没有旁证的经历终于从我身上卸下来了，交给那些认识我的、知道我的，也为我认识、为我知道的人们，我感到十分的快乐而且安慰。

海德堡

万民啊！拥抱在一起！

和全世界的人接吻，

弟兄们——在上界的天庭，

一定有天父住在那里。

——摘自贝多芬第九交响曲

席勒所作《欢乐颂》

似乎，所有的在这之前或在这之后的故事，都是从海德堡开始的。

那是到了西德一个月之后，代表团已经回国，而我留在了德国。送走了代表团，走出法兰克福机场，坐上黄先生的汽车，汽车行驶在漆黑的夜晚里的高速公路上，心里竟会生起一股茫茫的凄凉的感觉。代表团回国，就好比突然地撤离了一道温暖的围篱，这围篱是由我所谙熟谙透的人情与人事交织而成，也许其中有多少不快与不便，却是绝对安全。我们走在异国的旅途上，唱着中国的歌，窗外的风景如拉洋片一样美妙地拉过，我们便想：这就是德国。这时候，我缩在汽车的后座里，耳朵灌满了汽车在公路上不限时速的疾驶的声响，那是一种喧闹而又寂寞的声响。我的心情就好像是，我第一天到了德国。那过去的一月的旅行，没有给我留下任何经验，却已经使我疲劳而想家，兴致是到了极低点。我就像是仅为了不辜负黄先生的好心邀请，才留下的。

黄先生实在是一个很倒霉的先生，自他开始出版中国女作家丛书，赔了本不说，第一位邀请的女作家招呼不打一个拔腿跑了，而第二个的我，则是不领人情且难伺候。他将我从机场领出来的时候，那神情好比是携了一件易碎品，一不小心就要碰个粉碎的，那一刻里他一定是后悔极了。汽车到波恩已是深夜十二点，他生怕我在波恩无聊，连夜安排了我第二日的旅行，随一位名叫袁小平的女学生回家，她家在一个美丽的城市，叫做维思巴登。第二日，我穿了一条牛仔裤，背了一个简单的行囊，拿着一份黄先生送我的搜寻已久的联邦地图，上了火车。火车沿了莱茵河行驶，那是一条罗曼蒂克的路线，可我的兴致依然很低，想家，还想与代表团一起的快活的日子。这一种想念像一桩缓解不了的心事，始终、永远地梗在了我的心里。在我以后的旅行中，我一直怀了这一桩心事，因此，我再不可能彻底地快乐起来，而以后的旅行，意义也全不在于“快乐”这两个字了。

到维思巴登的第三日，袁小平带了我去海德堡，为了一场露天广场举行的贝多芬音乐会。

我好比是第一次到海德堡似的第二次到了海德堡。第一次到海德堡，是我们从斯图加特往波恩附近一个名叫“磨房”的地方所路经的。是一个雨天，我们冒着雨去了王宫，后来雨停了，我们不冒雨地逛了老城。随了我们的司机和朋友米歇尔斯，吃了一顿极古怪的墨西哥午饭，在商场买了一些文具，穿过几条小街，在大学广场前的咖啡店吃了冰淇淋，听讲了海德堡大学的学生监狱，听讲了海德堡由于一个法国军官的布尔乔亚情调，而在二次大战中免遭炮击的可爱的故事。然后我们就上了汽车，向“磨房”进发。汽车驶进了海德堡，我便愚蠢又可怜地开始寻找我们前一次的足迹，好像要以那些匆匆的足迹安慰自己孤寂的旅途。

汽车驶上了石块拼成的街道，穿过几条大街和小街，最后停在一爿小小的珠宝店门口。街上静静的，停了几辆汽车，有一个男人让出他的车位给我们停车，店铺关着门，这是一个星期六的中午，天气很好，太阳照着石块相拼的街面，暖烘烘的。袁小平和我站在了珠宝店的门前，小小的橱窗里放了不知为什么有些陈旧而黯淡的首饰。她按了铃。

袁小平是一个出生在德国的中国女孩，在波恩大学读中文。我问她，为什么要读中文，不是读了中文很不好找工作？她回答我说："我是一个中国人，却不会说中国话，我觉得很奇怪。"就是这么简单，她在海德堡大学读了一二年级，然后，也就是不久前转到了波恩大学中文系，海德堡有她许多同学。门"吱"一声响，我们推进门去，走过珠宝店的侧廊，上了楼梯。木板楼梯在我们脚下吱吱嘎嘎地叫，有两个德国男孩站在三楼的转角处迎接我们。一个是淡黄头发淡蓝眼睛的，另一个则是黑头发黑眼睛。这是一套小小的公寓，这两位学生合租的。一共有两间卧房，一个厨房兼餐室，一个淋浴房，厕所则在外面楼梯转角处，这一层楼面合用。厕所的窗户是朝北的，望出去是一片屋脊，屋脊上竖着电视天线，似乎马上要飞起一群鸽子，不由想起了上海的后窗，难免又要惆怅一时。

他们三人手忙脚乱地做饭，那黑眼睛的男孩十分殷勤地说，他早已做了准备，腌了蒜汁，将那蒜汁端给小平闻，小平闻过了又给我闻，我几乎呛了起来，好像有几百斤大蒜浓缩在了这只瓶里，而他们连连地赞叹道：很香。午饭是吃意大利面条，一大锅白煮捞干的面条，一盆番茄沙司，还有一块肥皂一样的起司，用一个多眼刨铿下粉来撒进面条，另外还有一大玻璃缸生菜。那黑眼睛黑头发的男孩是德国南方人，此时此刻，我并不懂得南方与北方的含义，只注意到他学的是艺术，就向他询问德国的当代的著名音乐家。那淡黄头发的男孩要略长几岁，淡黄的头发整齐地向后梳理，显得斯文而持重，他学的是医学，于是便谈针灸，还有艾滋病。饭后，又喝了很浓的土耳其咖啡，便送了我们出来。顺路去对面街角的一个书店看了看，这时已是下午两点以后，书店关了门，只能从橱窗里看见一些关于中国的书籍。恰巧其中有一本小说集，其中有我的一篇，我告诉了他们。他们回过头重又仔细地看了我一番，似乎要重新评价我似的。然后，我们说过晚上音乐会见面，便上了车，去大学了，有一批同学在大学里等我们。这一天晚上，在内卡河的对岸，与王宫遥遥相对的树林茂密的山上——在四十年前，希特勒为他统治全世界作宣言而建起的万人露天集会场上，有一个音乐会，演奏贝多芬的第九。袁小平请她的同学们买了票，我们将去那山上听音乐。

汽车停在学校的停车场，走出停车场，便有两个男孩朝我们跑了过来。一个男孩是学英语的，他脸上始终含着谦逊而温柔的微笑，他用很温和很谦逊的语调说英语，使你不得不听懂了，如实在听不懂便十分地抱歉，觉得自己是很没有道理的。另一个高高大大的已有了绅士风度的男孩是学中文的，因此便有了一个中国名字，叫史耐德，他们都是我另一个故事里的人物了。当我听说了他的名字后，便说，好像有一个影星也是叫这个名字，他彬彬有礼地用清晰准确的中文说："是的。可是她是女的，而我是男的。"这时候，我看见了我们上次吃冰淇淋的小店，那小店就在我们站的地方的对面，很近很近。见我望那里，学英语的男孩便很温柔地问我，想不想吃冰淇淋。我惭愧地连声说不想，他却一径微笑着。然后史耐德告诉我："音乐会是七点，但是五点半就要出发，因为要爬山。现在是三点，还有一个多小时。我们可以喝咖啡，谈话，也可以玩。"我说我想去看一看闻名已久的学生监狱。于是我们走过了几条碎石拼成的小街。那都是一些狭狭的长长的小街，两边是高高的墙，墙的高处有一盏古老的路灯，那路灯使人想起一些酱黄色的温暖又凄楚的图画。脚步踩在石子路面上，会激起清脆的回音。

一百年前的学生监狱，紧闭着森严的大门，我们以为过了参观的时间，却不甘心地去推那门。门无声地开了，涌出杂沓的喧声，狭狭的木楼梯吱吱扭扭地叫着。我们上了楼梯，一扇房门里，却幽灵似的闪出一个男人，要我们买票。墙上，天花板上，楼道上，涂满了乱七八糟的图画和文字，那阴森的房屋因了这些胡涂乱抹顿时活泼起来。那一百年长久的新鲜的活力在这阴森的老屋里流动。犯了校规的囚犯们在墙上画着他们的自画像，黑色的剪影，戴着昔日的学生制帽。参观者们高声地读着墙上的字句，然后朗朗地笑。那囚室里的黑色的铁架床是多么的冰凉啊！那冰凉的房屋全因了这铺天盖地的热烈的胡涂乱抹而暖和起来。史耐德为我翻译了两首诗，第一首是一首爱情诗，写一个囚禁的寂寞的夜晚，想念他的亲爱的姑娘，另一首则和文学有着关联，全文如下：

诗人们写作的对象是人，
可是人是多么不值得写，
如果诗人到了这里，
保险他什么也写不出来。

这一座德国最古老大学的古老的监狱，因了这些胡说八道霎时间变得十分的年轻。世界上大约再没有比这更叫人起劲的监狱了。我们欣赏着这些失了自由的人们一百年前的呼声，楼梯上却忽然一阵吱吱嘎嘎的乱响，上来了几个学生，为首是一个深色头发穿大红汗衫的男孩，背着登山包，拿着照相机，腾腾地走到我面前，自我介绍道：我叫啤酒恩。然后又指了一个女孩说，这是我的法国朋友，帕斯卡亚。他像一个真正的记者一样退后几步，对着我急速地按了一下快门，我来不及地微笑了一下，闪光灯辉煌地照耀了这阴暗的楼道。他用简单的中文说道：我们要走，因为要占位子。

走出学生监狱，天忽然地阴沉了，啤酒恩沿路退一张多买的票子，大声做着宣传：这是贝多芬的第九，第九啊！人们说：天要下雨了，对不起。然后匆匆地走过。天是阴沉沉的。我们走到了老桥的桥头，桥头有一支交响乐队在奏乐。啤酒棚里坐满了人，这是一个星期六的下午。史耐德告诉我，在一九四五年三月二十九日，停战的几日之前，老桥终于被炸毁了，然后又修了起来，因为海德堡人不能没有这座桥。这座桥通过内卡河，通向对面的树林茂密的山，那山的名字是一个传说中的巨人的名字，那巨人是一个无所不能的巨人。今天，这一支管弦乐队的演奏，史耐德猜想是与这一座桥有关联。他又引我去看桥头的一个铜像，是一只类似猴子的奇异的动物，手持一面铜镜，这铜镜是一个机会，使人真正认识自己的机会。我一时想不出这一个机会与这桥，与这桥下的内卡河，桥这头的老城与那头的山林有什么联系。天阴得可怕，果然下了一阵小雨，已经走过桥的啤酒恩又远远地返了回来，要我们快走，因为有长长的山路。贝多芬的音乐会是在七点准时开始。我们跟上了他，走过了老桥，抵达河的对岸。岸上的台阶布满了潮湿的青苔，走完布满青苔的石阶路，我们上了堤岸。隔了一条内卡河，我们看见了对岸的海德堡王宫，那是一座王宫的废墟，隔河望去，是那么壮阔的美丽。史耐德说，那边有一条哲学家大道，他可以陪我走一走。可是啤酒恩说，没有时间了，还有长长的山路。那四十年前希特勒建造的万人露天集会场是在高高的山顶。于是，我们只得弃下了智慧的哲学家大道，上山了。

山路铺满了潮湿的落叶，落叶已铺起了很厚的一路。两边是高大的松树，将本来就阴沉的天空遮得更暗了。史耐德开始给我讲一个他编的童话，我漫不经心地听着，直到我们下山的时候，我才明白这童话与他的人生严肃的联系。而我这时候并不明白，我只是吃力地走着山路。啤酒恩他们早早地走到了前边，只剩下了我和史耐德。上山的路虽平缓却一径向上，不给人休息。柔软的落叶陷着脚，树林阴森而威严。透过树林，起先还隐隐看得见微亮的内卡河，似乎还能隐隐地听见河对岸小号嘹亮的音响。而山道陡地一转，便什么也没有了。风吹过树林，沙啦啦地响，史耐德的童话很长也很曲折，树林将天遮得黑尽了，好像是一个没有星光的夜晚。天好像又开始下雨，衣服和头发都湿了，而昂起头去，却没有一滴雨点，树梢上露出远远的蓝天。啤酒恩又沙沙地跑了回来，回来对我们说，要快，否则座位就没有了，因为那是一个露天的会场，没有座位号码，去晚了，就没有座位了。他慰问似的在我身边走了一会，说，我们不想告诉你还要爬山，因为怕你听到要爬山就不来了。我说，这怎么会呢？爬山与音乐会是同样有趣的。他说着走着，又走到前面去，追赶前一拨的伙伴了。因他总是这么前后来回地走，所以他至少是要比别人多走一半的路程。

走出黑压压的树林，眼前忽然一亮，到了一个平台，有水龙头。于是，大家在水龙头前洗了脸，喝了水，继续向上。从这里开始，路途不再寂静了，越来越多的人汇集到这一条上山顶的道路，都背着登山包，穿着登山的简便利索的行装，一伙一伙地上山。啤酒恩又走回来报告说，那买多的一张票已经退掉了。史耐德的童话讲完了，他开始背诵陶渊明的《桃花源记》，我很惭愧我却背不下来。树林开始稀疏，天空亮了，还有微微的蓝色。上山的队伍越来越壮大，有的超了我们前去，又有的被我们超过，大家一齐向山顶进发。山顶有一个四十年前希特勒建造的露天万人集会场。这四十年里，这会场从来没有使用过，因为这会唤起人们不愉快的记忆。它荒芜了四十年，今天是四十年来第一次使用这个会场，要在那里举行音乐会，演奏贝多芬的《第九交响曲》。

树林渐渐疏朗了。山坡平展了。平展展的坡地上，有着许多饮料棚和三明治棚，还有一行没有尽头的铁筒似的厕所。前边是宽阔的台阶，噔噔地上了台阶，便看见一个辽阔的环形会场，已经坐满了人。无数层环形的石阶后面是绿色的山峦，荒芜了四十年的石缝里长着茂盛的野草。远远的下边，石砌的舞台上已扎起了篷帐。篷帐下排列着谱架和椅子。啤酒恩为首的一群学生如一支士气很高的军队，嗖嗖地插入已坐满了的观众席，开拓了一片空位。然后，便迅速地从背囊里掏出塑料布，铺在冰凉潮湿的台阶上。那位温柔的英语系学生细心地铺好一件鲜红的雨衣，让我坐下。坐定之后，我便询问音乐会的票价，我想我应该付还我的票钱，而他们一致地说道："零马克。"而后又说："你是我们的客人！"于是我便不再坚持，因我非常乐意做他们的客人。天有些蓝了，风吹在我们热汗淋淋的身上，十分凉爽。四十年的荒草，全被各色塑料布压弯了，人声鼎沸，互相传递着可乐和三明治，大声招呼着留了位子的伙伴，几乎每个人的膝前，都像竖了枪似的立了一把雨伞，伞尖插进石缝之中。啤酒恩前前后后跑着地接来了他的爸爸和妈妈，他的爸爸妈妈也同样地年轻地背着背囊，从山的另一面大汗淋漓地爬了上来。要找的人都找来了，要等的人也都等来了，一个也没落下，全挤在了一处。大家非常快乐，莫名其妙地拍着手，叫喊着。那环形的楼梯上升的石阶后面，山峦雾蒙蒙地伫立着，又苍老又年轻的样子。广场上绝大多数是年轻的孩子，四十年前的往事于他们犹如隔世的传说，他们快乐地打着唿哨，为了一些莫名其妙的事乱七八糟地笑着，男孩与女孩温柔地拥抱着，吻着。舞台依然空寂着，只有几个电视台的记者准备着录像。这时候，有一位先生走上了台，全场立即肃静下来。那先生走到麦克风前，却向大家致歉道：乐队演奏员还未到齐，所以要延误十分钟。满场的唿哨声、掌声、笑声，轰然而起，震天动地。那先生弃下喇叭，逃窜似的下了场。于是大家便更加快乐地拍手，唿哨，笑和叫喊。我想着，这四十年里，这山谷该是多么多么的寂静。据说，人们都不愿意从这里走过，那石缝间的荒草长得多么茂盛啊！我只在纪录片和漫画里看见过希特勒，我脚下这一座石砌的足球场似的会场竟是希特勒的遗作，就像一个古老的童话似的，其实只有四十余年的时间。我等得有些累，便用双手撑着台阶，石缝间茸茸的青草摩挲着我的手心。人们叫嚣着，一片一片地掀起声浪，嚷着:“开始吧！”人们快乐地跺着脚，一刹那间，将那荒草全踏平了。年轻的男孩与年轻的女孩温存地亲爱着，把什么都忘了。啤酒恩的妈妈给大家发糖，是一种彩色的清凉糖，大家便安静地吃糖。这时候，乐队上了场，合唱队上了场，指挥也风度翩翩地上了场。掌声轰起之后便陡地肃静了。

《费德里奥》序曲奏起了。在那青青山峦的巨大的环抱下，在那二万人聚集的广场的环抱下，在那层层石阶庄严的环抱下，那一座舞台是十分的小，那一支乐队是十分的小，那一句乐声是十分的微弱。微弱的乐声缓缓升起，在回荡的风声之中，缓缓升起，乐声渐渐地注满在这山峦之下的广场之间。在这几乎要是庄严的一刻里，却有一个男子，捧着饭盒，从容地穿过舞台，为那摄影师递了去，人群里便有愉快的笑声。那笑声与那肃静，与那庄严的乐曲，竟丝毫没有冲突，于是，我也笑了。这时候，忽然小号响起了，小号是在场外响起，这是《费德里奥》序曲中著名的段落，小号嘹亮有如征战的号角，在场外悠扬地响起，穿过万头攒动的广场，与前台的乐声汇合，又好像领导了前台的乐声，翻过了青山，越过了河流，豪迈地远去。两万个人一起转动了脑袋，寻那小号声去，在广场后面，高高的山峦上，有一座石堡，号声似乎就从那石堡里遥遥地响起，这是戏剧性的段落，而小号已与乐队汇合，从那神秘的幽森的古堡里消失。人群里掀起惊喜的声浪，“贝多芬”依然在镇定地歌唱，人们这才又渐渐地静了。

然后，贝多芬的第九交响曲奏起了。几乎是与第一个乐章的第一个乐句同时起来的，最高的一级台阶后面，那最后的一排山峦，那极远极远的天边，忽然地，滚滚而来一阵雷鸣，雷鸣如礼炮一般，轰然而起，蛇形闪电无声地在山顶上黛色的天空里舞蹈。这是神圣的一瞬间，地动山摇。音乐在远去的雷声之间紧张地急促地聚精会神地行进，雷声滚滚而去，滚滚而去。乐声逐渐强大起来，压倒了山谷间回荡的风声。那微弱的音量却以一股威慑一切的气度，压倒了呼呼作响的风声。乐声像乌云一样，弥漫在两万人的头顶。雷声又骤然而起，闪电在天空飞舞，这是一幅壮丽的图景，两万人被这图景征服了，连最最快乐的孩子都忘了嬉笑。山峦上，参天的大树无声地摇摆起伏，好像深绿色的波涛，雨点落了下来，人们都没有动。那正是乐章之间的间隙，四下里一片雨打树林的寂静的沙沙声，那是最深最深的寂静。那寂静的沙沙声好像是一个巨人的脚步。我想起这一座山的名字是一个力大无穷、无所不能的巨人，这巨人是谁？乐声又起来了，那是如歌的柔板，在雨声的沙沙的衬托下，乐声是沉思着进行。雨声却响亮了起来，一声震耳欲聋的霹雳，大雨倾盆而下，两万个人几乎是在一秒钟内，站起身来撑开了伞。两万柄五颜六色的伞如春天绽开的鲜花一样高高地举了起来。人们忽然快乐地笑了，两万个人快乐地笑着高举着伞，站在威严的层层石阶上，望着贝多芬的第九交响曲在雨中进行。指挥台恰巧是在帐篷的沿外，刹那间那指挥已成了一个疯狂的水人。而他挥舞着指挥棒，激昂地甩着头，乐声没有停止，乐声进行着。雨点急骤地打在两万柄鲜花般的伞顶上，发出震天动地的巨响。乐声消失在雨伞的巨响之中。只见那浑身透湿的指挥愤怒一般地挥动着指挥棒，就像在指挥一支乘胜的军队。人们笼罩在雨声的巨响中，快乐地笑着。雷声大作，闪电在头顶上的天空盘旋。灰暗的天空被雪亮的闪电撕裂了似的，惊心动魄而却瑰丽地明暗着。忽然之间，那遥远的、在台阶最最底下的舞台上，合唱队员们庄严地站立了起来，无声地张开了洪亮的歌喉。乐队无声地雄壮地演奏着，合唱队无声地激越地歌唱着，歌唱着那著名的诗句——

欢乐啊，美丽的神的火花。

在这一刹那间，我忽然地，不知为什么地想起了波恩的贝多芬广场，波恩的绿茵草地上水泥垒成的贝多芬头像，贝多芬的小街上的故居，而那故居里其他什么都忘了，独独地想起了贝多芬的助听器，那是如喇叭一样，如吹火筒一样的，生了绿锈的破烂的助听器。那助听器忽然地出现在我的眼前，充满了绝望的神情，这是最最彻底的绝望的神情。我这才明白，为什么那故居里其他什么我都忘了，独独地记得这助听器。那是多么多么绝望的形状，如果绝望也有形状。那是犹如宿命一般的绝望。我不忍去想那助听器了，我无法去想那助听器。我避开那助听器，却想起了一个传说：有一支送葬的队伍悲恸地行进，却看见道路上有一个人在徘徊，习俗以为送葬的队伍从身后走过是不祥的预兆，那道路上的人顿时将被厄运攫住。可是，送葬的队伍忽然认出了那人，他们便说："等一等，是他。"送葬的队伍说："等一等，是他！"送葬的队伍停止了脚步，目送他走远，才继续上路。我永不能忘记这一个不甚可靠的传说里，送葬的队伍说："等一等，是他。"令我感到一股彻心的安慰。乐队无声地演奏着，合唱队无声地歌唱着，歌唱道——

欢乐啊，美丽的神的火花。

雷电如蛟龙一般在空中旋舞，雨哗哗地倾注，在我们脚下注成千万条小溪，沿了石阶一级一级流淌成快乐的瀑布。乐队与合唱队歌唱得无比激昂，歌声融进了雨声、雷声和松涛阵阵。就在这时候，我忽然地有了一个奇异的念头，我觉得，我们，我们两万人全成了贝多芬。这里有两万个耳聋的贝多芬，两万个欢乐的贝多芬。我们两万个贝多芬伫立在雷电交加的苍穹之下，无声地歌唱欢乐的颂歌。指挥做了一个伟大的悲壮的绝望的又希望盈盈的结束的手势，乐队站了起来。

两万个人，谁也不离开，二万人全站在水流潺潺的台阶上。雨，渐渐地息了，雷声滚滚地远去了，人们收拢雨伞，雨水沿了伞尖流入台阶的石缝里，荒草之间又长出茸茸的青草。指挥复又转回身去，乐队坐下了，重新，又一遍地演奏第四乐章。这是神灵的旨意，随了乐声渐渐起来，雷声又滚滚地来了，雨又蒙蒙地下了起来。乐声激越地行进，雨点便也激越起来，只在小小的休止的时候，停息那么小小的一瞬，那是真正的休止，那是真正的肃静，四下里没有一点声息，连风声也偃止了。雨点顺了伞尖，无声地滴进石缝间的青草上。乐声又起，雨声复起，合唱队又一次地起立，庄严唱道——

欢乐啊，美丽的神的火花。

欢乐的颂歌在雷电中升腾，这真是一幅奇异的景象，两万个人背着行囊，裹着绑腿，走过纵横交错的石子街面，经过昔日学生监狱的森严的门前，穿过毁后重建的老桥，背朝着一座王宫的废墟，踏着铺满落叶的山路，登上山顶，来到一个抛荒四十年的战争狂人的遗迹，在这遗迹上演奏二百年前的一位艺术家的作品——《欢乐颂》。这就好像是两万个人一起来赴一个共同的约会，一个预定了二百年或更长久的约会，为了赴这一个欢乐的约会，二万个人走过了二百年的崎岖的道路，这是一个什么样的约会啊！

乐声和歌声一起止了。雷声滚过山峦，向天际远去，乐队退下了舞台，人们纷纷走动，跨过一梯一梯的石阶，向山下走去。天已擦黑，飘着无声的雨丝，忽然，身后响起一片整齐的歌声，一群人站在台阶上，朗朗地唱道：

“欢乐啊，美丽的神的火花。”

当他们唱完一段之后，走散了的人们便回过头去热烈地揶揄地鼓掌，然后又另有一队人站在另一层台阶上唱道：

“谁有那种极大的幸运，能和一个友人友爱相处。”

再有人接上去唱：

“一切众生都从自然的乳房上吮吸欢乐。”

歌声从这边，那边，夹了掌声、叫声、唿哨声，纷纷响起：

“弟兄们，请你们欢欢喜喜，

在人生的旅程上前进，

像行星在天空里运行，

像英雄一样快乐地走向胜利。”

我们一梯一梯地跳下石阶，为了抄近路，放弃了现成的平缓的盘旋的山道，直接从陡坡上往下冲。树林茂密的山间已是夜晚，天蒙蒙地下着雨，人们一起往山下去，背着行囊，穿着登山鞋，哼着歌儿。落叶好像比来时更深更厚了，深深地陷着我们的脚，直到脚背，松树好像比来时更高更大了，严严地遮着天光。人们小跑着下山去，如一支胜利解散了的大军。下山的路似乎比上山的路近得多，我们转眼间下到了山底，隔了内卡河，我们忽然地看见了夜幕里通体透明的王宫。那王宫的废墟通体透明，灿烂辉煌，在黑沉沉的夜幕上，犹如一个古老的神话。

这天晚上，我们在一个便宜的希腊饭馆吃了饭。我们和一些不相识的人们朋友似的坐在一条长桌的两边。当我们摸出照相机要拍照时，我们旁边的一对中年夫妇便好心地接过照相机帮我们拍照，转眼间，我们已与他们熟识。然后，他们旁边的又一对年轻的夫妇又接过照相机去，好心地要为我们合影，以为那中年夫妇与我们是一伙的。那中年妇女离去时，特地绕过长桌，走到我面前，用英语对我说："祝你在德国非常非常快乐！"

吃完饭，自己付了自己的账，然后，他们商量了一会儿，便郑重地要请我喝酒，酒是小小的透明的一盅，很平凡的样子，却令人警觉。史耐德、啤酒恩、帕斯卡亚、学艺术的南方人、袁小平，还有酒吧里的希腊籍的老板和伙计，一起庄严地看着我，我毫不犹豫地全部灌了下去，于是大家一起大笑了起来。

我们走过一座新桥，桥那边，是通体透明、灿烂辉煌的王宫的废墟。我们在望远镜里投了一枚分币，瞭望那王宫，王宫近了，却暗淡了，模糊了。几秒钟过去，望远镜关闭了，那陡地推远了的王宫，如一颗灿烂的明珠，停在了遥远的山那边。其时，已是第二日的凌晨两点。

在这第二日的凌晨两点，我想着前一日的夜晚。我想着，两万人背着行囊，打着绑腿，走过纵横交错的小街，走上几经沧桑的老桥，走过铺满落叶的山道，登上一个抛荒四十年的屈辱与痛苦的遗迹，去赴一个二百年前的庄严而快乐的约会，这就像一个不仅是贝多芬，不仅是音乐，不仅是艺术，也不仅是哲学的简朴而伟大的真谛。

雨，已经彻底地停了，天上甚至有了几颗星星，我们在微明的深夜里，上了高速公路。

一九八七年八月至十二月　上海[1]

---

1 第一辑“旅德散记”中的篇目均写作于一九八七年八月到十二月间。

音乐会

一九八七年六月十八日，晚，八点，
巴赫音乐会，管风琴演奏。

——摘自 Ratzeburg 教堂海报

一

坐在家里想着德国，那里就好像是充满了哲学和音乐，人们像吃饭一样听着音乐，像呼吸一样吞吐着高深的思想。于是，便抱了许多关于音乐和哲学的问题，等着到了那里，马路上拉住一个人便可得到解答似的，很有信心。到了那里，住过几日之后，竟发现那里最最充满的似乎是汽车和狗，汽车如静静的湍急的河流，从早到晚地不息；各色各种，可爱或不甚可爱的狗则像城市真正的主人那样安详地踱步。咖啡馆里喝着咖啡，啤酒棚里喝着啤酒，酒吧里喝酒，面包铺里买面包。人们步履匆匆，神色郑重，绝不像有意地隐瞒着什么奥秘。几天下来，甚至连一场音乐会也没有争取到，不由得泄了气。

在汉堡逛大街，走进了一个磁带和唱片的商店，便向那年轻的伙计打听，现在德国的依然活着的、最受欢迎的音乐家，我特别地再三地说，不是流行音乐，而是交响乐。伙计沉思了一会儿，耸了耸肩，说他想不起来有谁。我便启发他道，最近有没有什么活着的音乐家的比较轰动的音乐会，我又强调，是交响乐。他认真地想了想说，没有。我也感到了困难，又说道，比如卡拉扬，有没有指挥过比较年轻的音乐家的作品，他十分干脆地回答说："没有，卡拉扬是十分保守的，他绝不会去指挥一个比较年轻的音乐家的作品。"我不知道他说得对不对，因为手头没有确凿的证据，就不再与他追究。他却又犹豫着，在磁带架上找寻了一会儿，然后拣出一盘磁带递给我，说："这一个当代的音乐家，大家还喜欢。"我一看，却是苏联作曲家肖斯塔科维奇的一支室内乐，我只得退还给了他。也许他不忍使我太失望，跑去找了他的两个朋友，商量了一会儿，然后就向我介绍了一位音乐家，名叫Hans Werner Henze。一个月后，我在海德堡一位艺术系大学生处，才略略了解了他的情况：一九二七年出生于科隆，重要作品有一九七九年创作的《六场次的故事》（*A Story in Six Scenes*）。大学生还介绍了一位他认为是重要的音乐家，一九二七年生于慕尼黑的Wilhelm Killmayer。年轻的伙计很抱歉他只能告诉我这一个名字，却没有他的作品的磁带，因为，他说，因为这些交响乐作品的磁带很难卖出去，所以就出得很少。我真心真意地向他道了谢，感谢他为我耽误了很长的时间。而在这同时，一位同行的伙伴早已顺利地打听到了当今德国最红的流行歌手，并以相当昂贵的价格买了一盘磁带，那歌手的名字是——Udo Lindenberg。在后来的日子里，我才渐渐明白他是多么的流行。

在汉堡的四天里，本来计划有一场音乐会，可是不知为什么，老母鸡变成鸭，到时候竟变成了一场马戏。那马戏团演出的情景是十分的凄惨，上万人的大帐篷内，只寥寥坐了几十人。帐篷内散发着浓郁的马粪味，演到中场，便下起雨来。帐篷偏偏又漏，外面大下，里面小下，地上立即积起一片片水洼。演员与动物都显得又肮脏又疲惫，且又都苍老。小丑们例行公事矫揉造作无甚可乐地逗着乐子，反叫人有些伤感。那小小的丑角不知是个侏儒还是个旷课的孩子；那小马也不知是马驹子还是改造的怪种，又小又矮且还肥胖，噔噔地跑着圆场。一只熊永远在陶醉地蹭着痒痒，叫人看得浑身难受。这天又是出奇的寒冷，休息时分，马戏团老板便请我们去他大篷车里取暖，才知这是一个有二百年历史的马戏团，欧洲唯一的拥有北极熊表演的马戏团。从大篷车跑回帐篷，雨是不下了，地却泥泞得要命，散发着极强烈的肥料的气味。抖抖索索跑回座位，场子中间正跑着七八匹憔悴的骆驼。心中不由得百感交集，想到了我曾工作并生活过整整六年的那一个文工团，虽然远隔重洋，却实在是一种共同的生涯。

到了西柏林，才看到一场歌剧《波希米亚人》。早几天便十分地兴奋了，西柏林歌剧院是十分著名，《波希米亚人》且又是名剧，唱片里录音里早已听得烂熟，能看到欧洲的又是西柏林的歌剧团演出，好比是教徒们读到了真经。因此，那看歌剧之前的一整个白天，就像是为这一个晚上所做的准备。下午，我们去了一个类似阶级教育的展览会，又去了一个土耳其艺术家的工作室，然后便吃晚饭。吃饭总是一个漫长的无聊的过程，点菜，点酒，上菜，上甜点，每一道程序都不可简化，每一道程序之间且又都有长长的幕间。我们的德国朋友米歇尔斯不断地看表，流露出焦急的神色，终于结束了晚餐，立即上了汽车，米歇尔斯不断地加挡，又不断地煞车，车水马龙，每到路口都是红灯，进了剧场，已只有三分钟的时间，却还要寄存大衣，一切交割完毕，跑进场子。就在我们跑进场子，门在身后最后关上的那一秒钟，灯光迅速地暗了下来，最终暗成什么都看不见了，才又渐渐地亮了起来，然后，就好像有人下了一道口令一样，观众们一起整齐划一、不轻不重地鼓起掌来。而我们一伙人惶惶然地站在那里，发现这侧的席间没有一个空位，这时候，只要有一个人帮助我们一下，我们便可以迅速地落座，因为我们是跑错了门，我们的座位是在那一侧。可是没有一个人，没有一个人帮助我们，所有的人都谴责地看着我们。人们穿着整齐的夜礼服，男士一律打领带，正襟危坐。当第一幕结束之后，我们才终于弄清楚我们是走错了门，再跑出来向那一端的入口跑去时，却因动作慢了一拍，被关在了门外。一整个第二幕我是坐在休息厅里度过的，剧院的隔音又是那么好，连小号的声音都传不出来，却能听见阵阵的礼貌的掌声，好像是在教育我们，应该怎样听歌剧。休息了，人们迈着好像是经过设计的步伐步出剧场，来到休息厅，三三两两地微笑着站着。那是在德国最最败兴的一个晚上，那坐在休息厅里的一幕，使这一整部歌剧都受了打击。坐到自己的座位之后，已对那歌剧生出了成见。那一首首已经唱过了上百年的著名的唱段，好像处理得过于的精当，反失去了情感。我闷闷不乐地坐着，心中没有一点激情，那憧憬已久的大歌剧这样贴近地在眼前演出，彻底的是一桩别人家的事情，激不起一点动荡。人们在每一首著名的唱段之后整齐划一地鼓掌，掌声总是那么恰恰好一起响起，又恰恰好一起停止，事先经过了上百年的排练似的。我愤愤地想，这里其实是没有音乐的，有的只是一种被音乐象征着的生活与身份，那音乐只是象征而已。音乐实际上已成了音乐厅、歌剧院的一个典故罢了。这一个夜晚，我气鼓鼓的，偏执狂似的发誓：再不听音乐了，心里这才气平了一些。

第二日晚上，是在一个马戏团的帐篷里举行一位埃及还是阿根廷的女歌星苏桑的音乐会。因去东柏林误了时间，便没去。去的伙伴们却兴奋不已，直到次日凌晨还兴致勃勃的，说是非常的了不得，群情激奋，那苏桑只需略一抬臂，便是雷鸣般的掌声。演到中途，还不断有人翻过围篱进来喝彩，警察也奈何不得。这时后悔也没有用了，总之觉得自己是十分的倒霉，便渐渐地将那音乐的好奇心搁下了。

后来，就到了慕尼黑。

二

一到慕尼黑，便得知所有的音乐团体都在为六月十二日的音乐节做准备而加紧排练，没有演出。于是便死了这条心，专心去玩别的了。慕尼黑好像是一座文艺复兴的大型展览会，巴伐利亚则风光宜人，即便下雨也是那样的明媚，洛可可风的修道院精致旖旎的装饰风格，墓地鲜花的凄婉与美丽，Walchen湖畔的小店且是古风淳淳，那一位南方作家Friedrich Hitzer又是情深款款。那一日，我们玩得很满意，在一家乡村饭馆晚餐后，又在乡间小路上散步了许久，千辛万苦地捉了许多蜗牛，最终为了保护生态平衡统统放了生。雨后傍晚的芳草地，清新的一展无际，矗立着童话般小小的红房子。天色垂暮的时候，我们才上了车，回慕尼黑去了。

汽车驶过一个小城，远远就看见有五彩的灯光，过山车在灯光里奇异地穿行，乐声合着叫声，十分地热闹。那位作家告诉我们，这里是在过一个节日，是不是有兴趣下去玩一会儿。一半人下了车，另一半人留在了车上，并嘱我们快点回来。随了作家往前走了几百米，进了一个很大的游乐场，灯光璀璨，人声鼎沸，到处是饮料棚、面包棚，游戏车上下左右地飞转，一时间眼花缭乱。这个节日是叫做“人民节”，庆祝狩猎协会成立六百七十五周年，每一年的这时候举行庆祝，整整的十天狂欢，今天是最后的一天，可巧让我们碰上了。最后一天总是最高潮的一天，总是要通宵达旦地跳舞和唱歌，再加喝啤酒。我们由着作家的带领，进了一个巨大的啤酒棚，起码有一万个人围坐在粗糙结实的长条木桌边喝着一公升一杯的波涛滚滚的啤酒，啤酒棚的前方有一个小小的简陋的舞台，有一支管乐队在演奏巴伐利亚的民间乐曲。演奏员们穿着鲜艳的民族服装，意气风发地将铜管与木管吹得震天的响。我们沿了长桌长凳走到前边，找了一张空桌坐了下来。人们好奇地看着我们这一群来自中国的不速之客，友好地微笑。管乐队热烈欢快地奏着，高潮处，大家便随了节奏拍手，跺脚，尖厉地唿哨，大声地叫嚷。我们的作家朋友离开了我们一会儿，回来时，带了一个消息：乐队希望能有一位中国的作家指挥一支曲子。团长立即决定了人选，大家都没有异议，这确是一个极合适的人选，只是不知他本人意见如何，而他上厕所去了。于是便等他。乐手们在休息，将乐器横在膝上，喝着大杯的啤酒。我从来没有敢去想过：指挥一支乐队。仅仅是坐在最后一把大提琴的位置上拉着简略的根音，已足够使我欢天喜地。那一个简单的音符一旦汇入了宏大的乐声，便立即地有了活泼的生命，那一整个宏大的乐声里有着自己的一小份音响，是如何地使人骄傲。好像水流骄傲地汇入大海，好像骄傲地乘胜地行军，而我从来没有企望过指挥一支乐队。而我却不知为什么心跳得很厉害，激动地羡慕那一位上厕所去的伙伴，当他迟迟不归的时候，我竟想到：如果我说我要去……而我想也不敢去想。指挥一支乐队，这事情于我是太重大了，重大得绝不能由我一个人来决定。虽然，我至少可以去争取，而我不敢。我很焦急地等待，等待着这一切尽早结束。算起来，从那一日，在蚌埠的小小的剧场的浅浅的乐池里，在歌剧《骄杨》的尾声的合唱里，我奏完了我的最后一个根音，将那把破烂不堪的大提琴放好在琴箱里，那琴箱极像是一具棺材，然后我提起早已打好的行李，走出了剧场的破门，至今已有整整的九年。这九年里，我只在音乐厅里，坐得远远的，望着那台上的乐队。我不知是从什么时候开始的，我看见乐队，听见乐队乱七八糟的调音声，我会心痛一下。这已不仅是对音乐的情感，我对音乐并无资格谈什么情感，这也不仅是怀旧的心情。反正，忽然地有一天，我看见乐队，我的心会缓缓地痛一下。我受不了在录音机里听音乐，受不了在唱片里听音乐，受不了文人墨客在文章里写音乐，这会使我害羞到了肉麻的程度。我只有站在乐队面前，无论这乐队多么残破，我才可忍受音乐，我不知是什么东西在作祟。要命的是，那一位伙伴还没有从厕所出来。那作家似有些等不及了，他与米歇尔斯商量，似乎朝我瞥了一眼，我的心又跳了起来，我竟还是不死心，可是我觉得我不能去，如果我去了，就像是抢了伙伴的角色似的。这一个机会是太重要了，我不可随随便便地，轻而易举地得到。台上的乐队还在休息着等待，我生怕他们会等不及而放弃我们，我们可万万不能叫他们等不及了。我忽然地想，我将要如何如何地后悔啊！我将要长久长久地后悔，我觉得我的后悔将成为我的宿命，可是，我真的不敢企望，去指挥一支乐队。就在现在，当我想把这一切表达出来的时候，我就好像是在写一个杜撰的故事，这一个杜撰的故事是那么难以表达，我辞不达意，表达得颠三倒四，乱七八糟。我望着台上休息着安详地喝着啤酒的乐队，心里庆幸着自己早早脱离了乐队，而不像我的倒运的丈夫，我的倒运的同事们，苦苦地、无望地、挣扎地、支离破碎地奏着破碎的乐曲。那简直是一个陷阱，它耗尽了人们最最美好的年龄和希望，最终一无所得，却害得人得了单相思一样地念念不忘。可是，我将要非常非常地后悔了，而如果，如果我举手说——我忽然觉得我与我的好运仅只有一步之遥，仅只有一个字之遥，可是我不敢，我真的不敢举手，这于我实在是事关重大，必须有人帮帮我。那位上厕所的伙伴终于回来了，他竟拒绝了这一个机会，我觉着他是将这个机会让给了我。事情忽然变得十分的简单，团长对我说：“你去吧，安忆。”然后又说：“金弢，你陪她去。”金弢是我们团的翻译。事情就是这么简单，我们不知怎么就挤出了横七竖八的条凳之间，一条长凳夹痛了我的膝盖，我竟不觉得，神奇地从那夹缝里脱了出来。我们走在了过道上，向台前走去，我回过头，对着金弢说：“我是为我丈夫去的。”我想着，他是多么多么地渴望指挥一支好好的乐队。他的乐队总是缺这少那，他不得不用钢琴甚至扬琴代替竖琴，他不得不让小号降低八度，他不得不舍弃小提琴的七联音、大贝司的四联音、长号的三联音，他四处奔走着去找一个双簧管，他做梦都在做着一支明亮的短笛，而他现在连那一支“十几个人，七八条枪”的很会“操蛋”的乐队也失去了，他这半生都在做着一支不操蛋的乐队的狂想。而我是多么幸运。

我忽然伤感起来，我想起我们在音乐学院门前徘徊着等待考试的开始，我想起我们一遍又一遍去看通过初试的名单，我想起我们在复试发榜之后再也不去走那音乐学院幽静的林荫道，我甚至想起了他的准考证的号码。我是多么的幸运。这是一次幸运的邂逅。

啤酒棚里喧声震天，也许金弢什么也没听见，他回答我说：“很好。”

走向乐队的路是那么漫长，我觉得整个啤酒棚里的喧嚣都是为我的，是为我的这一个时刻，为我的这一个幸运的邂逅。我们走上了小小的简陋的舞台，金弢向大家介绍了我，掌声平地而起，夹杂着锐利的唿哨和尖叫。我朝大家深深地鞠躬，我非常非常地感激，感激这些不相识的人们给了我一个幸运的邂逅的机会。

兼任领奏的单簧管在我脑袋上扣了一顶巴伐利亚的帽子，帽顶上有一支高高地翘着的羽毛，这是后来从同伴为我拍的照片中得知的，当时的我，什么都不知道。我又拿到了一支指挥棒，然后，我便举起了手，我竟来得及想到：我再不会后悔了。乐队奏起了，乐队竟奏起了。铜管金灿灿地放射着光芒，木管的钮键星星一样明亮地闪烁。乐声是那样快乐地雄壮着，活泼地庄严着。那是一支节奏简单规整的民间乐曲。巴伐利亚的乐手是那样英俊，吹奏的姿势好像英雄吹奏号角。我分辨不清有多少人、多少件乐器，我只觉着我被金光灿灿地包围了。我竟指挥了一支乐队，那乐声是多么多么的美好。我一时上竟不知道是发生了什么事情，我只知道，那声音是无比的美好。我看见作家朋友在台下对我拍手，我还看见领奏放下单簧管对我拍手，然后我什么也看不见了。

在我身后，人们在狂欢，啤酒的雪白的泡沫溅得到处都是，唿哨声与尖叫声此起彼落，而我在指挥一支乐队。这简直是一个妄想。至今回想，我依然觉着那是一个妄想。而我的成千上万个妄想之中的一个，竟实现了一次。仅这一次实现，便使我有了理由而一径地妄想下去。

啤酒棚外是灯火通明的游乐场，游乐场外是美丽的巴伐利亚田原，忽然之间，在我面前的几排演奏员们朝着我站立起来，再接着，左边的站立起来，右边的也站立起来。全体，全体的乐队队员们全朝着我站了起来，他们站起来好像是在向我表示亲切的安慰。我从那么远的中国跑到这里，过了这么多天，似乎就为了这一刻里，一支乐队全体起立，温柔地安慰我。我非常非常想哭而我竟没有哭。那乐声是那样温柔地庄严着，快乐地雄壮着，金属的音质忽然成为一个可见的活物，闪闪发光，闪闪发光。

在狂欢就要开始的时候，我们的汽车上了归途，美丽的深黑的树影从窗前掠过，我想着那位作家告别时，拥抱了我说："你是我们巴伐利亚最好的指挥。"而我觉得我是巴伐利亚最快乐的客人。我什么也不再想地看着那漆黑的树影从窗前掠过，渐渐迎来了慕尼黑璀璨的灯光，我很快乐。

三

在后来的日子里，我有机会听了许多音乐会。有一次，我们代表团去德、荷、比利时的三国之角，然后在亚琛（Aachen）午饭，饭后从爱佛尔山间走车，沿途歇了几次脚，傍晚时，却看见公路下有大片大片的露营地。米歇尔斯猜想是赛车，便停车带我们去看几眼热闹。不料却是一个摇滚音乐会，大家决定过去看一看再上路。我们走下公路，公路下是一片辽阔的黄土地，地上的或许早上还很茂盛的青草已踩进了泥里，到处抛着可乐的铁听和三明治的纸盒。我们走了很久还没有走近那音乐会场，只听得见高音喇叭里很喧闹的电流声，还有电子乐器的混混沌沌的铿锵声。地势高低不平，布满了垃圾，我们正向前茫茫然地走，却被一个年轻人拦住，他对我们说，他可以带我们进去，只需每人交他十个马克，而那票价是三十马克一张。我们自然有些不信任，他便陪我们去问票房，回答是四十五马克一张。这简直是太便宜的事了，便宜得我们又开始生疑，大家商议了一会儿，便同意让他做这笔生意，只是要先进去了再付钱，他很爽气地答应了，就领着我们往前走，一路和我们闲聊，说他是从伦敦来的，等等。到了检票口，检票员自然要看我们的票，而我们没有，他与那检票员说了几句什么，然后又点了点他胸前的一个证章。居然就放了行。走过检票的铁栏，前边是更加辽阔的黄土地，布满着更多的可乐铁听和纸杯，地是坑坑洼洼，就像是一个工地。喇叭里吵得厉害，却看不见舞台。那伦敦人将我们放在一片肮脏的荒地上，算清了钱，找给我们一个英镑代替马克，就“拜拜”地走了，我们便失去了引领地再继续向前。前边人山人海，地上铺了塑料布或是什么也不铺地坐着人和躺着人，更多的人站着，伸长脖子朝前边望。很远很远几乎隔了有一公里路程的前边，果真有一具玩具似的舞台，舞台两侧是比舞台大一倍的巨型高音喇叭，喇叭里传出震天动地的电子乐声，那舞台上活动着如豆似的一位歌星，正是当下最红的Udo Lindenberg。豆大的歌星疯狂地歌唱着，在他脚下，是一片挥舞的手臂。远远望去，就像是白色的波涛。听众们陶醉地扭着舞步，不知怎么没有一个干净的，浑身沾满了泥土。这时，天又下起小雨，人们将塑料布顶在头上，更加热情地扭着舞步。人群中，有一些穿了绿色制服的警察，据说，中间有一些新纳粹分子在捣乱，不断引起骚乱。Udo Lindenberg先是摔掉了吉他，然后脱下西装，远远地甩了出去，再将话筒抛来抛去地唱着和平与裁军。孩子们几乎要疯狂了，他们浑身上下都沾满了泥水，污秽不堪，疯狂了一阵再极安乐地席地而坐，喝啤酒，吃三明治，很得意的样子。他们将在这里度过一整个夜晚。说真的，我不认为他们听清了歌手们在唱什么，歌手们在唱什么已是无关紧要，十二万年轻的孩子们，这时候只需一点点鼓动，便可大大地狂热起来。他们似乎是将他们所有积蓄着的精力与疲劳，所有积蓄着的快乐与烦恼，所有积蓄着的如可乐听那样的为清洁的德国爸爸妈妈所不齿的垃圾与秽物，都带到这里来，只需有一点点的引动，便可痛痛快快地淋漓尽致地发泄。雨下得有点大，一队孩子像接龙一样顶着长长一条透明的雨布，从挤挤的人群中卖弄地穿过。Udo Lindenberg唱道：苏联红军打进了柏林，而柏林在喝着啤酒可乐狂欢。这歌手有着无穷的精力，有效地煽动着孩子们的热情。他的歌声从喇叭里传出，盖满在十二万孩子的头顶。远远可望见公路上的疾驶的汽车，甲壳虫一般地来来去去。我们终于离开了那里，走上公路，找到了汽车。汽车停在一片无边的露营地上姹紫嫣红的帐篷中间，很传统的样子，喇叭里狂热的歌声与电子乐声一直跟随了很久。

后来我去了维斯巴登，正逢维斯巴登的城市节，满街搭起了饮食棚和摇滚乐歌台，从各地请来的流行歌手们唱着美国歌曲。有的歌台前很热烈，歌手未上场灯还暗着就已挤满了听众，有的则很冷清，歌手绵绵不绝地唱，却始终听众寥寥。我看了维斯巴登歌剧团演出的《塞尔维亚的理发师》，袁小平天真地穿着黑色长裙，兴奋而又庄严地与我一起走进优雅的音乐厅，那熟悉的序曲奏起的时候，令人感到销魂般的快乐。我们又爬上海德堡王宫对岸的山顶，在露天广场听了贝多芬的第九交响曲。然后，我去了吕贝克，在吕贝克附近的Ratzeburg的教堂，看见一张朴素的海报，当晚要用真正的大风琴演奏巴赫的作品，在教堂里用大风琴演奏巴赫的作品，显然是努力还原巴赫的本来面目。我们一致决定晚上再来，可到了晚上，一坐进热腾腾的酒吧，我们又一致将它忘了。后来，我又一次到了汉堡，认识了一位中央音乐学院的毕业生，在汉堡音乐学院学习，我们在一起吃了一顿半生不熟的牛排，他告诉我他跟了G. Ligeti学习，这是一位真正的活着的大师，连卡拉扬也不得不正视他，他的作品《气氛》在国内也听说过的。他和我谈了他学习音乐的一些很有价值的心得，我很喜欢他那文雅而又细腻的气质，除了学习音乐，我想不出他还更合适做什么。接着，我又免费听了一场音乐学院学生演出的交响音乐会，一位三年级或者四年级的男孩风度洒脱却略略有些匆忙地演奏了柴可夫斯基的“罗可可”大提琴协奏曲。听众大多是学生的家长和朋友，台上台下做着亲切的小动作，掌声总是非常地热烈。这时节，汉堡正举行一个游园或者博览似的活动，是全联邦的艺术家自发地组织起来，还动员了外国的一些艺术家，题目为“月亮，月亮”。每一个艺术家设计一件作品，所有的作品都分布在辽阔的草坪上，这将是我以后的另一个故事，我的旅德的故事就是这样纵横交错，为了合理地结构它们，我费了许多脑筋。

在这里我迫不及待地提前地要叙述一件作品，那作品是一幕小小的音乐会，在一具脏兮兮的帐篷里演出。一个音乐家拉着小提琴，指挥着两个先生的屁股放屁，他竟拉着贝多芬的第五。那两具逼真的屁股一迭声地对那命运的敲门做出下流的回应。那艺术家处心积虑地搜集了世界上所有的响屁，创作了一首音乐。那帐篷搭在一片草坪上，由于下雨和人脚的践踏，草坪已没了青草，只有恶臭的稀泥，这位创作者似乎立志将世间所有美丽庄严的信念斩尽杀绝，不留给人们一点攀附与支持，虚无成了一个理想，他又似乎是被自己心中的恶吓坏了，压抑得苦闷，于是便不问青红皂白地胡闹一通，就像一个亡命之徒；抑或，他仅只是想和贝多芬开个亲狎的玩笑，而这玩笑对贝多芬却很不合适。第五交响曲里著名的段落，为那把提琴拉锯一般吱嘎着，伴着奇异的屁响。帐篷里挤满了人，以那北德人不应有的轻佻“咯咯”地嬉笑着。北德人向来严肃的面孔突然地轻笑起来，显得有些邪恶。

这天晚上，我们去听了一场“POPS”。我查找了我的许多辞典，竟都没有找到一个与我所见到的这一场“POPS”相接近的注解，最后在一本美国韦伯司特的《新世界字典》上找到了一个Pop Concert的条目，这个条目注解的内容是与我所经验的那场“POPS”相符了，那便是“以部分古典音乐与轻音乐为主的音乐会”（Chiefly of semiclassical and light classical music）。说明书的最后一页上，有一幅广告漫画，描绘着一九三八年五月五日，星期二，在波士顿举行的我猜想是第一演出季的“POPS”的盛况。指挥与乐队都穿了礼服，结着领带，听众们也穿着庄重的礼服，场面却很狂热。这大约就是“POPS”的起源了。音乐会在汉堡的音乐厅举行，绅士女士们装束齐整，仪态雍容，乐队和指挥也穿得十分规矩。主持音乐会的却是两位十分花哨的电视台的节目主持人，他们浑身骨头如散了架似的放松，手擎话筒，将电线随随便便地在严肃的舞台上扯来扯去，曲间不时与台上台下打趣，活跃着气氛。温文尔雅的听众只坐了大半个场子，发出很有身份的笑声，音乐厅里终有些寥落。演奏的曲目均是古典的名作，格什温的，比才的，哈巴图良的，却是重新地以轻音乐方式配器和演奏，一切全变得轻松而通俗易懂，具有挑逗性。渐渐地，乐队队员们首先地按捺不住，在台上摇头摆尾起来，像一伙街头艺术家，接着，台下的先生女士便也有些晃动。厅里只坐了六成座，六成座的先生太太们彬彬有礼地微笑着，正襟危坐，就好像是一些没落阶级的遗老遗少，努力地保持着最后的镇静。可是，台上竟跺起脚来，用弓杆敲打着，年轻的乐队队员的脸上露出了放纵的笑容，指挥便也有些胡来。

台下的遗老遗少们再也无法矜持，齐声跺起脚或拍起手来，高贵优雅的音乐厅里顿时一片市民们的欢腾。六成座的鼓掌声与跺脚声在华美雕花的文艺复兴风格的穹顶下发出有些寥落的回声，先生太太们再也作不得假地轻松下来，竟都有些失态。他们好像忽然地齐心协力地在做一件事，那便是将音乐最后地从音乐厅里赶出去，携裹着他们自己，一起，统统地滚出去。

我不知我应该高兴还是不高兴，它们在音乐厅里那领带革履，甚至头发上还撒了古老的白粉的样子，固然令我感到虚伪又作恶，但如果它们真的被逐了出去，又该去哪里，哪里又是它们最应该的去处？海德堡的山顶露天广场的约会？狩猎纪念日的啤酒棚里的邂逅？城市节的街道，伴着炸春卷的油锅？那公路边的空地？马戏团的篷帐？或者干脆让它们回到教堂里，回到管风琴里，再重新出发，那么又会不会重蹈覆辙，白绕了一圈？

那交响乐充满了爵士的性感的激动，我心里奇怪地充斥了一种宿命的感觉，我觉得，这大概是最后的音乐会了。

这是我在德国的最后一场音乐会。我们从音乐厅出来，已经放晴的天又阴了，天地书店的梁先生又带了我去一位上海同乡家。她原是上海音乐学院提琴制作专业，现在在汉堡一家琴行工作。她的先生是一位搞哲学的德国人，我们在一起谈了一些提琴制作上的事情，在一家酒馆喝了啤酒，直到凌晨一时半才分手。雨又下得很大。

回来之后，所有关于音乐的问题都变得不那么重要，却平地生出了一个很要命的问题，那便是，音乐究竟是什么？

音乐究竟是什么？我一点都不知道了。

吕贝克

吕贝克（Lübeck），德意志联邦共和国石勒苏益格-荷尔斯泰因州港口，在该国北部，临特拉沃河，距波罗的海14公里，人口约22万（1983）。当地最早居民点是施瓦陶河和特拉沃河汇流处——斯拉夫公国领地，称留比克。公元1143年荷尔斯泰因伯爵在施瓦陶河上游6公里处建现城。1266年被神圣罗马帝国皇帝辟为自由城市。1358年成为汉萨同盟总部驻地。1669年汉萨同盟解体，吕贝克仍为波罗的海最重要港口。法国革命和拿破仑战争（1792—1815）期间贸易完全瘫痪。1815年后加入德意志联邦，经济开始复兴。1871年并入日耳曼帝国。1900年修建易北河-吕贝克运河，扩大对内地的贸易。1937年纳粹统治者将其划入普鲁士石勒苏益格-荷尔斯泰因州。第二次世界大战中遭英军空袭，城市受到严重破坏。战后修复了被破坏的旧内城，郊区建起工厂和住宅区，经济得到发展。作为西德最大的波罗的海港口，拥有2处内陆港和9处海港以及包括有116艘远洋轮的商船队。与汉堡通公路，与斯堪的纳维亚11个港口之间通轮渡。

——摘自《简明不列颠百科全书》

几乎所有的人都问我："为什么要去吕贝克？"而从来不会有一个人问，为什么要去柏林，为什么要去慕尼黑，为什么要去汉堡，甚至为什么要去波恩。可是所有的人都问我："为什么要去吕贝克？"于是，在很长一段时间内，我自己也问自己："为什么要去吕贝克？"不错，那里有波罗的海，那里有托马斯·曼，然而，波罗的海离吕贝克还有相当的路程，托马斯·曼的故居也毁于多年前的一场火灾，当年港口的繁荣景象在一百年内已逐渐向汉堡转移，人们告诉我。我一时被他们弄得很糊涂，可却固执得要命，就好像一时冲动夸下了海口，再收不回了。而我其实仅仅是有些心烦，想去一个偏僻的地方清静几日，偶尔地耳根刮过一个名字"吕贝克"，这颇像一个姑娘的名字，于是便认准了。黄凤祝先生将我委托给汉堡的梁泳培先生，梁先生听说吕贝克有一个中国人，据说是个女学生，便四处打电话，想为我找个伴，可是没有找到，看来这是一个误传，吕贝克并没有中国人。梁先生只得为我找了一家旅馆，订了一个房间，然后将我的姓名电话记录在当地的旅行社，委托他们多加关照。上路前的一刻里，我才略略地有些发虚，我觉得自己就像要去天涯海角，原因仅仅是一次无谓的任性。

路途很不顺心，事故很多。先是黄先生送我上车，竟没有下得车去，只得随着一起到了科隆。然后因为换车厢，前一日新买的一把可爱的雨伞，被一个女孩顺手牵羊地拿走了。火车到了汉堡，本应在总站下，却坐过了一站，到了尾站。再找出租车去梁先生的天地书店，天却下起了毛毛雨。在一家扬州餐馆吃了午饭后，梁先生便开车带我去了吕贝克。路上，他神色郑重地交了一张通讯地址给我，上面用电脑打着他书店的电话、他家的电话，还有那吕贝克旅行社先生的姓名电话，我的旅馆的地址电话，嘱我要好好地将这“密电码”收在身边，万一遇到问题，比如钱被偷走了，或是迷路了，便打这些电话求援。汽车在有些荒凉的公路上行驶，那公路不知为什么有些荒凉。天阴沉沉的，连接着广阔的田野。公路上跑着大型的运货卡车，车轮无声地飞转，几乎离开了路面。雨点沙沙地打在车窗上，苍茫的天地之间，有一些灰色的房屋。梁先生又一遍地叮嘱我收好“密电码”，出了问题就打电话。汽车已经驶上了吕贝克的石块拼砌的街道，两边的房屋像是陈旧了，颜色黯淡，式样是那种朴素到了简陋的四四方方，窗框、门楣、屋檐几乎没有什么雕刻的装饰，窗台上也没有花坛。汽车走过一架简陋的小桥，驶进了城里，街道是窄窄长长的，石块镶嵌的，不那么规则，弯弯曲曲，路边的房屋闭着门窗，表情十分肃穆。街上几乎没有人，汽车在小街里来回绕着，寻找我的旅馆。旅馆所在的那一条石块嵌拼的小街已经找到，却找不到“57”号门牌。这一条街是十分的僻静，有几个小小的店铺，店铺关着门，留出极小的橱窗，橱窗里挤挤的杂货蒙着年代久远的灰尘。一截高高的砖墙连着半座残破的堡垒，像一座战争的遗迹，又像是电影里的布景。汽车第十次地从一座古堡一样的意大利餐馆前边走过，这一座餐馆就好像是一座已经上百年没有人居住的古堡，古堡里坐着一位一百岁的失恋的新娘，窗户的碎玻璃——回想起来，总觉着还飘了一角蜘蛛网，裸着的红砖墙前是一弯绿色的铁栅，护着一栏木梯，楼梯顶上写有“Pizza”的字样。我们依然没有找到“57”号。梁先生将车停在路边，然后我们下了车步行着去寻找。这条街上竟没有一个人，所有的房屋都阴沉地关闭着。我们来来回回地走着，天色已经沉暮。我们走在窄窄的、只容一个人行走的水泥的街沿，沿了那堵高高的砖墙，走过一个荒芜的游泳池，池水寂寞地碧蓝着。我们走过一座森严的酒吧，只有门上的招牌标明了这是一个酒吧，其余的一切都像是一座闹鬼的公寓，在那酒吧的招牌旁边隔了不远还有一个招牌，画了一张笑容可掬的绅士的胖脸。脸旁正是我那旅馆的名字——显然是一个人名，老板的姓氏，那胖脸许就是老板了。招牌底下的墙上果然钉有一块铜牌，铮铮地写道“57”号。这是一座普通的公寓大楼，挤在差不多同样的房屋里面。我们迟疑着，开始按铃，按了许久，没有一个人出来开门，几乎要怀疑这是一家冒牌的旅馆。这时候，身后忽然出现了一个女人，手里提了一个二十英寸大小的旧电视机，问我们找谁。我们便说明了来意，她看了看我说：“哦，就是那位作家吗？”然后就掏出钥匙开了门，领我们进了房子。门在身后无声地关上了，左边是一弯通地下室的楼梯，右边是一排信箱，上了两级台阶，便是并排的两套公寓。她开了左边的对着楼梯的那一套公寓，让我们进去。首先是一条大狗跑出来迎接了我们，然后是一只阴险的黑猫。这是一个最最普通不过的家庭，窄窄的过道里放了一只柜子，柜子上有一架电话，堆了一些报刊杂物。女人从抽屉里取出登记册，找着我的预定的那一页。过道通向客厅，客厅里很杂乱，铺着几块颜色鲜艳却陈旧的地毯。女人说：“我现在就领你去你的房间。”然后，随手推开左侧的一扇房门，说：“这是早餐室。”早餐室是小小的一间，宽木条地板涂着锃亮的地板蜡，放了三张笨重而结实的没有上漆却抛光的木头餐桌。临街的窗户里透进已经沉暮的天光，玻璃窗上有着绰绰的盆花的花影。她带上门，和气地微笑着看我。她是淡黄头发，蓝眼睛，穿一件白色的松松的衬衫，束在土黄色的裙子里。她在我前面上楼，我跟着她，上了一楼，一楼也是那么并排的向着楼梯口的两套公寓，左边的门上写了“1”，右边则写了“2”，我的房间是在“3”号公寓里，于是又上了一楼。她摸出一串沉重的铜钥匙开了“3”号公寓的门，带我走过走廊，指点给我走廊里的我的独用的卫生间，再向走廊尽头的单间走去。单间是小小的一间，一张木头的床，一个木头的大橱，一张木头的小桌，小桌前有一条小小的木椅，还有一杆木头的衣架。所有的木器家具全抛光着，均匀地流露出木头的本色与纹理。小床正对了一扇几乎落了地的大窗，窗外是一个极其美丽的湖泊，湖边有青葱的树林，树林间有一条弯弯的路径，路径的一头，是一个露天的咖啡座，有着美丽的盛开的鲜花。可是，没有一个人，就像一个被遗忘的伤感的角落。她将那串沉甸甸的钥匙交在我手上，问我，喜欢几点吃早餐，我回答说九点，她便说非常好。我不知道九点吃早餐有什么特别好的，好在什么地方。然后她转身走了，她的脚步很重，上了蜡的木头地板很结实地吱嘎作响。她出了门，将门关上，我听见有厕所抽水马桶的漏水声，不知是从哪一个厕所传来。这里共有三个客房，两个双人房，一个单人房，双人房的洗手间是套在房里，只有我的单间的洗手间是在走廊上。我倾听了一会儿流水声，将我的简单的行李放在小桌上，一时上我竟不知该做什么好，于是又将行李从小桌上拎起，塞进了大橱，这下子便真的再没什么可做了。我看看梁先生，梁先生也看看我，这一时的气氛竟有些凄惨似的。我说："梁先生，你回汉堡吧，这里挺好的。"这一位忠厚到极点的先生迟疑了一会儿，问我道："你没有什么事情吧？"这个问题我想是不必回答了，于是，他就像是硬了头皮不得不打扰我似的说："我们可以去海边的。""那太好了。"我说道。我极力要鼓起自己的兴致，想要雀跃一点。跟了他带上了门，走过走廊时，看见紧挨着我的房间，有一扇门启开了一道缝，透出灯光，还有潺潺的水声。我们的脚步在上蜡的地板上吱扭着，楼梯上没有一个人。我们下了楼梯，又到那底层的公寓里，向老板娘索了一份吕贝克的地图。这时，她家正有一位客人，一家餐馆的老板，他给了我一张名片，说如我有了困难可去找他，于是梁先生又嘱我好好地收着那名片。我们与那餐馆老板一起出了门，在街口分了手。

从海边特拉沃明德回来，在一家餐馆吃了晚饭，天已经擦黑，十点钟的光景。梁先生将我送到旅馆门口，对我说，星期日上午他来接我，去汉堡参加一个餐会，然后就开车走了。当我与他道着再见的时候，心里竟非常非常想跟了他一起回汉堡。可是我们道了再见，汽车一溜烟地开出小街，将我一个人留在了石块拼砌的街面上。我站在高大沉重的门前，头顶上是一面招牌，招牌上有一个狞笑着的胖脸，下巴上结了一只轻佻的领结。这是真正的黄昏，雨却早已停了，街上笼罩着黄昏的宁静的光明，没有一个人从这里走过。我从大衣口袋里摸出那串沉甸甸的钥匙，找到开大门的一把，插进了锁孔。锁是那种我们称之为司伯灵锁的暗锁，只需拧动一下便可推门，门却是异常异常的沉重，须全力地推动。门被门厅里的地毯阻着，慢慢地开了。底层的两套公寓紧闭了门，没有灯亮，我一眼就看见了那弯通往地下室的楼梯，寂静无声地伸下黑暗的洞口。我三步并两步跑上了楼梯，楼梯上没有一个人，门都紧闭着，我跑过楼梯小小的转角，转角的临街的窗台上有一盆小小的花。上蜡的楼板沉闷地吱扭叫着，发出空寂的回声。我如逃窜一样上了我的那一层楼面，停在了“3”号公寓门前。我微微喘息着去开门，天晓得是出了什么事，我那扇公寓的门竟打不开了。我不由得出了一身冷汗，身后的寂静如一个有形的活物在朝我逼近，我总是要不时地回头望望背后，再转回头去用力开门。门自岿然不动。楼道里愈来愈暗。我慌乱地去按走廊的灯，按下去了才知道是按在了隔壁公寓的门铃上，要收回已经来不及，那门陡地开了，一个憔悴枯瘦的老头站在了我面前，他凶恶地看了我一眼，我赶紧地道歉，门关上了。这时候，走廊里刚开的灯却又神秘地灭了，我只得又一次地按亮了它。我从门上的一方玻璃上看见门里的过道上有一线灯光，正是从那个没关严的客房的门缝里照出。这时的心情非常地奇怪，我希望那客房里有人在，却又害怕那客房里有人在，这时候，灯又灭了。门依然是打不开，我绝望地推着门，那门结实得子弹也打不透。要命的是，这时候的想象力是异常地活跃，我竟莫名其妙地想起了楼下的地下室，想起了这旅馆的招牌上那面目狰狞的老板，我拼命抑制自己，却又抑制不了。我想起我们初到德国，在波恩第一晚的那个旅馆的顶楼，顶楼上有一扇门永远挂了“请勿打扰”的牌子，公用的卫生间每每有活动的迹象，楼梯也曾响起陌生的脚步声，可却永远没有看见过一个人；我又想起了“磨房”的山间，那些奇异的肉感的植物，爬满了扭扭曲曲的雨水的天窗，那条长长的静悄的走廊，走廊的尽头，肥胖的老板娘无端地做了一个鬼脸，那一个鬼脸在伙伴的描述中，一次比一次险恶。我不知是第几百次地去按那定时的电灯，那电灯不知是第几百次地明了又灭了。我没了主意，于是便下楼去按那老板的公寓的电铃，没有回应，我一次一次地按着电铃，听见那铃声在门里空荡荡的屋子里穿行，这时我又看见了身后的地下室的神秘的进口，那神秘的进口如一个安宁的活物，从我身后潜伏着过来。我来不及按完最后一个电铃，便噔噔地逃上了楼。我去按那一楼的公寓的电铃，没有回音，我又去按那三楼的电铃，也没有回应，而我再不敢上四楼，我以为那上面一定有一个神秘的顶楼，于是我又返身下到我的二楼。这时我想起了我的邻居，那个干枯的老头，我万般无奈之中，只得又去按他的门铃。门开了，那干枯的老头站在了我的面前，他厌烦地恼怒地低着眼睛，看都不看我一眼，他听都不听我的请求，便愤愤地嘟哝了一句德语，将门关上了。关上了的门后竟没有一点声息，这一瞬间，我忽然觉得，那老头的出现分明是一个幻觉，其实这一幢公寓楼里，没有什么老头，只有我一个人。我的门紧紧关着，那门里的过道上斜了一线灯光，我几乎要大声地号啕起来，可是没有用，没有一点用处，门依然牢牢地锁着。我奔下楼，推开大门，门外是一条宁静的石块路，流动着静静的暮色，没有一个人，甚至连汽车都没有一辆。我多么想回汉堡，想回波恩，想回家。天是那么的寒冷，站在门口不一会儿便浑身冰凉了。我莫名其妙地以为海边总是与夏天连在一起，因此穿了一套夏装，幸而还有一件大衣，可依然是彻骨的冷。黄昏的宁静的光在石块路面上水似的流动，我感到了真正的绝望，以前的所有的绝望全成了希望，这才是真正的绝望。这时候，街对面走过两个年轻的男孩，推了一架自行车，我便大声地向他们呼救一样地喊："Excuse me！"过后回想，那两个男孩一定以为这公寓里是发生了抢劫或者是凶杀，他们朝我跑了过来，我向他们举着钥匙，结结巴巴地用英语告诉他们，我打不开锁了，请他们帮助。而我内心又对他们深深地起了恐惧，所有的凶杀与抢劫的故事都在这一刹那涌上心头。可我除了向他们求援别无他路。他们两人商量了一下，一个留在门口，一个随我上楼。在后来的日子里，我常常想起他们，这两个男孩是多么的淳朴和可爱，而我这时却怕得要命。我抖索着跟了他上楼，停在我的三号公寓门前。他拿过我的钥匙，疑惑地端详了一下，然后便去开锁，几乎是半秒钟的事情，我还没来得及注意他的动作，门已经开了。他推开门，望着我，脸上的表情十分疑惑，他大约以为我是在和他开一个玩笑。我再三地向他道谢，他疑疑惑惑地下了楼去，还不时地回头看我。我来不及去仔细地研究门锁，先将门反锁起来，再打开走廊的灯，走过那扇启开一道缝的房门，进了我的房间。临睡之前，我花了许多工夫，来安排我房间的灯光，是开走廊的灯，是开房间的大灯，还是只开床头灯？哪一种方法更令人感到安全。试了多次，最后决定所有的灯都开着。后来，我才明白，那门锁其实和我们家的三保险锁是同出一辙的，转过两周，便已启开，但还有一个铁销，还须将钥匙继续拧半周，销便开了，然后不要松手，将门推进就行了。在这之后，我又有一次打不开锁，那是我的房门的锁，结果是老板娘来帮我解决的。事情非常简单，只不过是我用开公寓门的钥匙去开房门的锁，自然是永远打不开了。经了那一场折腾，我已筋疲力尽，兴致全无，一心盼着星期日快到，梁先生好来接我去汉堡，到了汉堡我就再也不来了。

这是一个可怕的夜晚，我时时聆听着有没有人进入这一套公寓。隔壁客房的抽水马桶彻夜地潺潺地漏水，还不时有一种奇怪的类似冰箱启动的声音嗞啦啦地神秘地响起。一整幢房子没有一点声息，窗外也没有一点声息，只是每一刻钟，四下里便响起远远近近的教堂的钟声，充满阴沉的预兆。我忽然地想到，这一幢房屋里其实只有两个人，一个是我，另一个是隔壁公寓的幻觉般的老头。这么一想，隔壁便有了些动静，永远有着奇异的脚步声。我几乎一夜没有合眼，一旦合眼，不过几分钟便会惊起。远处传来阵阵钟声，我想着波恩安妮给我收拾的温暖的小房间，想着汉堡我们代表团住过的那家中国人的旅馆，想着同大家在一起的快乐的日子，我实在实在不明白了，我为什么要来吕贝克。我静静地流着眼泪，计算着回汉堡的日子，回波恩的日子，还有回家的日子。床头挂了一幅图画，几个先生在河边野餐，全是那种漫画式变了形的脸，鼓起的腮帮，蒜头一样的鼻子，瓢似的嘴直咧到耳根，眼睛是直竖起来的眼睛。似乎就是从这一个夜晚开始，我再无法喜欢这种欧洲通行的人物的造型，它使我感到一种有些猥亵的恐怖。整整一夜，没有人走进这一套公寓，似乎也没有人走进这一幢房子，寂静包围了我。房间内外电灯大亮着，我看不见天光，不知道什么时候天亮。我似乎是糊里糊涂地睡了一觉，睁开眼睛已是早晨。房间里充满了光明，电灯变得非常的黯淡，我竟以为有谁替我关了灯。我坐起来，拉开窗帘，窗外竟是那样一大幅明媚的图画。清晨透明的阳光照耀着碧绿的湖水，湖面上漂着五彩的浮球，湖边的草地绿得可人，无名的小鸟唱着快活的新鲜的歌。

那图画明媚得令人不忍移目，然而转瞬之间便黯淡下来，太阳被乌云遮住。这一切变化得实在太迅速，就像一个奇异的梦境。我揉了揉酸涩的眼睛，心想着，一天开始了。一天开始的时候我的第一个念头便是，赶紧地离开这间房间，这套公寓，走出门去，去任何一个地方。抽水马桶永远地潺潺地流水，教堂的钟声从四面八方响起，当、当、当的，充满了悲观的宿命的感觉。窗外刹那间又明媚起来，宛如一张神奇的图画，阳光在树枝上晶莹地闪亮，小鸟们唱着悦耳的和声。湖水静得如一面蔚蓝的镜子，反射着清晨七点钟的阳光。我慢慢地鼓起劲来，起了床，梳洗一番之后，便出了房间。楼梯上没有一点足音，我下了楼去，嗅见了底层的老板的公寓里有浓郁的咖啡的香味，心里这才稍稍安定，觉着了些微的温暖。这一脉咖啡腾腾的香味，是从昨晚到今晨我头一回感觉到的活人的气息。我满意地嗅着香味，出了大门。街面的整齐的石块湿漉漉的，天气很凉，我站在门前犹豫着向哪一头走去，最后选择了向左。我扣紧了大衣，向左沿了街道走去，太阳复又钻进了云层，天阴了下来。小街上没有一个人，没有一点声息，只有我的脚步清脆地敲击了台硌路面。街角是一家两三个门面的木器商店，橱窗里摆着各色各样木器的家什、玩具、装饰品，那木头一律是本色的闪耀着朴素而优雅的光泽，纹理高贵而从容地流淌。我在橱窗前站了一会儿，又选择了一下，朝左还是朝右。我本能地有一种感觉，朝右才是城市的中心，便朝了右去。这是一条宽阔的全世界都一样的柏油马路，人行道上铺了整齐的方砖，转弯处是一个酒吧，门口的太阳伞下，有着一些桌椅。冷风飕飕地吹过空空的桌面，滑到地上，逐着一片枯叶索索地去了。两边的店铺全都关着门，终于看见了一个人在匆匆地走路，穿了一件大红的滑雪衣，我与他迎面走过，他红着的眼圈与鼻沟颇像是一个彻夜寻欢作乐的人，忽然想起了回家。可这一个肃静的城市，我却不知该在哪里度过一个寻欢作乐的夜晚。它就好像是有意地对我这一个外国人不信任地缄默着，做着呆板的面目，隐起了真情。我漠漠地走在寒风中的街上，风是飕飕地从每一条街巷里窜出，汇集在大街的街心，再一起向前进。这里有无数条细细长长的街巷，每一条街巷里都隐瞒着什么，我看见教堂高高的尖顶从街道两旁的房屋后边跟随了我前去。那尖顶是又高而又远，我不知道哪一条路才可通向它们，也不知它们究竟是在哪一个方向。我好像是在向它们走，可它们却闪在我的身后；我分明弃下了它们，它们却又在前边房屋的后面出现。这一条街道又宽阔又清洁，汽车很少，红绿灯在路口忠实地工作，我走过了几条横街，来到一片开阔的空地，我走下马路，走在那石块拼砌的空地上，于是我走到了一座中世纪的城堡跟前，这是一座雄伟的威风凛凛的城堡，我走进巨大的拱门，穿过高大的石头的回廊，走到了城堡当中。一群鸽子在城下的石块地面上安静地啄食，忽然间平地飞起，乌压压的一片，就像雷雨前的乌云，一位老人在架着三脚架拍摄墙头威严的战争的徽记。太阳又出来了，斜斜地照过高高的城墙，将广场切亮了一半。这是清晨很早很早的时候，风非常地料峭，照相的老人冻红了脸颊，一丝不苟地对着镜头。城堡的墙上画着一面面的战旗与盔甲的图案，连接着宏伟的市政厅，广场四周是饮料棚，布满着红色或蓝色的桌椅，还有盛开的鲜花。那一瞬之间晴朗的天空无比地遥远，鸽群已飞得无影无踪。我慢慢地在广场上走来走去，然后走过回廊，高大的拱顶如苍穹一样将我笼罩得非常渺小而且迷茫，四周响着教堂庄严的钟声，当，当，当……我不知不觉地走到了街上，顺着街渐渐地往回走。往回走的路上，我看见一个街角上有“上海”两个字的拼音，原来是一个“上海餐馆”，那四个中国汉字竟叫我好一阵激动，就像找到了家似的。我透过餐馆的玻璃门看见了门庭里的一个镀金嵌银一脸俗气的笑弥佛，心里便想，午饭就到这里来吃，也许能够遇见中国同胞。我立即在心里编织了温暖的“老乡见老乡”的故事，从茶色玻璃里的笑弥佛跟前走了过去。

当我走回我的旅馆时，底层的公寓门开了一半，我推门进去，那女人便对我道了早安，将我引到过道左侧的早餐室，让我独自坐在一张小木桌面前，桌上早已放好了我的早餐，一筐面包，有黑面包，也有白面包，一盆黄油，一盆火腿，一罐果酱，一杯果汁，还有咖啡、牛奶、白糖，我的碟子跟前有一只鸡蛋，竖在鸡蛋杯里，为了保暖而套了一顶墨绿色的绒线小帽。我对老板娘说，我想要一杯热茶，她说好的，便转身去给我弄茶。我无精打采地打量着这一间餐室，我的座位正在门边，身后有一排柜子，柜子上排了几列木头的小火车，柜子下堆着杂志。我正面的临街的窗户，挂了厚厚的窗帘，窗下放了两张较大的餐桌，如乡村酒店一样围了墙是半圈木椅。茶送来了，偌大的一个杯子里，塞满了黑乎乎的茶叶，如稠粥一般涨干了，我滗了小半口，差一点儿吐了出来。天底下再没有比这更苦涩、更辛辣的茶水了，好像不是用茶叶泡的，而是用板烟泡的。我只得再向她要一杯中国茶，她去了一阵，回来抱歉地说，没有，于是我便再不好意思麻烦她了。这时候，有人推门而入，是一对老夫妇，全身旅游者的打扮，都穿着鲜红的滑雪衣，老先生还打了绑腿，好像要去登山，他们和我互道了早安，然后走到窗下右边的餐桌前坐下。接着，又有人推门而进，也是一对夫妇，却年轻得多，那男的蓄了大胡子，眼色十分温厚，他们也与我互道了早安，走到了窗下左边一张餐桌。看来，这便是我的全部的邻居们了，可是那一位干枯的坏脾气的老头呢？我从此再也没有看见过他，后来我才注意到他的公寓没有编上号码，那么就是说他并不是和我们一样的旅客，而是一户居民，这一户居民与这旅店老板又究竟是什么关系？是房主与房客租赁的关系，还是亲属，一个潦倒的被收留的苟延余生的兄弟，叔伯？他究竟是什么人？他又为什么那样厌烦？我不知道，而且永远也不会知道了。我慢慢地打量着我的全部的邻居们，心里逐渐地安定。不管怎么，这幢房子里总不是我一个人了，这幢房子里有许多人，一个，两个，三个，连我一共五个客人。可是，昨天晚上，他们在哪里呢？我食而不知其味地胡乱塞了几口面包，吃了鸡蛋，喝了果汁，将那一大杯“板烟茶”原封不动地留在了桌上。我上楼去房间取了地图、照相机什么的，下来经过一楼时，看见那位年轻的蓄胡子的先生正从一号公寓里出来，手上拿着伞。他严肃又温和地看了我一眼，我们一前一后下了楼去，天正下着小雨。我顺了我早晨走过的那条街向前走，那一对老夫妇正朝马路对面走去，雪白的头发映着鲜红的滑雪衣，有一种十分天真的情调。后来，我一直非常地后悔，我至少应该问一问他们的国籍，我甚至不知道他们的国籍，便永远永远与他们分了手。

我顺了早晨的老路又去了城堡，所有的店铺都关着门，街道上十分地冷清，只比早饭前略略多了几个人几辆车。雨点沙沙沙地落了一阵又停了，云层依然很厚，而且变化多端。我向那中世纪的城堡走去。城堡下的广场热闹了许多，一辆大型旅游车载来了一批观光客，观光客在广场上走动着。鸽子又飞了回来，乌压压地停了一大片。我随了这个不知名的旅游团走进了旁边的圣马利教堂，哥特式的尖顶是无比的高，抬头望去，会觉得魂魄被那尖顶威严地摄走了。教堂内几乎没有装饰，朴素而肃穆。高大的廊柱顶上有着地狱和天堂的雕刻，一具具骷髅逼真得几乎活了起来，天使的面目不知为什么竟有些狞厉，四壁还有一些圣经故事的石头浮雕，比如“最后的晚餐”，线条都是十分简洁而古拙，显得凝重而又天真。浮雕已不完全，不知是哪一位的圣徒掉了脑袋，大约总是战争的遗迹。后廊上用铁栅栏围起了一口破碎的大钟，四周放着祭奠的花圈，后来才知，那是二次大战英军第一枚炸弹炮轰吕贝克的杰作，战后，人们将大钟的残骸供在了此处。这大钟一定是有着更多的光荣的典故，而年轻的孩子们都不知道了。旅游团不知什么时候已经撤出了圣马利教堂，只留下寥寥几位“个体观光者”。我忽然看见了我的邻居，那一对老夫妇，老先生正仔细地看一具石刻的讲坛，围了那讲坛庄严地走了好几个圈。他那么骄傲地打了绑腿，像是要登世界高峰，不料却只是参观教堂。我很想笑一笑，却一点也笑不出来，心情是十分的郁闷。

我从教堂出去，外面正刮着寒冷的风，太阳在云层后面游移。我漫无目的地走着，走过石块整齐拼砌的广场，又与另一批旅游者遭遇，这是一个来自日本的团体，那些东方人的面孔竟叫我感动了一下。我好像离开家乡已经漂泊了一个世纪，心里凄凉得要命。我糊里糊涂随着他们又进入一所高大的森严的建筑。极大极大的屋顶之下，是一排一排简陋的小间，好像是一些教徒的清心寡欲的禅室。原来是一座古老的医院，旅游手册上说，是七百年的老医院，也是德国第一所贫民救济医院。那简陋寒素的病房与空旷寂寥的建筑，颇像一所修道院，充满了宗教的救世的意味。我不知为什么不敢往纵深处去，那纵深处的廊柱与走道似乎潜伏着几百年上千年的幽灵。我期待着有人往里去，却没有人去。旅游者们拥在门口探头望了一阵便轰然离去。我再不敢一个人留下，便也尾随着出了门。太阳却已出来，令人目眩。转眼间便走完了两个旅游点，而时间才仅仅上午九点三刻，我想着那一家上海餐馆，就好像有了后盾似的安定了一些。

我打开地图研究了一会儿，决定去找那吕贝克的象征，大城门，这原本是保留到下午的节目，而现在只能提前了。我有意无意地走着弯路，好像在消磨着时间。时间过得非常之慢，我又寂寞又无聊，这仅仅半日就如此难熬，回汉堡的日子就更长得无期。我走在漠漠的街道上，街道上不知为什么竟没有人，只有电车有时当当地驶过。石头街面上蜿蜒着电车轨道，使我想起我很小的时候的上海的街道，那上海于我是无比的遥远，遥远得就好像已经从地球上悄悄地消失，只在那陌生的街角留下一个上海餐馆。所有的店铺依然关着门，我方才想起，梁先生曾告诉过我，今天是一个节日，名叫德国统一日。节日的起源是一九五三年六月十七日，东柏林工人举行了一次要求统一的示威游行，然后西德便兀自将这一日定为了德国统一日。就是这样，所有的店铺都不开门。那节日的起源此时此地想起竟是十分的隔膜，那划分东西的柏林墙竟也是遥远得渺茫，好像是与此无关的一个故事。我奇怪地觉着，在这个城市里，连德国都离得非常遥远。可是，吕贝克确确实实在过节，除了餐馆、酒吧，全不开门。

我穿进一条小巷，走到一座教堂跟前，这教堂名叫“St. Aegidien”，门口的牌子上写道，是初建于一二二七年，还写着开放的时间，是下午三点到四点。教堂对面有一座花园，黑漆的镂花的铁栅栏里有茵茵的草坪，在一整个寂寞的吕贝克的小街旁，显得分外艳丽。我绕了教堂一周，却迷了方向，走着走着，不觉走到了我的旅馆门前，旅馆紧闭着门，招牌上的老板永恒地微笑。我又重新出发，去寻找大城门。我慢慢地走到了郊外，走到一堵高大的城墙底下，城墙底下有绿茸茸的草地，一只羊羔似的小狗在啃着草坪。我认出这是昨天从汉堡进来的路，通向汉堡的公路坦荡荡的一去数里，昨日的事情回想起来如同隔世。我再转过头重新向前走，我走到了河湾，船帆很鲜艳地竖起在忽又晴朗了的蓝天下面，河上的凉风使我迈不开步子，我只能折回头去，看见了旅游者问讯处，一个旅游者徒然地敲着门，得不到一点回答。有一个男人一径地看我，对我做出殷勤的微笑，我过到马路的对面，绕过了他。我漫无目的一般地走着去寻找大城门。我漠然地看着路边形形色色的广告，有一块大幅的广告牌几乎是横在了路口，上面画着一个装腔作势的木偶，写道木偶博物馆。我心里漠然地想道，如实在无处可去了，便去这个木偶博物馆看看。这时候，我并不知道，这一个木偶博物馆会引出一个几乎是离奇的故事。这时候我什么都不知道地走了过去。我十分地丧气，再没有一个比我更丧气的观光者了。

渐渐地，我觉得我走着的这条马路似乎有一点异常，这马路的前方突然开阔起来。我首先看见的是太阳下自己的清晰的影子，然后又看见了许多别人的影子，太阳出来了。太阳下有许多旅游者朝着前面走去，我知道前边一定有着什么重要的东西，然后，我便看见了大城门的雄浑敦实的尖顶。

走向大城门的时候，太阳一直在当空照耀。通向大城门的路径是鲜花夹道，绿茵铺地，这不由不令人振作起来。我先在纪念品小店买了一个大城门的浮雕。将浮雕塞进背包的时候，我忽然觉得，我在吕贝克的任务已经完成了，事情已经结束，我该回去了。我决定今晚就给梁先生打电话，告诉他我明天就乘火车回汉堡，如他能开车来接我，那就谢谢了。我穿过马路，走到城门下，望着那风格质朴又雄壮的古老的城门，心里异常地平静，甚至还有一点点快乐。

我身后响起了一个声音，说道："这就是大城门。"那普通话的汉语响起得那么突兀，我竟没有立即反应过来；而那声音又说了一遍："这就是大城门！"我几乎不能相信自己的耳朵，在吕贝克，在吕贝克的大城门前，竟有中国人。我回过头去，看见身后的台阶上一溜站了五个中国人，一看便知是从大陆来的。我想都不想就朝他们跑去，惊喜地问道："你们从哪里来？"他们奇怪地看看我说："辽宁。"我们立即搭上了话，他们是一个辽宁的贸易小组，在汉堡洽谈一桩生意，趁着过节坐火车来玩一日。我们互相帮着留了影，我忙着告诉他们，这里有一些什么地方值得去，往海边每小时都有公共汽车，我顿时变得十分的饶舌。我非常地想与他们结伴，看来他们也不反对，不幸的是，仅仅三分钟之后，仅仅是我们同步走到城门下的那一段路程之后，便发生了分歧。城门上有一个博物馆，两马克一张票，那自然是要看的。他们先也说要看，可是商量了一会儿之后，却一致地说没有意思，不看了。而我是一定要看的。于是，我们只得分道扬镳。他们走他们的，我走我的。我独自买了票，上了那笔陡的螺旋形的石梯。那是一个关于吕贝克城市历史的博物馆，不曾想到城门上有这么大的容积，共有五层，每一层的墙上都有当年的枪眼与炮眼，我通过炮眼望着城下的绿草地，那五个辽宁人早已没了踪影。参观者里却有一个东方人，一个年轻的英俊的先生，带了一个德国女人，还有一个混血的男孩，男孩叫他爸爸。他总是向我微笑，而且有意无意地随了我。我不知道他是个日本人，是个越南人，还是个中国人。不知出于什么心情，我没有同他搭话。好像是怕自己失望，如果他是个日本人，或者越南人，那么就好像要破灭一个幻想似的。我们不止一次地迎面走过，擦肩而去，在一件展品前流连，互让着走一段狭隘的石梯。他也不知是出于什么心情，也不同我搭话，或许也是避免失望？我不知道，总之，我们就好像互相都生怕破灭了幻想似的，始终没有搭话，只是永远地微笑。后来，我在另一个场合又遇见了他，我明白他是一个中国人了。可那时候，他是中国人还是日本人，或者是越南人，于我已不是那么重要了，这且是后话。就这样，我仔细地看完这一个博物馆，已到了中午十一点半，我可以去上海餐馆吃午饭了。

我激情满怀地奔向那个上海餐馆，好像是去赴约一般。天又阴沉了，风刮得很紧，我浑身几乎冻僵，可是我激动地想到，马上就要到上海餐馆了，那里一定会是非常非常的温暖。我终于又看见了那茶色玻璃内的披锦挂彩的笑弥佛，做着很洒脱的什么也不在乎的手势。我推开了玻璃门，一股暖意扑面而来，融融地包裹了我几乎冻僵了的身体。餐厅里很暗，没有开灯，只有一两张已坐上客人的桌上点了几支蜡烛。我就像是一个电影院的迟到者，一时什么也看不清。我在门口站了一会儿，渐渐地恢复了视觉。这是一个很大的餐厅，四排座位由一道齐腰的护墙板隔着，一直伸延到看不见的深处。天花板上悬挂着大红大绿的宫灯，墙上挂了花鸟的国画。几位德国女招待悄无声息地走来走去，有人向我迎来，我只向她笑笑，却继续向前走，我以为那幽暗的纵深处一定有着中国人。可是直走到了最尽头，往左是厨房，往右是厕所的地方，依然只有德国人活动着。我不由得气馁，只得走了回来找了一个座位坐下。我环顾着四周，希望能找到哪怕只有一个来吃饭的中国顾客，却没有。仅有的坐上客人的几张餐桌上全是表情肃穆的德国人，用刀叉吃着中餐。一个淡黄长发的女孩走过来点上了我面前的蜡烛，递上菜单，总算菜单上有一行中文：酸辣汤，什锦面，咕咾肉肉，宫保鸡丁，让我做了那么几秒钟的还乡梦。我要了一杯茶和一碗面，然后再向她要一双筷子，我用汉语和英语反复地说了几遍“筷子”，她均不明白，只得用手指沾了茶水在桌面上画给她看。她走开去，留下我一个人对了一支摇曳的蜡烛。我不由得有些恍惚起来，我究竟是在了什么地方，这地方与我究竟有着什么关系，我为什么会到这里来？我在这里，谁也不知道，那淡黄长发的女孩知道，她会说：今天有一个中国人来吃饭，要一杯茶、一碗面，还有一双筷子。仅此而已，而她第二天便忘了。我今天整个上午在吕贝克走来走去，没有人知道我是谁，从哪里来，来做什么，于是，连我自己也有些动摇了。我好像是一个流浪汉似的，幸好手里有了一杯热茶，这是今天从早到现在第一次接触热的东西，早上那一口苦茶不算，而天气是那样的寒冷。面来了，我磨磨蹭蹭地吃着，拖延着时间，这里很暖和，暖气机无声地工作着，外面正刮着阴惨的北风。而我又不愿回旅馆，那旅馆里的阴森气氛令我无法安心。并且，我走在街上，毕竟还可有人看见我，似乎可为我的存在作旁证似的。一旦进了旅馆，进了我那三号公寓走廊底的单人房间，好像变成了一个一百年的隐士，再没人看见我了、知道我了，我就好像没有了似的。如果这世界没有了我，我又还有什么呢？我吃着油腻腻的已经变了种的什锦面，注意着有没有中国客人走进餐馆，像一个西方现代作品里的孤独英雄一样想着心事。而我无论多么不想出去到那寒冷的大街，出去的前途是多么的渺茫，我却怎么也安不下心来从容地吃面，这里终不是久留之处，我受着无形的催促似的，急急地结束了一切，急急地招来那女孩算账，付完账后急急地给了小费，然后急急地穿上大衣，急急地出了门去，就好像，有什么要紧的事情等着我，就好像我有着什么要紧的去处。我急急地出了门，门外竟出了太阳，尽管风是十分料峭，可正午的太阳是暖烘烘的。心情豁朗了一些，我穿进了大街后面的小巷，不知不觉又到了我的旅馆面前，老板娘在门厅里拖洗地板，那旅馆终于有了些气氛，我便决心上楼小歇一会儿。可一旦进了房间，我却又急急地想要出来，怎么也坐不定似的。我不能在这房间里久留，久留了我便会被埋没了似的，我好像非得走到大街上，让所有的人都看见我，证明我在场，这时候，我对自己的存在没有一点信心似的。我便又匆匆地走下了楼，走出了旅馆。总算太阳还在，照耀着旅馆门前的花坛。我沿了石子街面向前走，又到了那座建于一二二七年的St. Aegidien教堂。门口的牌子上写道，下午三到四点开门。教堂旁边，有三四个旅游者，在寒风中的太阳地里，抖抖索索地吃三明治。对面的绿草茵茵的花园里，二楼推开了窗，伸出一个姑娘的脑袋，对着楼下一个小伙子大声喊着什么，小伙子便大声地回答她，他们的声音在这正午的太阳里传得很远。我离开St. Aegidien教堂时，无意中看到了一个圣安妮博物馆（St. Annen）下午两点钟开馆。我看了看表，这时还不到一点，心里便想着去哪里消磨这一个来钟头。这一日是那么的漫长，每一分钟的逝去都那样艰难，好像每一分钟都在等待人做出决定。我慢慢地离去，向另一个方向走去，我忽然想绕到我的旅馆的后面，去寻找我窗下的那一幅明媚的图画。我走上一座铁桥，铁桥上有自行车急速地行驶。我站在桥上，看见桥下，我的旅馆所在的那条街的后面，果然是一个湖泊，湖边是青草和绿树林。我怀了一种寻找梦境的惊喜的心情下了桥，走下台阶，走在草地的小径上，走到了湖边。湖水很平静，碧绿的湖水上果然漂有彩色的浮球。湖的那一岸，是一排房屋，我找到了我的那一座旅馆的公寓楼，楼的背面才露出了久远的年代，石灰好像有些剥落似的陈旧着，我甚至凭着感觉找到了我的那扇窗户。湖边的长椅上，坐了一对情人，年纪已不轻了。一个父亲带了一个孩子在路径上蹦跳着玩耍。露天咖啡座的椅子全空着，盛开的鲜花有一种凄艳，十分寂寞，没有一个人。我绕过湖，从那一头走上了铁桥，当我走上台阶的时候，忽然嗅到一股扑鼻的香味，那是一股熟到骨髓里的熟得已忘了名目的气息。我心里恍恍的，觉着有些奇怪，好像做梦似的。我寻找着那气味的来源，四处张望着看见了一个厨房的后门，像是一个餐馆的厨房。我好像有些明白，却又不很确定，疑疑狐狐地走上台阶，上了街道。这时候，我看见了就在我身边头顶上，有着金光灿灿三个大字："陈家园"。我恍然大悟，这果然是一个中国餐馆，那一股油、辣、酸搅和一起的气息，实在是唯中国菜独有的气息。而我再不敢贸然闯入了，我知道我又会希望扫地，丧家犬一般溃逃出来。我弃下了"陈家园"往回走，这时已快到两点钟了。

圣安妮博物馆原先一定是一个大教堂，高大的、宽阔的、漫长的回廊里，悬挂了宗教改革前十三、十四世纪的大幅圣像、圣画，还有圣坛、浮雕、雕塑。巨大的受难的耶稣睁着痛苦的眼睛，浑身血迹斑斑，血从钉子眼里渗出，顺了裸着的双足滴下。无数受难的耶稣挟制着人们从廊下走过，走进无数个展厅。许是那一昼夜里我郁闷暗淡的心境，许是吕贝克那寂寞的风景，许是那永恒的阴霾与短暂的阳光，许是圣安妮教堂阴森庄严的气氛，我感到一股前所未有的宗教恐惧感。所有的圣画几乎无一不是围绕着耶稣受难的内容，或是耶稣走上十字架前，玛利亚镇定而悲恸的送别，或是耶稣复活时，玛利亚将他像婴儿一样拥在膝上，抑或就是耶稣受难的一整个过程。那受难的细节，受难的部位，钉子扎进肉里渗出的鲜血永远是最突出，最强烈，最攫住人的魂魄的。我从受难的如排山倒海一般向我倾下的耶稣下面走过，他的双足正好在我的头顶，他的鲜血几乎要滴在我的肩上。耶稣温柔的痛苦的眼神不知为什么会有一种残酷的表情，他终究是要世人做什么呢？我是一个一无宗教背景的孩子，我无法明白人们怎么会去笃信一件无形无声的东西，我曾十恶不赦地捉弄一个吃长素的女人，之后那惶惶的心情至今还留有灰暗的影子。我从威逼着我的耶稣脚下逃跑似的走过，心想着于他的受难自己其实是没有责任的。可是，他那眼睛，他那血迹，他那一整个悲壮的残忍的受苦的姿势却始终地逼迫着我。我感到由衷的恐惧，我又不知我是惧怕着什么。我渐渐地走到了一具楼梯旁边，溜上了楼梯。楼上是一个富丽堂皇的展览，展览着吕贝克悠久的文化。吕贝克的瓷器、木器、陶器、家具、工艺品，那展室是一个套着一个，如九连环，又如迷宫，没有终了。我从一走进二，再从二走进三，走进四、五、六，我不再关心展品，只想将这展室一间一间走穿，走到尽头。可是没有尽头，永远一个房间套着下一个房间：六、七、八、九、十、十一、十二，十三室里有一个高大的女人，回头向我和蔼地微笑。我却几乎要叫喊起来地返身就走，退回到十二，再十一、十、九、八、七，我终于走了出来，好像从一个圈套里脱身，我下了楼，走过回廊。回廊的窗外是一个茵茵的草坪。我失魂落魄地喘息着，耶稣钉在十字架上高高地望着我，我总躲不开他的眼睛。这时候，远处和近处响起了当当的钟声。我心里生出了一个问题：宗教是什么？我惴惴地在钟声里想着：宗教是什么？在我离开吕贝克以后，在我以后的旅途中，我一直怀了这一个问题，我到处去寻找答案，逢人就要问，直把人问得走投无路而后已。而这时候，我实在是吓坏了，我又一次想到：我明天回汉堡。

我惶惶地走出圣安妮，虽然已是三点，可St. Aegidien教堂依然没有开门，我从教堂前走过，走上前边的大街，又走到了中世纪的城堡底下。广场上聚满了人，很热闹，我找了一条太阳地里的长凳坐下，鸽子在我脚下啄食，太阳却又渐渐地没了。就在这时，遍地的鸽子呼啦一下腾飞起来，众人不由得一惊，它们却早已遮暗了天日，飞远了。它们化成一群密密的黑点，在远处教堂尖顶上盘旋，然后又往广场过来。天边就好像涌起了层层的乌云，成千上万只鸽子如鹞鹰般铺天盖地，向着人们俯冲下来，人们惊得四处躲着。那鸽群又硕大，又强壮，有着一股特别的阴险之气，刷地又遍布在城堡下的广场上。风起劲地刮着，有冰凉的雨点落了下来。几秒钟的时间里，广场上的人们便散尽了。人们都回家了，而我去哪里呢？我就好像一个十九世纪的贫困的漂泊的彷徨的住顶楼的人，无处可去，前途茫茫。而雨点越来越大，我只得走了，我得去找一处屋檐避雨。我向我的旅馆走去，而我真不愿意去那里。雨忽然猛烈起来，远处还有响亮的闷雷。我只得走到一家大型服装商店宽阔的门廊里躲雨，那门廊里已有一个男人在了。天阴沉得好像晚上十一点钟，风将雨兜底扫起，一刮数十米。我木木地想着吕贝克的天气，心情竟十分地苦闷。我又觉着那男人在注意我，我明明知道是我神经过敏，他很有理由注意我，一个外国人，又是个女人，而我克制不了心的恐惧。我是一定要回汉堡了，如再在这里逞强，我保不住我会疯了。雨好像小了点，我便走出了门廊，向前走去。即便是在这风雨交加的天气里，我也丝毫不觉着我那旅馆有什么温暖和可爱。雨又大了，我只得躲进一个咖啡馆，要了一杯热巧克力。

巧克力是温吞水似的不凉不热，咖啡馆里很嘈杂，不时有人进出。我喝完了巧克力，又坐了一会儿，等那雨停了，才走出去。太阳却又出来，街道竟干了一半，我绕着水洼走回了我的旅馆，那老板娘告诉我说，有我的电话，要我回电。我下楼到那老板娘的公寓里，看那电话留言，见是那一位旅行社的先生的名字，便与他拨了电话。他问我有什么困难吗？我简洁地告诉他，我明天就回汉堡。然后我又给梁先生打电话，家里和书店里都没有人，不知他去了什么地方，我打算晚上再给他拨电话，便上楼收拾东西去了。教堂的钟声又当当地响起来。我迅速地收拾东西，心想着，收拾完了就出去吃饭，吃完饭就回来睡觉，明天一定要走了。我又想着吕贝克那满城的屋脊上就竖着两样东西，一是教堂的尖顶，二是电视的室外天线，便觉着十分的可恶，我是一定要走了。

然而，就好像命中注定我还必得继续留在吕贝克，就好像命中注定吕贝克一定要争得我的好感，就好像命中注定我来吕贝克的旅行一定能成功，就好像命中注定我与吕贝克有着什么联系。

就在这时候，发生了一桩决定了我与吕贝克一整个关系的事情，发生了一桩将我在吕贝克的命运一整个改变的事情，那就是——

门铃响了。

就像要回汉堡的决定壮了我的胆似的，就像冥冥中有什么在作祟似的，我一反以往的疑神疑鬼，不再害怕。我镇定地、坚决地走过走廊，走廊边那一间双人客房的门永远启开了一条缝，流出一线灯光，卫生间里永远地潺潺地漏着水。我走过走廊，打开了门，门口站着我在海德堡结识的朋友，啤酒恩和他的法国女朋友帕斯卡亚。

吕贝克出生的啤酒恩自从在海德堡听说我下一步要去吕贝克，心里就一直在想着一个计划，就是到吕贝克来找我。可是帕斯卡亚不同意，因为再过四个星期就要考试了，这是复习功课的关键时候，不知他是怎么说服了帕斯卡亚，又与黄凤祝先生取得了联系，知道了我的旅馆地址，一清早从波鸿出发，开了五个小时的汽车，到了吕贝克。

啤酒恩带着我，敲开了吕贝克的许多紧闭的门，走进了吕贝克的许多神秘的房间，用他那辆故障不断的破车跑遍了吕贝克美丽的郊外，美丽的与东德相邻的Wakenitz河，我们登上无数座教堂的尖顶和钟楼，在穷人和学生才去的饭店吃饭，在昔日水手云集的酒馆喝酒，我们去了托马斯·曼的博物馆和他就读的中学，立即被一名校工赶了出来，我这时方才想起了托马斯·曼，我早已将他忘了个干干净净。啤酒恩带了我从旧日的养老院门前走过，从宏伟的市政厅前走过，从他小时候的学校门前走过，他讲给我听许许多多的吕贝克的故事，他告诉我，那St. Aegidien教堂对面的铁栏护围的小楼前的绿草茵茵上，曾经是纳粹焚书的地方，他告诉我，吕贝克昔日是波罗的海的皇帝，这一句话从他嘴里听说与从教科书上看来是那么的大不相同。他每天早上来旅馆接我，深夜里则将我送回，他直送我到门口，然后再三地说："你不要怕，你一定不要怕，吕贝克是非常非常的好。"而就在他到的那天晚上，我的三号公寓里那两个客房里分别住进了两对不同年纪却同是严肃而和蔼的夫妇。我从此逐渐和我的邻居们熟悉，早饭时，那一只恐怖的黑猫一旦走进，那打绑腿的老先生便替我驱猫，并学着我赶猫的声音说："去，去！"教堂的钟声在每一刻里当当地敲响，好像在奏一曲古老的颂歌，街上再不那么空寂，大踏步地走着那么多的人，好像是在一秒钟内出现在啤酒恩的身后，好像是被啤酒恩率领出来的。啤酒恩就好像是一个将军，率了一整个吕贝克的二十二万人在中世纪的古堡下的古老的街道上雄赳赳地行军。

最后，还要说的，是第二天，我们从Ratzeburg回到吕贝克，商量着中午吃正餐，晚上吃汉堡包，还是中午吃汉堡包，晚上吃正餐。这一时，大家都很饿，便决定中午吃一顿正餐，帕斯卡亚很想吃中国菜，于是我们便到了陈家园。

一进门就看见两个中国跑堂在前后左右地招呼，一个年轻些，一个年长些。年长些的那一位将我们接到一张餐桌上，我们先用英语招呼，然后便互问会不会说中文，接着就一起说中文，他问我是不是从英国来的，因为英国离吕贝克很近，常有英国的旅游者过来。我说是从上海来，他竟说起了流利的上海话。他用上海话告诉我，他出来已有二十年了。他是那么小的时候，他用手在齐腰的地方比划了一下，被一个叔叔带出来的。我向他打听那一家上海餐馆的情况，他说那家老板是菲律宾华人，早已将餐馆给了儿子，儿子找了个代理人在这里，自己难得来看看，其实那里已经没有中国人了。他说吕贝克大约有十几家中国餐馆，却已都是外国人了。他迅速地记下我们点的菜，将我们桌上的蜡烛点燃，说完这些，就走了。走了再来的时候，他又告诉我，看见吗？那一张桌上的，是从北京来的。我回过头去，看见我们身后靠窗的长条桌上，坐满了中国人，其中有一个女学生模样的人，据说是个留学生，我猜想许就是梁先生要找来给我做伴的那女生。在她对面，坐着我在大城门见到的那一个东方人，他依然朝着我微笑，我也回以微笑。

这时候，好像是吕贝克所有的中国人，都出来了，都上场了。可是，昨天，他们在哪里呢？昨天，我多么多么需要他们的时候，他们都在哪里呢？他们就好像有意地要给我安排一次磨炼，给我导演一幕身临其境的失落与寻找的现代剧。我们吃完了饭，各自付了各自的账单，与那中国跑堂道了再见，走进了吕贝克的蒙蒙细雨里。

当我急不可待地终于写完了这些，我如释重负，忽然地觉着一身轻松。这一段孤独的没有旁证的经历终于从我身上卸下来了，交给那些认识我的知道我的，也为我认识、为我知道的人们，我感到十分的快乐而且安慰。我想起当我从吕贝克回到汉堡，像一个凯旋的英雄一样很不平凡地走进天地书店，梁先生从书库里抱了一大堆书朝我走来，平淡地说道：“回来了？”就好像我是去隔壁喝了一杯咖啡回来的一般，不由得十分泄气。这一段无人知的经历横隔在我与一切人中间，使我感到孤寂。而这一刻里，我丢下我的笔时，却深深地体味到我所不可选择地选择了的这个文学的行当，是一个多么幸运而幸福的行当。

波罗的海和特拉沃明德

……天边飞下一片白云，海上飘来一叶红帆，一位神奇的王子，向你伸出手……

——摘自本人早期小说《雨，沙沙沙》

《布登勃洛克一家》，就像是托马斯·曼为吕贝克作的一部城市志，仅只因为这一部名著，吕贝克也不会被遗忘了。在吕贝克，时时处处可发现书中的景物，竟会有一种考古学家发现了历史遗迹，证明了自己的理论的又惊又喜的心情。议员们开会的市政厅宏伟地矗立着，昔日布登勃洛克家族的遗址已是一所银行，安冬妮度暑而邂逅一段罗曼史的海滨便在距离吕贝克十四英里的特拉沃明德。

梁先生开车将我从汉堡送往吕贝克，找到那一个预定的旅馆以后，已是六点钟。紧接着，我们就去了特拉沃明德。汽车驶上一条向北的公路，宽阔的公路两边有整齐的树木，天色阴沉沉的，不多一会儿，便看见了如林的桅杆，竖立在遥远的灰蒙蒙的天际。而那桅杆之林却又像是一个海市蜃楼，接近不了似的，后来，就干脆消失了。汽车驶进了一条小小的街道，两边是小小的却十分华丽的店铺，汽车从店铺之间窄窄的街道驶过，驶上了海岸。一片雄伟的桅杆如平地而起一般，矗立在了眼前。桅杆扯着绳索，映在灰色的天幕前，显得十分肃穆。汽车从桅杆前驶过，驶上了一片停车场。停车场上只有寥寥几部车，这已是回去的时间。海岸上走着一对穿了鲜艳的滑雪衣的老人，牵了一只狗。风非常的大，海水缓缓地拍击着海滩。沙滩上如泊着小船一般停了一片无人的帐篷，帐篷的形状犹如人力车的车座，可坐两个人，可以任意移动。那帐篷的色彩与图案都各不相同，十分夺目，远远望去，犹如一片盛开的花朵。而在这阴沉的黄昏的时刻，这景象却十分凄凉。海风劲吹着，黄沙缓缓地在滩上如凝冻的流水一样移动，渐渐地埋起一个一个小小的沙丘。这时，从海上，很远很远的地方，过来了一艘轮船。那轮船起先像一个黑点，慢慢地有了轮廓，然后渐渐地清晰了，甚至可以看见客舱的窗口。

梁先生猜想这是一艘挪威的船，英国的船，瑞典的船。轮船终于驶了过来，似乎就在接近海岸的那一瞬间，突然地加快了速度。它以一种如歌行板一样的速度向港湾驶去，这时才看清了，这是一艘芬兰的船，船身由红白两色相交而成，巨大的威风的从岸前如歌似的驶过，暮色里的海滩突然地明亮了起来。在海岸后面，是美丽的鲜花盛开的别墅小楼，漆成乳白色或是天蓝色或淡咖啡色，总之是典雅而娇嫩的颜色，临海的二楼玻璃窗里，温暖地坐了一位先生在吃晚餐，几乎每一座小楼门前，都有餐馆和旅馆的招牌。我回过身仔细地端详着那一座乳白色的小楼里那一位安详地吃着晚餐的先生，不由得说道："如果住在这里也是很好的事情。"梁先生听了这话，立即说道："你等一等，我进去问一问。"说罢，他便走了。风大极了，那是能穿透骨髓的风，海滩上的流沙在帐篷脚下缓缓地回流，发出沙沙的声响。长长的伸向海里的码头上有一个男孩，穿得十分单薄，他一直往码头的尽头走去，走得很远很远，然后在那尽头站住了，他就好像站在海里似的站着。男孩举起两只胳膊，搁在脑袋上，风将他单薄的衣衫，鼓起了一面帆。他一个人，就这样一动不动地站在那里，站了许久许久。海水是浅灰色的，有些苍白，我听见身后有动静，便回头看，是梁先生顶了风朝我走来。他身后的乳白色的小楼里，玻璃窗前的鲜花丛中，温暖地坐着一位安详的先生，望着海面。小楼后面，远远的，是高耸的Casino大楼。他走到我的身边，告诉我，这一个旅馆已经客满，要到二十一日以后才知道有没有空，今天是十六日。可是他又欣喜地告诉我，旅馆费要比想象的便宜，只七十马克一夜，所以他建议我们继续去找旅馆，“既然你很喜欢这里。”梁先生补充道。于是我们便离开了海边，走上了大路。我又瞥了一眼苍茫的波罗的海，那码头上的男孩不知什么时候已经不见了。我们走上台阶，走到小楼前草坪中的小径上，小径旁边有一具舢板，如一枚巨型的梭子。天很阴沉，却明亮着，路边的三明治小棚已关了门窗，门前有一张锡纸嚓嚓地无家可归似的溜来溜去。问讯处也关着门窗，玻璃窗里可看见各色明信片。帐篷出租处的小房也关闭着，木板门上，贴了水温气温报告和一张告示：租一顶帐篷是十二马克。一个老人将大衣领子竖起来护着耳朵，慢慢走着遛狗，是一条巨大的肥胖的懒惰的狗。我们又走上一座小楼，询问有没有空房间，一个女人说只有今天一个晚上有空房。我们又走下台阶，去另一处，梁先生很奇怪在这样寒冷的时间，特拉沃明德却也客满。风越吹越冷，我们又找了几家旅馆，碰了几次壁，人们第一句话总是要问：“双人房？”我们便赶紧地声明：“单人房。”人们便奇怪地看看我们。越到后来，我们便越像是一对私奔的男女，好像远远地跑到这里来殉情似的。事情变得有些荒唐，可我依然不想放弃努力，我很想在这里住两天，哪怕只是两天也好，这一定是一个很特别的经历。因为是这样陌生的遥远的海边，那是可通向许多陌生的国度的海边，望着渺茫的海平线，心里便止不住地会想，那里是挪威，是芬兰，是瑞典……这是一种很陌生很新鲜的经验。而波罗的海这时候是多么的凄凉，风从遥远的海面一阵阵地刮来。

我们在寒瑟的海风中，又接着寻找旅馆，一幢幢典雅的小楼伫立在绿茵茵的草地上，凄婉地美丽着。我们走上了一幢白色的雪宫似的小楼，门开着，走上白雪铺地一般的楼梯，却没有一个人。几乎将所有能按的按钮都按了一遍，该响的都响了，该亮的都亮了，却依然没有一点回声。而门前明明有着旅馆的招牌，研究了一会，便揣测也许应该从后面进去，便绕到了后面，径直地走进了一扇虚掩着的门。一个女人从卫生间出来，又问道同样的问题：双人房？我们则回答：单人房。她便去看旅客登记册，登记册放在小小的门廊里的柜子的抽屉里。我们站在门廊里，等待着她。客厅里熊熊地燃烧着壁炉，壁炉的火光映亮了房间，又温暖又凄凉，壁炉前有一圈沙发，沙发上坐了一个老太太，漠然地看着对面的二十英寸彩电。沙发的另一头，伏了一只毛茸茸的小狗。火光映着炉前波斯图案的地毯，我刹那间觉着时间如倒流一般退回了一百年，这一幅图景，就像是一幅十九世纪的浪漫派油画。电视里哇啦哇啦地明明暗暗，老太太一动不动地坐着，壁炉的火光和电视的屏光，交替着映在她的脸上。她为什么不去那边的Casino大楼去碰碰她的运气呢？我知道，那里一定有许多像她这样的老太太。或许她是从那里回来，她不顶走运，我不知道。那女人已翻完了登记册，说道：今天没房间，明天也没有，可是从二十一日起，却有房间。梁先生建议我不妨将房间定下，二十一日正是星期天，他要接我去汉堡参加一个聚会，回来时便可直接来这里住几日。这一个建议很合理，我同意了，于是便定下了房间，我又叮嘱万不可再将这房间给别的客人了。然后我们就离开了，我最后地望了那客厅一眼，壁炉的火光是多么温暖地金黄着，壁炉前向来有着许许多多老式的故事，产生过许许多多美丽的诗句和美丽的图画。面对着那火光，就觉着自己变成了一幕古典悲剧中的女主角，有一种消沉却又得意的心情，可是那是多么凄凉。

我们走下了白色的木头台阶，天依然阴沉着，风从遥远的海面刮来，搜集了零零星星的波动，然后一并汹涌地涌向海岸，发出“啪啪”的沉闷的音响。Casino大楼的窗口，已亮起了灯光，那大楼就好像耸上了云端。风从松林里吹过，掀起松涛阵阵。有三个青年男女穿着防水的皮衣皮裤，摆弄着一具梭子般的舢板，像要去做一次沉暮的漂泊。桅杆之林肃立着，从我们的车窗前向后退去。车驶回了吕贝克。

第二次来特拉沃明德是在两天之后，随了啤酒恩和帕斯卡亚一起开车来的。这时候，我已经退掉了特拉沃明德的好不容易租来的房间。那吕贝克的孤寂的一个昼夜，早已耗尽了我对孤独这一桩时髦游戏的全部兴致，即便是啤酒恩的降临也无法使我彻底痊愈了。特拉沃明德的凄凉的暮色，在那可怖的昼夜里的回想中，于我已逐渐成为沉重的压力。我很难克服那一个寂寞的印象使我产生的消极情绪，无论波罗的海使我多么向往，那壁炉的火光又使我百感交集。这时候的我，是非常地偷懒，非常地怕困难，再不愿付出力气与精神来换取一些可贵的经验。我只想着轻松简单地度日了。当我任性地退去那房屋时，心情却极其复杂，我大大地松了一口气，卸了一副重担似的，却又憾憾地、悔悔地、空空地惘然若失。这一日早晨，我们开车往特拉沃明德了，天空甚至还出了一小点太阳。早晨的去往海边的公路上，却热闹非凡，车辆很多，连成长长的不断的河流。我们又看见了如林的桅杆，那桅杆总也接近不了，然后突然地消失。汽车驶进了美丽的店铺间的小街，店铺全部开了门，敞开着一个一个精致华贵童话里的小小的王国。汽车驶出街道，如林的桅杆雄伟地平地而起，港湾前突兀地展开了无边的海面，那茫茫的海平线微明着。就在这个时候，忽然地，从海面上，驶来了一艘红帆船。

这是一艘真正的红帆船，鲜艳的红帆被风鼓得满满的，骄矜地驶了过来。一个古老的已经遗忘的故事涌上心间。这故事是一个十岁到三十岁的，整整二十年的念念不舍的希望。它说的是一个波罗的海的水手的女儿，遇到了一个预言家，预言家告诉她，当她十八岁的时候，有一个晚上，这是一个风平浪静、星光灿烂的晚上，遥远的海面上忽然传来美妙的声音，然后，海上驶来了一艘红帆船。船上走下一位王子，手里捧着四季的鲜花，向你走来，伸出了他的手，你拉住了他的手，走上了这一艘红帆船。这一个故事如今于我早已成了过去，而这一艘迟到的红帆船却依然使我激动，我不由得大声说道：“你看，红帆！”啤酒恩也陡地激动了起来，追了那红帆驶去。红帆驶进了港湾，骄傲地昂着船头，歌唱一般从如林的桅杆后面驶着，它骄傲而温柔地驶过。啤酒恩猛一煞车，推开车门，第一个奔了出去，我也随了他跑去。红帆驶进港湾，旁若无人地行驶在如林的桅杆之间。我不好意思追了它去，甚至不好意思对它照相，觉着自己的激动难免有些做作，心里却又生起一股奇异的伤感。昔日的王子的梦想早已泯灭，有时竟会觉着那故事的荒唐，可是这一艘迟到的红帆，却从我心里唤起了什么似的，我竟有些微微的鼻酸。望着啤酒恩奔跑的背影，觉着十分的害臊。红帆终于消失在如林的桅杆之中，啤酒恩兴致冲冲地跑了回来，见我有些发怔，以为我是没有来得及拍照，便安慰我说:“不要紧，我给你寄，我拍了三张。”我朝他笑笑，忍不住问道:“啤酒恩，你为什么喜欢红帆？”他回答我说:“这样的帆船现在很少，很少，我喜欢这样的帆船，它很好，很好。”啤酒恩用儿童般的汉语回答我。原来，他压根儿没有注意到帆的颜色，帆的颜色对于他压根儿很一般。而他只是注意到那是一艘古老的船。开始我想把这一个萦绕了我二十年的故事讲给他听，可却又懒得张口。那故事于我们这个五千岁的国度的人们都已显得陈旧了。而他毕竟也已宝贵地注意到了这一艘古老的帆船，坦荡荡地跟踪追击，拍下许多照片，而不必像我，躲躲闪闪的。因这一艘红帆于我，就好像是一桩隐私，一桩纯属私人的事情。我至今还记得它挺挺着从如林的桅杆中驶过的骄傲而温柔的样子。

天又下起小雨，可是海边很热闹，一批批的旅游者被吕贝克的客车送来，店铺开着门，做着早晨第一笔生意。Casino大楼耸立在一片绿树丛中的典雅的别墅后面，没有历史也没有文化的很跋扈的样子。我们走到湿漉的沙滩上，沙滩将我们的脚嗞嗞地陷得很深，滩上有一道宽宽的拖拉机的履带辙印，顺着那辙印走去，一辆拖拉机停在海边拉着海藻。一片五颜六色的帐篷寂寥地停在沙滩上，脚下堆起了小小的沙丘。海上又驶来一艘巨大的客轮。雨点停了，有淡淡的阳光照耀着长长的海堤。海岸泊了一些小艇，啤酒恩说他做梦都想要一艘小艇，无奈是非常的贵，正在读书的他又非常地穷。

我们离开海边，去那小街上逛店。一个商店里有一具木偶，啤酒恩非常喜欢，却连问一问价钱也没有胆量。因为特拉沃明德的东西都是非常的贵，同样的东西，这里的和别处的竟能相差许多。我鼓动着他去问，问来的结果，几乎使我们全体昏倒——一千马克！我们赶紧侧着身子几乎是蹑着手脚贼似的走出商店，免得碰碎了一件东西赔偿不了，价值成千上万的小玩意随随便便地摆得到处都是。我们只好在路边的小摊上看看，我买了一只草筋编的手镯，买下它的最重要的原因是我试着戴上了它，把手弄得很疼，便不敢再退下它了。然后我们又走进一个卖船舶用具的商店，老板是个大肚子的汉子，说话的声音十分洪亮，他问我是从哪里来的，听说是从中国来，就告诉我说，前几日电视里有一个节目，一个中国学生说德语，说得那么好、那么流利，他感到非常的钦佩。我们在店铺里走了一遭，每一件东西都贵得烫手。最后当我们走出门时，老板却叫住了我。他叫住了我，从墙上摘下一个小小的金属的环扣，说要送我一件小小的礼物，并且耐心地告诉了我，这只环扣是什么用途，是船上拴缆绳用的，可是也可以用它作腰带的扣，说着，他便有些粗鲁地钩住我大衣的腰带拉了拉，然后就吵架似的大声地道了再见。这时，已到了中午，一艘小艇解开了缆绳，向大海出发了，竖着小小的纯洁的白帆，转眼间成了一个白点。我们买了三明治，在海边找了一处地方坐下吃着，吃了一半才发现我们正坐在一个厕所旁边，那厕所的形状像一个油桶。游客越来越多，浩荡地在海边散步。问讯处开了门，成千上万张明信片挂在架子上，我选了一张夏季海滨的明信片，那是一个阳光明媚、人头济济的海滨，帐篷里坐满了晒太阳的人，海面上漂满了小艇和舢板，五颜六色的帆如花瓣撒在蓝色的草地上，其中不乏鲜红的船帆，红帆早已不再是个梦想了。租借帐篷的小屋也开了半扇窗，窗前贴了今日海水的温度的报告。帐篷里依然没有一个人，也没有一个人下水，只有又一艘小艇，雄伟地向海里出发，扬起雪白的帆，勇敢水手穿了鲜艳的防水的橡皮衣裤，向着海平线出发了。

下午的时候，我们离开了特拉沃明德，汽车驶过林立的桅杆，码头停了一艘船，接引舱接上了甲板，汉堡来的旅客们鱼贯走过接引舱的玻璃廊，走下特拉沃明德的海岸。波罗的海已在我们身后，我却又想起了那一艘美丽的童话似的红帆，还有一片壁炉的柔和的火光，照耀着波斯图案的地毯。我努力地以那红帆来释解退了海边旅馆的遗憾，试图欺骗自己。却还是深深地后悔，后悔自己没有勇气，接受一段有意义的经验。就好像嘲笑我似的，回到吕贝克后，天就晴好得万里无云，太阳沙啦啦地照耀着身后十四公里的特拉沃明德，而我已经告别了波罗的海。

我终于放弃了海边的旅居回到了汉堡，我极力不去想那被我任性地胆怯地放弃了的海边旅居。我觉得那被我放弃的几日旅居里，有着许许多多的离奇的、惊险的、美丽的、典雅的、粗犷的、精致的、古老的、现代的，各各种种的故事，而终因为我的逃跑而一无所知。我再也无从了解这些宝贵的故事了，它们永远地消失在波罗的海的从阿兰群岛吹来的风里，永远地埋藏在缓缓移动的流沙里，永远地泯灭在林立的桅杆丛中，永远地融化在波斯花纹地毯上的融融的火光里，永远地被如歌般行驶的大轮船带去遥远的海平线上，而那一艘红帆也无以释解我了，那一个故事实在是太久远，太虚妄，那一个梦想也终是寻常的事了。

木偶博物馆

我想要做一个美丽的木偶：我的意思，这个木偶是很好玩的，它能够舞蹈、走路，还能够跑跑、跳跳。我带了这东西到世界各处去旅行一次，好骗一口饭吃。

——摘自《木偶奇遇记》

（意大利）科罗迪

那是在离开吕贝克的前一天。早上，我刚起床，老板娘便上楼来敲我的房门，说有我的电话。我跟了她跑下楼去接，电话里传来一个古怪的说中文的声音，就好像在开一个恶作剧的玩笑，那声音问道：“你是王安忆吗？”我说：“我是。你是谁？”那声音断断续续地说道：“我是法埃。”那声音十分洪亮，却显得十分遥远，我顿时有一种奇异的感觉，那是从另一个世界里传来的。我紧张地问："你在哪里？"他却没听懂，我又用英文重复了一遍我的问题，他十分爽利地说了声"OK"，然后又用怪腔怪调的中文说道："我在吕贝克。""可是我不认识你。"我不由得说，不知怎么，我又有些害怕，心扑通扑通地跳。这声音实在太古怪，将好好的中文说得那样百折千回的赖腔赖调。我觉得那是从一个很不相同的世界传来的声音，顺了话筒似乎传过来一股阴森的气氛。他说道："我有一个博物馆，一个木偶博物馆，你有没有兴趣来看一看。"我眼前立即出现了大街上那一大幅木偶博物馆的海报，一个红绿颜色面目可怖的木偶做着丑陋的谄媚的动作。那声音继续说："我们能不能在一起吃饭？"我不知道怎么办才好，迟疑着。那声音又说："晚上八点，有一个吕贝克的招待会，有许多人要去，都是吕贝克的重要人物，我们可以一起去，然后吃晚饭。"我迟疑着，他又说："我有许多美丽的木偶。"我想了想告诉他说，下午六点钟我给他打电话再联系，如果我去的话，我将带一个朋友。他便把他的电话号码用中文和英文两种语言互相核实了一遍，并嘱我好好地记下，六点准时给他通话。这声音离得那么贴近，我几乎可以感觉到对方的呼吸。可是多么奇异啊！在天涯海角般的吕贝克，有一个人会说中国话。世界上有千万种语言，世界上有千万个这样小小的城市，却偏偏在这里独独有一个人会说中国话。多么多么不可思议的事情啊！

我将他的名字和电话写在手心里，挂上了电话，走进早餐室，与邻人们道了早安，在我的独自一人的餐桌前坐了下来。我摊开手心，又看了一遍这一个陌生的姓名和陌生的电话号码，那一串神秘的符号究竟包含着什么，又怎么会落到了我的手心里，心里不由得恍惚，做梦似的。我握起了手，开始吃我的面包，鸡蛋上罩着的滑稽的绒线帽，使我想起了那海报上木偶的帽子。我不知道这个法埃是谁，木偶博物馆是个什么样的博物馆，他找我是为什么，他又怎么知道吕贝克来了一个我。我在这里是谁也不认识的。我狐疑地吃完了早饭，不一会儿，啤酒恩开着车来了，这天我们是去特拉沃明德。我将这个奇怪的电话告诉了啤酒恩，他仔细地看着那姓名和电话，努力地想了一会儿，也没想起来什么，他还不如我知道有个木偶博物馆。可是，他却十分兴奋，极力怂恿我去和那个法埃见面，自然他也是要跟了去的。他很激动地转动着方向盘，将车歪歪扭扭地开出狭窄的石块路面的小街，加快了速度。他连连地说："很好，很好，我喜欢认识不同样的人，我不喜欢总和一样的人在一起。很好，很好！"有了他的鼓励，我便安心了，并且也生出了好奇心。

从特拉沃明德回来，车出了毛病，于是便将车开到乡下，去啤酒恩的一个朋友那里修车。这位朋友在乡下开了一个修车厂，修车的技术特别地好。修了车，吃了蛋糕，喝了水，我们再回吕贝克。天气难得地晴好，汽车在乡间的公路上行驶，路边是大片大片的青青的草籽，我们竟神奇地遇到了一只仙鹤。顺路我们又去了与东德为邻的美丽的Wakenitz河，再从河边到了吕贝克，啤酒恩的中学同学史道佩尔的家里。史道佩尔的父母请我们喝咖啡，吃新烘烤的蛋糕。这时候，已是六点整了。于是，我们请求用一下电话，并且将这一个奇遇告诉史道佩尔一家。而史道佩尔先生却说，这个法埃他听说过，是个奇怪的与众不同的人物，他为了收集木偶，去过许多地方，意大利，泰国，还有中国，几乎周游了世界，他果然是有着许多美丽的木偶。不过，史道佩尔先生也并未去过他的博物馆。我们不由得激动起来，赶紧地去打电话，约好了半小时后就到博物馆。放下电话，向史道佩尔一家道了别，就出发了。

汽车驶过吕贝克窄窄的石块路面的街道，停在大马路上，然后我们下车，走进一条小巷，小巷内正在修路，路面堆了石块，高低不平。巷道两边有一些小小的有了年头的店铺，橱窗灰蒙蒙的，门关着。巷子的深处，挂着节日一般的彩纸花环，很不寻常的样子，还有我在街上已经看见过的那种大幅广告牌，一只木偶做着指引的手势，指引处果然有一扇门。这是一幢很有历史感的房子，墙壁的石灰已经剥落，露出青灰色的砖缝。我们走上高高的台阶，站在敞开的门口，门很低矮，须低了头才可进去。那房间如半个地下室一样陷在我们的脚底，傍晚的阳光，从低矮的门里斜进扁扁的一片，屋里很暗。我们站在门口，好像站在飞机的舷梯上，俯瞰着脚下。在台阶铁栏杆的左边，有一排柜台，排满了各色明信片，柜台里的墙上，挂了一排出售的木偶，木偶下面，坐了一个人，淡黄色头发几乎是白色的，淡蓝色眼睛几乎是透明的，肤色则是一种经历了几百年风吹日晒的结实的肉红色。他看着我，我也看着他。我慢慢地走下台阶，说："我是王安忆。"他便站起来和我握手，说欢迎一类的话。这时候，我听见从低矮的屋顶上传下来混沌的很熟悉的歌声，仔细一听，是《刘三姐》的电影录音。我环顾着房子，门前台阶的右边，我们所站立的明信片柜台的对面，设了一个舞台，几乎抵到了天花板，舞台上有一个木偶微笑着永远摇着脑袋，五彩的小灯泡逐次闪亮着，像地狱里的火光，那木偶便很像一只鬼了。我回过脸，向他介绍了啤酒恩，他对啤酒恩说："我以为你是个夫人，从电话里听你的声音像女的。"啤酒恩惊诧地一缩脚，看了看我，我也十分惊诧，说啤酒恩像什么都可以，就独独不像女的。我们又一起回过头去看那个法埃，他身体很高大，又结实又匀称，脸上有一种孩子般纯净的表情，他对我们说："我请的两个人帮我看管博物馆，他们还没有到，你们可以先参观一下我的博物馆。"于是我们便上了楼，楼梯是那种笔陡的螺旋形的铁梯，走在前面的人的脚就好像蹬在后面人的脑袋上。那《刘三姐》混混沌沌的歌声响亮了一些，在这样一个地方，听见刘三姐的歌声，就像是一个梦一样的荒诞，有一种极诡秘的气氛。沿墙是一周玻璃柜，悬挂着各种各样的木偶：意大利的、印度的、泰国的、法国的、日本等等国家的。一律是破旧不堪，好像是上过刑一般断胳膊断腿，脸上又残破又肮脏，头发很稀拉，有的就干脆秃了，每一张嘴脸都狰狞可怖，并且还有着真正的魔鬼和骷髅木偶，有一具老巫婆独自占了一面橱窗，永远翕动着下颌。展品里还有一些木偶剧的道具，也都是很古旧的道具，木头都已朽了大半，道具箱上的雕花也已残缺，我几乎都能嗅见一股浓郁的霉味和腐味。灯光很暗淡，有几具木偶做着永恒的动作，还发出一些声响。啤酒恩已跑上了上一层楼，整个楼面就我自己，木偶们包围了我，它们全都活了似的，就像几百年前的鬼魂复活了似的。这哪里是什么木偶，这全是几百年前的鬼魂。我赶紧地跑上笔陡的螺旋形的铁梯，更上了一层楼。正对了楼梯口，便是一幅陈旧的已经发脆发黄的香港的海报，内容是关于两个戏曲演员的演出，印了他们的照片。海报的风格颇像一幅龙虎仁丹或者万金油的广告，与木偶并无关联。张贴在这里，似乎是为了代表着中国的文化。“刘三姐”的歌声陡然作响，胡闹似的为这一个中国木偶的角落做着伴奏。那都是一些官僚与恶魔般的木偶，衣衫褴褛，满面污垢。还有一排皮影，衬着宝蓝色的背景，倒还新鲜。不知什么时候，啤酒恩走到了我的身后，把我大大地吓了一跳。他一脸激动地对我说：“很好，很好。”我不得不老实地告诉他，这些木偶使我感到不舒服。啤酒恩大吃一惊，连连地问道：“为什么？为什么？”“我不知道，这里所有的木偶都像鬼。”我说。他惊奇地挑起眉毛，说：“不会，不会，很漂亮的木偶。”他一定要再陪我看一遍，拉着我下了楼，于是我们又重新看了一遍。刘三姐的歌声混混沌沌地充满了房间，房子里总有一股阴惨惨的气氛，所有的木偶都像是五百年前的鬼魂，而且是很落魄的鬼魂，而啤酒恩却被感动得很深。最后，我们一起下到了底层，周游地狱归来的魂似的一起出现在了法埃的面前，请来接替他看门的人还没到。他站在我们面前，等待着我们说一些什么。啤酒恩说：“我很喜欢，可是王安忆不喜欢，她很害怕。”法埃戏剧性地扬了扬眉毛，说：“很奇怪，凡是来参观的中国人都不喜欢，看一眼，很快就走了，说这些都是魔鬼。”我说：“其实，中国现在有很漂亮的木偶。”法埃回答我道：“我在上海看过木偶剧团的演出。可是，这一些中国木偶很美。”我说不出什么话来，我不晓得我们的审美思想在什么地方出了点毛病，不晓得是他出了毛病，还是我出了毛病，或者是都出了毛病。法埃拿出一个大签名本，请我签个名并画个木偶，我不会画木偶，就给他勾了一个人像，他很高兴地收了起来，又指着明信片让我挑选。我不忍驳他面子，便选了一张，然后照规矩付给他钱，他却摆着手大声地说：“我很生气！我很生气！”我只得收了钱去。这时候，门口台阶上升起了两个人影，夕阳的光辉在他们身后，那是一个男人和一个女人，他们弯腰进了门，走下台阶，接班的来了。

法埃带了我们走出博物馆，哦，黄昏的时分是多么明亮，他回头对我说，他最近在中国的新疆地区，买到一个皮影，非常非常美丽，美丽极了，我也许会有兴趣看一看，就在这附近。于是，我们就跟了他去。他带我们走进另一条巷子，石块整齐地嵌拼的路面，寂寞地回响着我们三人的脚步声。我们来到一幢公寓面前，他掏出钥匙开了门。这是一幢普通的公寓，楼梯在脚下总要发出那种结实的吱扭声，一路没有遇见一个人，所有的门都紧闭着。这公寓不知为什么，有一股寥落的气氛，好像是一座没有人居住的废公寓，是那种会发生许多不可思议的事件的公寓。我们上了三楼或者四楼，进了门。这是一套完全空着的公寓，房间里几乎没有一点东西，连一把椅子都没有，甚至厨房里都看不见一只杯子和一把勺子。临街的窗下横了一条长案，上面放了几个破旧的木偶。他小心地端出一具一米长的皮影人，缓缓活动着支棍，那皮影人便缓缓地阴阳怪气地动作。那是一个骑了白龙马上西天取经的唐僧。啤酒恩惊叹道:“很好！很好！”白龙马缓缓地迈着步子，法埃说道:“这一个皮影，我花了四千马克才买到手的。”他珍惜地将那皮影举到我眼前，白龙马缓缓地魂似的活动着，房间里有一股潮湿的霉味，窗下石子路静悄悄地遥远地躺着，最后一抹夕阳照着窗外的一片屋脊上，远处和近处响起阵阵的钟声。法埃抬起头，凝视着那皮影，白龙马便骄矜地在他目光里活动。过了一会儿，他慢慢地放下皮影，说道:“我非常喜欢中国的木偶，我曾经有一次去中国旅游，我和北京的一个部门说，我想带我的博物馆去展览，可是没有得到回答。”我不由得要问他:“你为什么喜欢木偶？”也同样没有得到回答。他的透明的蓝眼睛或许是十分的天真，或许就是十分的狡猾。他说道:“我们走吧!”便转身率我们出了房门。楼梯上静寂得没有一点声息，一整幢楼里只有我们三双脚踩得楼板吱扭吱扭地响。楼梯口有一小堆废纸被开门时卷进的风刮得东一张西一张。我们又站在了小街上，石块嵌拼得十分整齐的街面像一幅美丽简洁的图案，令人想用它做一条裙子。法埃将我们带进一个酒吧，为我们要了两杯茶，说："我请你们喝茶，我回去换一件衣服。"他从黑色粗大的木梁下走了出去，木梁上悬挂着古老的油灯，发出幽暗的昏黄的灯光。吕贝克所有的酒吧都有一股粗犷的风格，几百年里，这里聚集着出海回来的九死一生的水手们。墙上，梁上，常常挂着各种航船的模型，几乎能嗅到咸滋滋的海风似的。

我和啤酒恩坐在酒吧前的高凳上喝着茶，谈着一些平常的事情，不一会儿，法埃来了。他梳了头发，换了一件上装，那是一件暗紫红色的丝绒的西装，丝绒布在昏暗灯光下波浪一般地反光，反光的地方就好像是磨光了绒头，显得十分陈旧，就好像刚从一百年的樟木的箱底翻出来的。他没有打领带，穿了一件高领的绿色的毛衣，衬托着紫红色的西装，就好像是穿了一套舞台上的戏装。我很不愿意去看穿了丝绒西装的法埃，这使他像是另一个世界，另一个时期里的人物，尽管他会说断断续续的中文。他付了我们的茶钱，然后，我们一起去那个招待会。

这又是一个离奇的吕贝克的夜晚，幸而有一个勇敢的啤酒恩做伴。过去了许多日子，我还在想那究竟是一个什么样的夜晚。由于这一个夜晚，我本以为稔熟了的吕贝克陡地又隔膜了起来，重新变成了一个扑朔迷离的谜。已被啤酒恩驱散了的那股阴森的气息，则又渐渐聚拢起来，弥漫在我与吕贝克之间。这也是一个命定的夜晚，注定了吕贝克永远神秘莫测地在我心中。

这是一个西柏林出版社的书展，在吕贝克的开幕式。开幕式在一个名为Linde的画廊内举办。Linde画廊在一座普通的临街房子里，两边都是各样的店铺和住家，我们走进房子，已挤满了各种人物。这大约是聚集了吕贝克所有的名流，所有的艺术家，所有的知识分子。人们端着酒，表情严肃地三三两两站着。这里的人大都是一种石灰般的没有光泽的肤色，眼睛大而鼓起，下眼睑从婴儿起就开始垂挂到今天，身材很魁伟，有一种巨人的气质，表情森严而冷漠。女人们化着极浓的妆，蓝色的眼圈与鲜红的嘴唇，使她们看起来颇像戴了一具面具。还有一些穿着邋遢的朋克风的青年，脸色苍白而憔悴，眼神涣散。其中有一个黑衣分子，剃了一个光头，脸上挂了谦和的与世无争的东方式的笑容，却总抹不去一股阴险。在这一个夜晚里，我懂得了一件事情，那就是艺术家们聚集在一起是一幅很可怕的图景。墙上挂了十分现代的图画，已经远远地超出人类前去，只给我们留下一个模糊的背影。有的是白纸一张，抑或有几道铅笔痕迹，还有的就是贴了半张撕破的报纸，人们围在前面热情地讨论着这报纸是撕破深刻还是不撕破深刻。有一位高大的黑眼睛的女人朝我们走来，她将黑色的头发松松地束在脑后，额前很天真地留了一排厚厚的额发，脸上涂了过厚的白粉，眼角堆叠起两撮粗糙的皱纹。法埃告诉我说，她就是这画廊的主人，新近买下了这幢房子，开了画廊。她像一个真正的主人那样走到我们身边，拉着我的手要为我介绍几个朋友。这时候，人们几乎都聚集在门廊里楼梯下面，从楼梯顶上不知什么地方，垂下几十根线，每一根线上拴了一本书，人们便围着看这些书。女主人带我进了一个房间，将一位西装领带的枯瘦的先生介绍给我。这一位先生有一张神乎其神的马脸，眼睛很大，形状呆板，眼珠又混浊又透明，他的嘴唇薄得几乎没有了似的，一旦笑将起来，上下所有的牙根便全暴露出来，那牙龈是一种不健康的赛璐璐一般的粉红色，他就这样朝我笑着，脸颊上堆起干燥的皱纹，他竟然用中文对我说道："你从中国来？"我几乎是吓了一跳，我再不会想到，连这样一个地方，也会有人说中国话。我吃惊地看着他，我辨别不出他的人种和国籍，他似乎已经超越了一切人种和国籍地人类大同着。他的身量很矮小，却有着极长大的脸庞。他又笑着问我是做什么的，我喃喃地说道：“是作家。”作家这一个职业在此处显得非常不合时宜，就像是一个杜撰出来的名目似的。

我所有的经验在这一个小小的招待会上全显得不够用了。我也问他道：“你从哪里来？”他的回答又令我吃了一惊，他说：“从西贡来的。”“你是越南人？”我问道。他笑道：“是的。”他永远地微笑着。“什么时候来的？”“十天之前吧。”他算了一会儿说道。我顾不得礼貌地又问道：“你是做什么的？”他没有回答，却反问我道：“你是作家？”这时候，一直在旁站着的法埃忽然十分内行地插嘴道：“她是人民英雄。”我几乎惊得要跳了起来，这究竟是一个什么鬼地方，一切都那么颠三倒四，乱七八糟。我差一点儿就要恼了，叫我“人民英雄”，我就好像是已经牺牲了似的。我赶紧说：“你不要瞎讲。”这时，那个西贡人微笑着从我身边慢慢地踱了过去，像是要逃避一个“人民英雄”似的。我再不想和法埃说话了，他是那么样的一个怪物，将我带到这一个古怪的地方，我简直想立即离开他跑掉。可是啤酒恩兴致勃勃的，手里端了一杯酒，好像是一个侥幸混进上流社会的穷人。这时候，楼梯的顶上忽然响起了一个洪亮的逼真的声音，宣布着书展的开幕和书展的意义以及书的意义等等一番大道理。人们刷地安静下来，因为这是联邦政府的一名要员的报告。联邦要员的声音好像是从天庭传下的，人们肃静着尊敬地聆听，门廊内顿时充满了一股教堂的气氛。啤酒恩却激动起来，他轻声告诉我，这位要员他认识，那还是他在上海复旦留学的时候，有一次，要员访华，在上海的联邦德国驻沪总领馆里召开过一个招待会，他也去了，他们还说了话。啤酒恩说，他想去和他说几句话，他朝着声音传下的楼梯上方昂起了头。楼梯上和楼梯下全站满了人，好像靠岸的轮船的出口。他判断，那要员是在楼上说话，于是我就陪了他挤过拥挤的楼梯。啤酒恩一边挤着，一边激动地说："也许他不认识我了。"我们上了一层楼，楼梯和楼道上同样挤满了人，那声音依然在头顶，真正是天庭的声音了。我们就再往楼上挤去，那声音却还在头顶。我说，也许是他的讲话录音，啤酒恩却不同意，因为这声音是那么逼真而且亲切，他一定在这里，我们一间一间屋子找，没有说话的人，所有的人都肃然起敬地聆听，那声音充满了整幢房子。这时，我们从窗口看见了楼下的小小的庭院，便猜想那发言人在花园。于是又挤下了楼。花园里的先生太太们都端了酒杯昂头望着二楼的窗户，那声音再也清楚不过地从楼上传下。我们再也无法怀疑，又循了那声音上楼去。这一回，一直上到了顶楼，顶楼的门却锁着，那要员总不会反锁在了顶楼上，这岂不是太没必要也太失身份了。而啤酒恩还不甘心，用手去拨动那一把大锁，像要试一试是真锁还是假锁。那锁上已有了淡淡的黄锈，起码锁了两三年的样子。这时候，那来自天庭的声音突然地消失了。啤酒恩怅然地望了望那锁，然后下楼去了。

我们挤到一张桌子前，桌上放了许多书，有一些是自己出版的独一份的画册，半本是白纸，白纸上有一点铅笔痕。我对啤酒恩说："我们走了好吗？我觉得不太舒服。"啤酒恩却说："这里很有趣，我们喝完了这一杯酒再走，好吗？"我不忍扫他的兴，就留下了。我缩在角落里，看着这些吕贝克的名流雅致地端着酒杯，慢慢地体面地走来走去，看书，看画，说说，笑笑，他们的服饰总有些落伍和陈旧似的，他们的神色也总有些被忘记多时再又被重新想起似的，有一点没落的味道。法埃暗红色的丝绒西装像一个闪光的岛屿似的在人群中游动，十分触目。这究竟是一个什么地方，那个黑头发黑眼睛肌肉松弛的女主人是谁？那个马脸长牙的西贡人是谁？那个只闻其声不见其人的政府要员是谁？法埃又是谁？我呢？又忽然变成了"人民英雄"。我再不愿待下去了，我对啤酒恩说："我真的，真的，很不舒服。"啤酒恩不由得着慌起来，连连地说道："不好，很不好，很不好。”然后就去找法埃，说我们要走。法埃很爽气地说:“好，走吧!我们去吃晚饭。”原本是想摆脱他的，不料还有一顿晚饭，看来缘分还未了尽，便一起出得门去。天色是真正有点暗了，路灯亮了，是那种古老的煤气灯式的路灯。法埃大踏步地走在我身边，我却懒得和他说话。他的结实匀称的身材，他的浅色头发透明眼睛，他的陈旧的戏装一般的紫红丝绒西装，他那总有点拿腔拿调的中文发音，散发出一股极古怪极特别的气息。而这一股气息，不知为什么总令我不舒服，感到一股神秘的压抑感。好像他是另一个世界里的人物，我们这一个世界里的经验，无法用于理解他。

我们三人一起走到我们时常去的那一个年轻人的酒吧里，讨了一份菜单。这里的饭菜简单而便宜，有一种冻肉，有一种鸡蛋，有一种土豆蔬菜。法埃对那跑堂的女孩慷慨激昂地说了一通话，他即便是说德语也有一股夸张的造作的神情，和别人很不相同。在他同女孩说话的时候，啤酒恩则爆发出一阵大笑，直笑得喘不过气来。等那女孩走后，他告诉我:“法埃自己做了一种菜，因为他说得很好，她没有理由不同意。”过了不多一会儿，女孩便给我们三人端上了三份菜单上所没有的，却是综合了菜单上所有菜的优点的菜，有肉，有蛋，有土豆，有蔬菜，价格也是从账房上重新计算出来的。菜的味道很通俗地撩人胃口，不觉感到了饿。法埃一边吃一边对我说：“如果你的朋友中，有对木偶感兴趣的，请你介绍给我，我可以担保他来西德，在我的博物馆里帮助我工作一年或者两年。”我回答他说：“我没有这样的朋友。”法埃又说：“如果你听说有这样的人，也请介绍给我，好吗？”“好吧。”我敷衍他道。他却认真地放下刀叉，掏出笔，从桌上拿了一块啤酒垫，写上了他的姓名地址，直到看着我把啤酒垫塞进了大衣口袋，才又继续吃饭，酒馆里渐渐地坐满了年轻活泼的大学生，将地板踩得咯吱咯吱响，楼板马上就要塌了似的。我轻松了一些，便主动与他搭了话，我问他，是在哪里学的中文。他笑了一下，说：“我开着汽车，就听中文的磁带，说话或者唱歌，就这样学的。”他的话无法使人信服可却绝没有什么破绽，他好像看出我不相信，又补充说：“我曾经有过一个香港女朋友，后来她抛弃了我。”他很戏剧性地做出悲伤又豁达的表情，这更像是撒谎，却依然没有破绽。我也懒得去弄明白，又想起了另一个问题，想起这个问题，由不得就有些气恼，我说：“你为什么叫我‘人民英雄’？”他看出了我不高兴，微微有点惶惑。他睁着他要不是天真就是狡猾的眼睛望着我，说道：“我觉得，在共产主义国家里，像你这样有成就的人，都是人民英雄，你们不是要为人民服务吗？”这一番乱七八糟的话弄得我哭笑不得，我摆了摆手，不和他啰嗦了，只是严厉地告诉他：“你不要再叫我‘人民英雄’了，因为我不是。”这时候，女孩过来算账了，我们各自掏出各自的钱包，法埃却不让我付账，说：“是我打电话约你吃饭的，应该我请你。”我也不客气了，只是看见啤酒恩还得自己付账，心中有些不平，可是入乡随俗，也罢了。直到将要分手的时候，我才想起了从早上开始就存在我心里的疑问，这疑问存在我心里，使我总觉得好像丢了什么东西没找回一样很不安，那便是：“你怎么知道我在吕贝克？”在以后的旅行中，当我又在一个陌生的地方被人“发掘”出来的时候，我也是这样地问：“你怎么知道我在这里？”这实在是一桩很奇怪的事情，我身处于一个陌生的地方的时候，我总觉得连自己都要不知道自己了，却会有一个陌生人知道我，并且来寻找我。我便问法埃道：“你怎么知道我在吕贝克？”法埃回答我：“你的旅馆的老板认识我，他告诉我，说他的旅馆里来了一个中国女孩，是个作家。”

然后，我们站在酒馆门前告了别，酒馆里是嘈杂的震耳欲聋的摇滚乐声，挤了满满的一堂人，电灯在乌黑的木梁上摇曳着。他大踏步地走了，他的紫色丝绒西装实在太像一件没落的戏装，在路灯下反射着磨损一般的暗光。啤酒恩对我说："我很高兴你已经觉得舒服了，很好，这很好。"我说："啤酒恩，你不觉得这一个晚上非常古怪吗？"他像安慰我似的，说道："是的，是的，那里面有一些人是有问题的，但不是全部。"我看出他这么说是为了不叫我难受，便不再多话，这一个晚上折腾得我非常疲劳，我们道了晚安，分手了。

第二天早晨，在回汉堡的路上，我们又谈起了法埃这个人，啤酒恩说："他是个很有趣很有趣的人，可是……"他说："可是，他说他很穷，可是，他手上戴的表，是一个很贵很贵，至少要两千马克的名牌表。其实，他可以不说他穷。我想，这不太好。"我完全明白他的意思，就表示很同意。汽车离开了吕贝克，开向了汉堡。

到了汉堡，就像到了家一般。住在梁先生另一套公寓里，从二十八层楼的窗口望着灯火辉煌的汉堡大街，汽车像暗流在灯海中一泻千里，吕贝克便成了一个没有灯光的回忆，梦似的，又遥远又迷蒙。有一个晚上，在一个中国朋友家里晚餐，在座连我一共有四个中国女孩，主人是学文学的硕士生，另两位都是学美术的，一个是南京的，一个是台湾的，不知怎么的，竟会谈起了法埃。我们在场的四个女孩，竟然全部认识他。她们全叫他作小法埃，硕士生说："据说没有一个女孩是不认识他的，果然，我们都认识。”南京的女孩说：“他请我到他的博物馆工作，就坐在那里当场表演作画，穿着中国的旗袍。我说我没有旗袍，他说可以让你家里寄嘛。我正在考虑这桩事，因为报酬很好。”她们告诉我，他的博物馆虽说是他自己投资的，可是吕贝克政府很支持他的博物馆，因为对吕贝克的旅游业有好处，坏天气的时候，游客们去不成海边，就到他的博物馆去。所以政府就租给他这幢房子，这幢房子旁边就是一个木偶剧院，是他们法埃家的。“他们法埃家？”我不明白这是什么意思。那台湾的女孩便慢慢地告诉我道：“他的父母亲，他的祖父母，他们家好几代，全是演木偶剧的。传到他这一辈时，他再不愿干这一行了，他不喜欢演木偶剧。可是，有一次，是在五年前，他去意大利旅行，在街头地摊上，看见了一只木偶。这一个意大利木偶非常非常美丽，一下子把他迷住了，他再也丢不下这只木偶，最后买了下来，这就是他收藏的第一只木偶。”

听着他的故事，我的心好像被什么攫住了，充满了一股近乎恐惧的神秘感，我想：他是被一只木偶吸引，而不是被别的东西吸引；他为什么偏偏是被一只木偶吸引？难道只是巧合？究竟是什么在冥冥中作祟？我眼前好像出现了源远流长的法埃家，坐着一架大篷车，车上拉着如他博物馆里所展出的那些木偶剧的道具装置，走在细雨蒙蒙或者烈日炎炎的田野上，这大约就是小法埃的宿命，这就是宿命。我回想着小法埃穿了一件戏装般的紫红丝绒的西装，迈着细长结实的两腿，走在吕贝克嵌拼齐整的石头街面上。我这才明白，他身上那一股特异的、古怪的、叫我感到隔膜的神秘的气息，究竟是什么。那似乎就是一个世代漂泊、浪迹天涯的艺人，渗透到骨髓与血液的高贵与卑微、文雅与鄙俗、诚实与狡黠、豪爽与机警、坦率与诡秘、明朗与阴森、轻松与沉重的超于凡人的生命力和聪敏。那是另一个世界里的人物，那是一个与我们一般人的平凡的生涯大相径庭的世界，于我们平凡的经验所不可知的世界。我回到我的二十八层楼的公寓里，望着窗下灯海一片，想着小法埃，想着小法埃的深巷里的博物馆，博物馆旁边的被我忽略的法埃家的木偶剧院，想着博物馆里那些百年前的魂魄似的木偶，心里再一次地想到宿命这一件神秘的恐怖的东西。或许那故事是经过了人们的戏剧性的加工，像法埃这样的艺人世家，总会有着许许多多的传说，而我仍然摔不去那宿命的神奇感。法埃家的大篷车总是像皮影戏一样从我窗下辉煌的灯海后面缓缓地前进，前进在漠漠的无尽的道路，一股深深的感动从我心里勃然升起。

补记：第二年年初的时候，收到了汉堡的那位南京女学生的信，信中谈到了木偶博物馆，摘抄如下：

别后，八月份，德国的旅游季节，我应邀去吕贝克那家木偶博物馆工作了一个月，把中国木偶画成中国画，作旅游品卖，修复了两只破烂了的中国古代木偶，当地报纸、电台提了我的名字。我去的时候，博物馆已有一位由政府付工资、精通中国文化和中国语言的女博士布海歌指导工作。同你的感觉一样，耐不住工作之余小城市的乏味生活，九月份我又返回汉堡，开学了，同时我教的中国画课也开了。

柏林的空宅

一九六八年的时候，中国的“文化大革命”的浪潮也传到了欧洲，我们骑着自行车上街游行，兴奋地喊着：

一二三，毛泽东！

一二三，毛泽东！

——查理的话

到联邦德国的第一天，从法兰克福机场往波恩的路上，经过一个加油站。黄先生下车去付油钱，顺手捞了几张宣传人口普查的小标语。是那种粘花纸，揭开便可贴在汽车上。一个鸡蛋形状的纸片中央，画了一架小小的玩具算盘，算盘上挂了糖葫芦似的几串黑红黄的珠子。这便是到达联邦德国后所知道的第一桩事情。是一个阴雨的天气，从不曾想到五月里还会有这样料峭的北风。田野从高架公路两边飞速地掠去，不知怎么就进了波恩，到了波恩大学的一片草坪中间。草坪上有一支二十来人的示威队伍，举着标语旗，要求实行每周三十五小时工作制。三名警察在附近悠闲地巡逻，照应着这一队示威者。天下着蒙蒙细雨，汽车很快地掠过，驶出高大的拱门。

次日，我们便去邻近的城市伍珀塔尔（Wuppertal）参加一个自由者协会的新会员入会仪式。这个城市属于不仅是联邦德国也是世界最重要的工业区之一——鲁尔区，是个工业城市。那是一个极富人情味又富宗教味的入会仪式。台上有一支业余乐队，演奏着海顿的作品。然后，分会主席则做一番郑重的演讲，大意是“你们是自由的，却承有责任”。演讲之后再是合唱队唱歌，唱完歌，新会员才上台，手捧鲜花。那一律是年轻人，其中有一个还只是少年，我想他一定不会超过十五岁，因为会章规定十四岁以上才可入会。仪式结束时便全场起立唱协会的会歌，会歌竟是“华沙工人歌”的曲调，重新填了词。我们走出会场，站在一架葡萄藤下，和分会主席谈话。他告诉我们，这一个自由者协会，成立于一九〇五年，全联邦的会员共有四万，Wuppertal有六十人。成立这协会的原因是，现代化和工业化使得大家庭分解，变成小小的家庭，工作的经常改变调换，使得人员流动性极大，人与人之间的联系便日趋不稳定。他们感到需要一个组织为人与人之间进行联系并且稳固这种联系。在这个协会所有的活动中，最最隆重的活动是葬礼。由于现在的家庭小了，不可能再由庞大的家族轰轰烈烈地为死者送行，便由不相识的人们结合起来，亲切地送死者上路。也许因为这样的葬礼特别给人慰藉，所以常常有非会员也要求由协会组织葬礼，只需交纳一些经费。会员们大都是工人，并且几乎全是工人运动者的后代。我不由想着那一个新入会的穿了天蓝尼龙衣的小小少年，想着他的父辈是一个什么样的人物：煤矿工人，铁路工人，钢铁工人？那个孩子捧了一束鲜花还有一本红色的证书走到明媚的阳光下。分会主席又说，可是，其中也有一小部分知识分子，比如，“我就是。”他指了指自己，他们往往都是马克思的思想信奉者。他们不是将马克思作为一个党派，而只作为思想来接受。这一位生活在马克思思想的发源地，又恰恰是恩格斯故乡的马克思思想信奉者，站在我们面前，殷切地望着我们，期待着我们提问。我们便又问道：除了每年这样接受新会员的集会和葬礼之外，还有一些什么样的聚会？他说有啊，比如，到不远处的恩格斯故里巴门（Barmen）去，在恩格斯祖父的酒窖里喝葡萄酒和啤酒，聊天，讨论。以这样的形式聚会是因为，恩格斯是一个生性快乐的人。每一次的谈天都有一个题目，比如“恩格斯和妇女”。“恩格斯虽然没有结过婚，却和许多妇女有过亲密的关系。”分会主席说。以此出发，联系到当前妇女的就业、权益等等问题。我们忽然生出一个念头，去恩格斯故居看看。立刻驱车前往，已经是正午十二点，可能已经关门，也可能没有关门，只能去碰碰运气了。而我们的运气很好。

阳光明媚极了，门前有一只小狗，从台阶上一级一级地下来。这是恩格斯祖父的房子，他父亲的，也是他所出生的房子，在第二次世界大战中被烧毁。竖着一块石碑，写道：这里是，这个城市伟大的儿子，科学社会主义主要奠基人出生的地方。石碑掩在绿茸茸的青草里，四周是一片姹紫嫣红的鲜花，星星一样在阳光里闪光。旁边的空地上，有一座雕塑。本来是请这位艺术家塑一座恩格斯的像，而他以着“无产者失去的仅仅是锁链”的思想，塑了一丛挣脱着铁链的手臂。居民们都不满意，因为他们想看到的是恩格斯的像。塑像下边一条长椅上，坐了一位老人，低着头打瞌睡，脚边放了两个空啤酒瓶，太阳照耀着。

我们回到Wuppertal去找一个餐馆吃午饭，经过一段隧道看见壁上用粉笔大大地写了一幅标语：“宁可联合起来反抗也不愿编上号码。”这是针对人口普查工作的。当我们找到一家南斯拉夫饭店时，已是午后两点钟了。

以后的事情就是要去买几张漂亮的邮票，好给家里发信报平安，可是邮局却关了门。他们告诉我，联邦德国从周六下午两点开始，商店全部关门，直到下周一上午才开门。于是，周末与假日，街上便分外地冷清。我问道：“为什么？”人们回答我道：“这是工会的力量。”

又过了一日，我们去了汉堡，再从汉堡去了西柏林。正逢柏林七百五十年的大庆，旅馆非常紧张。我们的主人想了许多办法，还是找不到于我们合适的旅馆，又觉着放弃这一个旅行是非常的可惜，柏林是一个很重要也很有意义的城市。后来，负责接待我们的米歇尔斯先生提了一个建议，那就是让他的住在西柏林的朋友们自己来接待我们，那都是一些工人朋友们，住在工人区里。于是，在西柏林的时候，我们将分散了住在各家。

汽车经过几乎整整一天的高速公路，最终驶上西柏林的繁华的大街。大街飞快地从窗外掠了过去，四下里陡地静了下来，汽车驶上了一条石子路面的僻静的小街。汽车停在街角，下了车来，茫茫然聚在一处，有一个醉汉过来，与我们搭话，问我们从哪里来。我们走进街角上一个咖啡馆里，等着米歇尔斯去找来他的朋友们领我们去。这是一个安静的傍晚，街上静悄悄的几乎没有人，偶尔有一个男孩一溜烟似的跑了过去。咖啡馆里仅有一个女人照料，忙进忙出地打碎了一个杯子。不知道将要在哪里过夜，我们心情有些不安。从门里望出去，石子街面的两边，是有了年头的老房子，石灰有些剥落，门窗紧闭。人们告诉我们，五月一日，就在这街角上，工人与警察发生了冲突，把好几家商店的橱窗都砸烂了。我想起似乎是有一日的国际新闻里播出过这个场面，而如今这里却是那么寂静。我们谈着一些无聊的事，等着人来带我们。低矮的门口，终于出现了米歇尔斯高大的身躯，屋里顿时暗了一暗。他身后跟了一位淡黄头发、戴眼镜、身体也很粗壮的先生，他的名字叫查理，他将负责安排我们在西柏林的全部日程。他请我们先去他的家里，他家就在附近。这是一个工人住宅区，接待我们住宿的朋友们全是住在这个区里，所以我们不会住得太分散。我们随了他走进一幢已经很不新的公寓大楼，直上了四楼。杂沓的脚步顿时充满在楼道，沿了螺旋形的楼梯直上穹顶。走得上气不接下气时，才进了查理的公寓。查理请我们坐下，为我们斟了酒，致了朴素的欢迎词，然后又向我们介绍他自己的情况。他是一个工人，也是一个社会工作者，他的工作主要是教育一些有不良倾向的青少年。那大多是工人的孩子，或是外籍工人尤其是土耳其人的孩子。西柏林有十四万土耳其人，大都是经济萧条时期招募来的廉价劳动力，而如今则面临着严重的失业，孩子们得不到良好的生活环境，产生了许多问题。我们的房东们都还没到，因为他们要等到下了班后才来。查理又接着向我们谈我们在西柏林三日的活动计划。这时候，门铃响了，第一个房东到了，是一位妇女。从此以后，门铃便接二连三地响，我们的房东们渐渐到齐，挤了满满一屋。这是最最混乱的时刻了。我们要分成几个小组，每组二至三人，必须有一个翻译，并且一定要是同性。搭配了很长时间，总算分配定了，却有一个房东不满意。她说她的两个孩子一星期前就在兴奋，几乎每天都要打扫一遍房间，因为要来中国人，可是分配给她的客人却是米歇尔斯。于是又乱了一阵，重新解散，再重新组合，分给了她两个中国人，才算皆大欢喜。各人与各人的主人见了面，跟主人去了。

我的主人是一个年轻的妇女，我称她为阿丽仙亚。她也是一名积极的社会工作者。她告诉我，她家公寓的水暖装备都坏了，正在请人修理，没有电，没有暖气，没有热水。所以，她让我们住在她的朋友家。她的朋友是一个单身妇女，带了一个领养的女孩，住了一套公寓。她们现在正在国外旅行，房子空着，我们住在那里，一切都很方便而且自由。当然，我们现在必须去吃晚饭，到一家意大利餐馆。我坐上她的汽车，汽车开出小街，驶上一条宽阔的大街。

街道很宽阔，却很冷清，两边很少商店。天色已经暗了，汽车无声地从街心驶过，停了。我们互相招呼着在透明的暮色里穿过马路，我们的声音在大街上飘得很散。路边有一些寥落的霓虹灯，很寂寞地闪烁着，终也热闹不起来，马路却是极其宽阔。我们走进了一家意大利餐馆，餐馆里很幽暗，桌上摇曳着黄黄的烛光。一个吉他手提一个铁盒进来，站在中央，很不尽职地拨了几下吉他，然后便挨桌过来要钱。阿丽仙亚说他弹得很不好，不必给他，我却想给他，便在包里摸索，阿丽仙亚便抢先给了几枚硬币，将他打发走了。然后，一个黑人进来，走到桌前，两手张开一张壁毯，我们说对不起，我们不需要。他便出去，换了另一件工艺品向我们展览。在他之后，是一个卖玫瑰花的，鲜红的玫瑰在幽暗的烛光下，显得气质很不平凡。我点了一个Pizza，Pizza是很大很大的一张，很艰巨的样子，可吃着吃着，不知不觉地却光了，自己都有些吃惊。我问阿丽仙亚，现在忙什么。她告诉我，目前主要的工作是反对人口普查。而我不明白，为什么要反对人口普查。她很严肃地告诉我，政府要得到这些数字，绝不会是为了要做什么对工人有利的事情。关于人口普查，我们父辈曾有过惨痛的教训。她说，第二次世界大战虐待犹太人，犹太人就是因为战前的一次人口普查而暴露了身份。我们不相信政府，根据他们调查得到的数字，也许房租还会涨价。我们不相信他们得到了数字会使房租降低，现在什么都在涨价，我们绝不相信还有什么东西会降价。望着阿丽仙亚深深的蓝眼睛，我有些疑惑，我不知道这样的逻辑合理不合理，于是便不再多话。后来，在慕尼黑的一家昔日的屠宰场改建的餐馆里，有两个知识分子的朋友也对我说起了人口普查，他们很愤懑地指责这是侵犯人权，因此他们都没有填表。而我始终觉得，无论怎么样，这人口普查一定会圆满完成。走出餐馆时，天已彻底地黑了，我们找到汽车，上了车，汽车驶下大街进了狭窄的石子路面的小街，停在一幢黑森森的公寓门前。那一扇高大厚实的门已经破损，没有门铃，也没有对话器。一把巨大沉重的钥匙开了门锁，门便吱嘎嘎地开了。街道上很黑，路灯幽暗地照耀着路面上整齐的石块，开门的声响在寂静的街上传得很远。我们上了楼梯。楼道里有灯光从高高的顶上照明，房屋已经很旧了，长期失修的样子。上了三楼，开了门，摸索到了电灯开关，门厅里的顶灯亮了，静静地照耀着涂了黄蜡的木条地板，地板上随意地歪了一小方地毯。地毯前是一具大橱，橱上有一面穿衣镜，静静地映出我们看上去很渺小的身影。阿丽仙亚与我们道了晚安，转身噔噔地下了楼梯。从此，我再也没有看见她。这时，我并不知道我们从此再也见不着了，我正打算着明天送给她一份小小的礼物。公寓里的房间结构颇像一个展览馆，门廊的右边是一间临街的房间，房间里有一张沙发，便是我的床了，还有一个梳妆桌，桌上有一些小小的摆设，一个低低的圆桌，两张破旧的椅子，一口笨重的大木箱漫不经心地放在屋子中央，随时准备打开似的。墙上挂了照片，一个女人和一个孩子。地上有两块薄薄的地毯，还有一卷尼龙充气床垫，后来有一个晚上，我们三五个人轮流踩了半个多小时的气筒，将它打起，第二天一早却又瘪了。地板上还有一列玩具的木头火车，一个车头牵了三节车厢。窗上的布幔子已经很旧了。门廊的左边是一列车厢般相连接的房间，首先是一间很大的书房，沿了墙四面全是书架，还有一张书桌。走过书房，是一间小小的尚有暖意的卧室，卧室里除了一张床，还有书架，架上放着马克思、恩格斯和列宁的著作。卧室过去是洗手间，洗手间里乱七八糟地挂着浴巾、睡袍，镜子前堆满了化妆品、电吹风，还有一台磅体重的小秤，似乎可嗅得女人搽了护发素又吹焦了的头发味，这是最有人情味的一个地方了。洗手间旁边则是最后的“车厢”——厨房兼餐室。整幢公寓很少家具，空空荡荡。我们在空空荡荡的房子里走来走去，脚步声格外地刺耳。我想象着这房屋里有一个女人和一个孩子，想象着孩子的尖叫声在这里回荡。那照片上的女人和孩子微笑着，不知她们现在在哪里。窗下的街道是分外的寂静，没有脚步声，没有汽车声，望出去是一片黑森森的楼房。都说西柏林的夜晚是最最热闹与繁华。一盏路灯静静地照耀着街道。房子因为大和空阔，便十分地寒冷。我想着阿丽仙亚的没有暖气没有热水的房屋，不知怎么就糊里糊涂地睡着了。

第二天一早，大家在石子街面上会合了，一个个都很有经历的样子，然后我们便出发。这一天我们去了柏林墙下，走过菩提大道，在一片战争废墟的遗址旁边，听一位反法西斯老战士，讲叙他与他的妻子在一九三七年，在此处受刑的往事。天下着雨，车子从国会大厦前驶过，去到那昔日的法西斯绞刑场，伏契克就在这里牺牲，大家都记得他的《绞刑架下的报告》的最后一句：人啊，你们要警惕。一排鲜花和花环倚着墙根，屋顶下是黑色的冰冷的绞索。我们又去了一个工人运动史的展览会，展览会在一个废了的工厂里，题目叫做“生活的一半”，意思是中产阶级资产阶级以外的另一半人——工人阶级的生活。经过这一切，再驱车前往歌剧院，与西装革履香气扑鼻的先生太太们规规矩矩地正襟危坐，观看大歌剧《波西米亚人》。那堂皇富丽的歌剧厅，便像是另一个世界的生活，奢华得有一些犯罪。歌剧结束，坐上汽车，汽车驶过灿烂的不夜的库当大街，进了我们驻扎的工人区，顿时黯淡下来，灯光与喧嚣留在了与此隔绝的另一个世界里。汽车停在路边，我们这一伙下了车，走过微亮的石子路面，用一把沉甸甸的大钥匙启开门锁，推门进去。我们的脚步零零落落地在楼厅里发出回声，上了三楼，开门，摸开关，灯光照亮门廊里大橱下那一方薄毯上素朴的条纹，镜子里反映着我们的身影，看上去很遥远。房间里和外边几乎一样地寒冷，我扶起那列歪倒的火车，牵了车头在地板上拖了它们前进了几步。照片上的女人和孩子一径地微笑着，她们在哪里旅行？旅行回来又做什么？她为什么不结婚？是离婚了还是丈夫不在了？她又为什么要领养这个孩子？我望着她的面容，心里涌起许多问题。洗澡间里挂了一件黑色的睡袍，我想象着这一个女人穿着这睡袍，头上戴着头发卷，在空荡荡的房间里走来走去。当然，还有孩子的尖叫，有这列玩具木头火车，有这个充气睡垫，有许多书，有马、恩、列的著作。电话铃忽然响了，但却找不到电话，我们四下里奔跑着，将地板踩得嘎吱地响，最终在书架上一排拥挤的书之间找到了一架紫红色的电话，而铃却不响了。阿丽仙亚一天没有露面。我将那一份礼物：一卷明年的挂历，重新卷了卷扎好，心想明天也许她会来。她的脸颊很消瘦，一双手是见筋见骨的，很缺保养的样子。化妆也化得粗糙，眼睛的神情很警惕。她在忙些什么呢？我知道她是有许多事情可忙的，人口普查的问题，失业的问题，失业所带来的孩子的教养的问题。窗外是一排排黑森森的楼房，库当大街的灯光已是很遥远的事情了。

下一日的早晨，两个留学生朋友来看我，他们按了地址开着他们新买的汽车，到了这里。他们是一对新婚的夫妇，刚刚建设了他们温暖明亮的小巢。他们很好奇地打量了这房屋，便说，这里的主人大约是个失业者，或者就是经常失业的人。他们又仔细地看那照片上的女人和孩子，看久了，那女人的脸上便有了一种憔悴的神情。然后，我们就一起去了东柏林玩耍。在东边观赏了柏林墙，走了菩提大道，登上电视塔作了瞭望，还同二次大战纪念堂前巍然不动的英俊的士兵照了相，那一炬大战之后开始燃烧的火焰，在那蓝眼睛的士兵身后永远不灭地熊熊燃烧着。后来，我们饿了，要找个地方吃饭。餐馆门口秩序十分好地排着长队，好容易找到一家不排队的，里面却已坐满。我们请求服务员帮助，服务员便和我们一起为难起来：“你们看，没有座位。”只得谅解地走了出来，找到一处露天咖啡座，直等了四十五分钟，服务员才送来饮料和蛋糕，只两分钟便吃下了肚。然后我们又过到了西边，回到我们的宅子前时，天已黑了，大门关着，能看见我们的窗口很高很高地亮着灯光。我们便使劲地拍着门。那是一扇没有电铃和通话器的大门，失修已久。门砰砰地响着，在寂静的街道上传了很远。阿丽仙亚依然没有出现，而我们却要走了。

我们将沙发床铺好，将地下的瘪了的充气床垫叠好，那一列木头火车孤零零地停在地板上，照片上的女人和孩子微笑得似乎疲惫了。我将那一卷明年的年历卷好了放在圆桌上，希望阿丽仙亚在我们走后至少还要来看一下，然后把它取走。然后米歇尔斯开了车来了，把我们接了下去。我们上了车，伙伴对我说：怎么不和你的主人告别？我没说什么，车门已经关了，驶出了石子路面的小街。那一幢公寓楼房隐没在一排面目划一的陈旧的楼房里，我再也找不见它，无法向它作一点回顾与告别。而我忽然想起了一幅画，是在那一座空荡荡的主人去旅行的屋里，还有查理家的走廊墙上，都贴了这一幅画。画上有一个土耳其的男孩和一个土耳其的女孩，旁边用英文写着：我们全是兄弟，姐妹，朋友，亲属……

查理的汽车默默地跟着我们，为我们作着长久的送行。清早的柏林，有一种疲惫的苍白，住在我们的寂静的工人区里，无法猜测一个堂皇的不夜的夜晚是如何地度过。太阳喷薄而出，跃出大厦连成的辉煌的地平线。查理的车紧紧地跟随我们，为我们久久地送别。

汽车驶出西柏林，经了几道关卡，驶上了联邦高速公路。那公路是曲曲弯弯的，而不是笔直的一道，像美国的那样。据说是为了不使司机放松注意而麻痹了神经。那曲曲弯弯的公路，从绿色的田野上飞架而过，路边灌木丛一般的树林林梢，残留下一些罗曼蒂克的情调。汽车的收音机不时被高速公路上车祸的报告打断，广播员急促而毫无表情地报告着某某号公路发生了某某事故，报告完后，磁带或是广播再从中断的地方继续进行。公路前方有时会遇见黄色的灯光强烈地闪烁，提醒人们前边正在修路而及早地井井有条地改换车道。汽车驶进一片雨云，又驶进一片阳光，阳光后面又是阴霾，阴霾后面是更明丽的阳光。我们在加油站吃了一顿迟到的午餐——半只烤鸡和一盆色拉，还有炸土豆条，然后再上公路。汽车驶向波恩，一个乡村般的纯朴的首都。

年轻人

认识了王安忆，我以后要学习中文，还要爱文学。

——啤酒恩说

海德堡王宫对岸的上山的路上，一个名叫史耐德的年轻人，给我讲他编的童话，是关于一顶皇冠的故事。从前有一个国王，国王生了一个王子，他很爱这个王子，请了全国最好的工匠，用金子、银子、钻石、玉石，为王子做了一顶美丽的皇冠。小小的王子戴上这顶皇冠，大家都赞叹道："真美啊，真美啊！"可是这顶皇冠非常非常的重，压在王子头上，使他再也长不高了，变成了一个矮子。矮子为了长高，就总是在树上吊着，因为有人告诉他，这样吊着能够长高。可是有一天，他不小心松手摔了下来，受了重伤。养伤的时候，就不能戴皇冠了。他觉得卸了皇冠非常非常的轻松。可是等他伤好可以下地的时候，他发现他不戴着皇冠便不会走路了……故事很长也很曲折，可是我要留给史耐德自己去讲。因为我们在那一个海德堡的漆黑的凌晨分手的时候，史耐德对我说："我把我的童话写下来，寄给你，好吗？"我至今一直在等着他把他的童话写下来，寄给我。

后来，我们下山了。他告诉我，他的家庭。他们家生活在一个小小的城里，父亲是这个小城里的牧师。这是一个排在天主教、基督教之后的德国的第三宗教，教规十分严格，每天晚上都要去教堂做祈祷，每个星期天和星期四则去教堂做礼拜。"父亲的一生几乎都是在教堂里度过。他对我们要求很严，哥哥已经完全成了一名虔诚的教徒。在我小的时候，我也是这样天天去教堂，可是教堂使我感到非常压抑。后来我长大了，我坚决地背叛了这个教。我对父亲说，假如你要逼着我去教堂，我就和这个家庭脱离关系。我从此再也不去教堂。我十八岁就和女孩子有了关系，可是，我心里，总是感到压抑……"

史耐德是一个很高大很英俊的青年，穿了一套黑色的西装，拿了一把黑色的伞，伞在他手里，使人想起Stick。他的眼睛很坦诚，很温柔，却有一些拘谨，而且很严肃。他说的中文咬字很准，语法也很正确，只是不够生动和活泼。他大概是读完了整整一本《说文解字》，并且背得烂熟。我们在一家希腊饭馆里，用啤酒垫写字。他总是很温柔地问我：某某字的繁体是怎么写的？我很惭愧我不知道，他便温柔地说："我知道。"然后就在啤酒垫上写着这个复杂的字，一边写一边在嘴里用劲地念着笔画："一、二、三、四……"直到十七八画才写完，接着就告诉我这个字构成的意义。当我们最后离开这个饭馆的时候，桌上就留下了一大片写满汉字的啤酒垫，桌边其他不相识的客人们便像看天书一样崇拜地欣赏着。

史耐德忽然对我说："你知道吗？那个矮子的皇冠，其实就是我父亲的宗教。"我的心忽然好像被什么敲击了一下。他又说道："我父亲的宗教，就是我的皇冠，你懂吗？"他的棕黄色的眼睛有些急切地看着我。我说："我懂。""我很懂。"我又说。他松了一口气似的转过了脸。这时候，我们已经下到了山底，正站在海德堡王宫的对面，王宫的废墟瑰丽无比。

我把史耐德的故事，作为这一章的引子。

啤酒恩是一个快乐的青年。我对他的同学袁小平说："他总是那么永远高高兴兴的。"袁小平说："可是我觉得他太高兴了。”有一次，我和他的女朋友帕斯卡亚坐在临街的酒吧的窗下，而他去打一个电话。我看见他在马路对面奔跑，便对帕斯卡亚说：“他在跑呢。”帕斯卡亚回答我道：“他总是在跑。”

啤酒恩长了一双深色得几乎成了黑色的眼睛，和同样深色的头发。我问他：“你是德国人吗？”他说：“许多人都以为我是意大利人，可我确确实实是德国人，是吕贝克人。”

他的德文名字叫尤埃恩，因为他喜欢喝啤酒，大家就叫他啤酒恩了。他在上海复旦留学的时候，中国同学为他起了一个中国名字，叫做浦乔恩。这是一个很不上口的名字，也和他很不相符，像偷了人家的名字来用似的。我们在海德堡分手，又在吕贝克碰头的时候，他献宝似的告诉我，他又有了一个中国名字，叫做严邦德，听起来就像是“联邦德国”。可我实在不明白这三个字和他有什么关系，而看他殷殷期待的样子，又很不忍扫他的兴，就说：“这个名字比较好叫。”他立即拍板决定：“我就叫严邦德了。”这真是一桩很可怕的事情，我希望他能很快把这个名字忘记。我依然叫他啤酒恩，再没有比这名字更对他合适的了，并且是越来越合适。

他的那一年复旦学习中所收获的中文，忘得已经差不多了，可他极其聪敏。手、脚、身体一并都来帮忙，再加上我的手和脚，也可很通畅地交流思想。当你对他说话，向他阐明什么，解释什么，他总是回答：“好！”然后就抱歉说：“我很喜欢说‘好’。”当我们在吕贝克碰面时，他随身带了一本汉德与德汉字典，我则随身带了一本汉英和英汉字典。因帕斯卡亚是个语言专家，她除了本国语法文外，还会德语和英语，她已经结束学业，在进行翻译工作，能挣钱了。在我们的旅行中，她可在必要的时候做桥梁。又因彼此的发音都不甚准确，还须带上纸和笔。再加上照相机、地图、旅游手册、钱包，我们的行装就变得十分复杂，丢三落四的事情也时有发生。啤酒恩的专业是经济，中文并不是他的学科，能在复旦一年学到这些中文，即使是后来几乎全部忘光，也已经相当不错。而他总是对我说：“我忘得太多了，很不好，很不好。”他变得用功起来，随时留心着学几个词语。在Ratzeburg教堂里，他要向我介绍一个名叫Barlach的人物，他翻了他的字典，点给我看，原来是一个雕刻家。我告诉他，这是雕刻家，于是他便喋喋不休地念着“雕刻、雕刻”；念到后来，逐渐变成了“鸟刻、鸟刻”。语言固然给我们的交流带来了困难，可是啤酒恩却是又勇敢又顽强，百折不挠，一定要把这障碍打通。他的中学同学史道培尔告诉我们，前不久他被一只巨大的有毒的蚊子叮了一下，结果得了病住进了医院。在他的病床旁边，有一个人——啤酒恩赶紧翻字典，字典上竟是“笨蛋”二字。我用英文说给他们听，他们好像是吓了一跳似的，怔怔的，互相看了一会儿，然后，史道培尔抽出一张纸，画了一幅画，原来是一个正在输液的人。啤酒恩就又“输液、输液”地“输液”了很久。有一次，我们一群八个人在酒吧里喝酒。忽然间，他们要向我说他们一个朋友的故事，首先需要说明的是，这个朋友是做什么的。啤酒恩不知道中文该怎么说，帕斯卡亚也想不起英文该怎么说，德汉字典又忘在了汽车上，停车的地方离这里很远，啤酒恩便向我描绘道：“这一个人，找到了一样东西，大家都说他很对、很对、很好、很好。”我就像猜谜一样地说：“考古。”不对，他吸了一口气，重新进行解释：“这一个人，是造出了一样东西，大家都说他很好、很好。”我说：“工程师！”不对，他再一次地说道：“这一个人，就是，就是……”他再没词了，绞尽脑汁也说不上来。这时我忽然想起前日我们曾在一个乱糟糟的饭馆吃饭，墙上张贴了一幅爱因斯坦吐着舌头的大照片，便说：“是不是和爱因斯坦一样的人？”大家都激动起来，啤酒恩连连说：“差不多了，有点像了。”我说：“科学家！”他们一起泄了气，还不对。这真正到了山穷水尽的地步，我的意思是算了，不讲这个故事，讲别的吧。而啤酒恩不甘罢休，他忽然伸手将我们桌上的电灯揿灭，顿时，我们这一张桌子八个人全沉入黑暗之中。酒吧里的人全都回过头来看我们，我们好像沉沦了似的坐在一片黑暗之中。啤酒恩在黑暗里摊开双手，绝望地说道："从前，很黑，很黑，大家都很着急：怎么办呢？怎么办呢？没有办法，没有办法。这时候，有一个人，做出了电灯。"他刷地打开电灯，光明笼罩着我们，我大声地说道："发明家！""OK！"大家一起欢呼起来，这个故事便顺利无阻地进行了。这一位发明家朋友过的是那样一种生涯：当他发明出一样东西的时候，他就有许多钱，很阔；而钱用完了还发明不出下一件东西的时候，他就成了一个穷光蛋。这果然是一个很有意思的故事。

这一日，啤酒恩很神秘地在一块啤酒垫上写了一个"姦"字，问我，这是什么意思。我疑惑地看了他一眼。他乐呵呵笑着，很得意的样子。我不明白他是什么意思，顿时觉着他有些邪恶似的。我说："这是英文Rape的意思。"他笑着摆摆手道："不，不，不。Rape是那种，那种很不好的意思。"我说："这个字是很不好啊！"他收起了笑容，惊恐地向后退着，"不是，不是。这个字的意思是，三个女人在一起，哇啦哇啦地说话，好像是演戏。"我问道："谁告诉你的？"他惊慌失措地向后缩着身子："复旦的一个中国同学。"我心里暗暗骂着那个混账，一边安慰他道："算了，算了，不要想它了。”他拿起笔，狠狠地在那个字上涂着：“不好，不好，很不好。”他的样子十分可怜，脸上红一阵白一阵，我不由得也跟着他难过起来，好像是我犯了错误似的，同时，也为我的同胞感到羞愧。而心里不免想起了前一日的事情，心想，我们算是打了个平手。

前一日，啤酒恩刚到吕贝克，带了我去找他的一个同学，他将住在这个同学家里。这个同学已经找到了一个很好的工作，在银行里，还没有结婚，自己租了一套公寓。我们开车前往他家，在他家对面的马路边停了车。我开车门的时候，没想到紧挨着车旁边停了一架摩托，我的车门便轻轻地碰了一下摩托。摩托上坐了一个戴着头盔的年轻人，他翻身下来，弯下腰去抚摸那车身，竟被他摸出半个指甲大小的掉漆的印痕。他抬起头望着我们，问道：“怎么说？”我说对不起。他学了我的口气说：“对不起？”随后就伸出两个手指：“二十马克。”啤酒恩不答应，两人用德语争执了许久。我说：“啤酒恩，让我给他二十马克算了。”我一心以为是我闯了祸，十分不安。啤酒恩将我推开，说道：“不要，不要，这个人的头脑很笨。”又接着和他继续争论。而我心里又十分委屈，因我实在是没有很重地开门，怎么会碰掉了摩托上的漆？我重新将车门打开，试了一遍，这时才发现车门开得再大也碰不着那块掉漆的地方，而是在旁边很远的安然无恙的地方。这个人纯粹是要敲竹杠，最后当然是他被啤酒恩击败了，气汹汹地走了。我再三向啤酒恩说明，这车门是碰不到那伤处的，啤酒恩向我摆着手说："忘了他，忘了他，这个人的头脑有问题。"我看出他的神情有些难为情，像是对我很抱歉似的，便不再做声了。

现在，不管怎么说，我们打了个平手。我们刚打完一个平手，那位年轻的银行工作者来了。他是个身材高大的典型的北德青年，淡黄头发，淡蓝眼睛，肤色极白，他的睫毛几乎是白色的，唇上留了两撮同样的几乎是白色的胡须。他住的那一套公寓里像一座雪宫一样，连地毯都是雪白的，只在厨房里有一面天蓝色的墙壁，好像白雪地上的天空。整幢公寓令人想起医院，有些寒冷似的。帕斯卡亚也有这种感觉。啤酒恩觉得不可思议，说："女人很奇怪。"他们说好一起在这里等他们的另一个同伴史道培尔。他告诉啤酒恩，史道培尔不一定会来，因为他最近非常非常忙。他不久前和一个女朋友分手，已经对爱情失望了，可是最近又结交了另一个女朋友，爱情又燃起炽烈的希望。他们每天都有约会，忙得不得了，很难再看见他了。啤酒恩脸上流露出失望的表情，他很喜欢史道培尔，也想让我认识他。这个史道培尔选择了一个古怪的职业，就是扫烟囱。他每天都要穿上很脏的工作服爬到屋顶上去扫烟囱。他很喜欢这个工作。啤酒恩有一个纽约朋友，认识了史道培尔之后，就准备回美国筹一笔钱，等下次来吕贝克，给他拍一部电视片，题目就叫做“扫烟囱的人”。他和一个朋友一起合租了一套房子，自己生活。正说着，一个长得十分俊气的穿了牛仔上装的男孩从我们桌下抽出一把椅子，重重地坐下了，笑眯眯地看着我们，这就是史道培尔。他长得非常清秀，风度潇洒又十分亲切。他说他最近已辞去了扫烟囱的工作，并且搬回了家里。至于下一步要做什么，他还不知道。后来我们去了他家，他家有一幢又漂亮又干净的楼房和一个绿草红花的花园，花园里有一个工作木棚，里面有一些小型机床什么的工具，他正在做一艘小小的游艇。在家里的史道培尔要斯文得多，穿了整洁的花色毛衣，乖孩子一样招待我们喝咖啡。我们就坐在花园前的阳台上喝咖啡，他的父亲和母亲坐在一架秋千椅上，和我们谈着史道培尔弟弟的问题。他今年已经高中毕业，下一步不知要做什么，男孩正在里屋的电脑上玩星际大战的游戏。那天晚上，我们还看到了史道培尔的女朋友，穿着当今最最时髦的洗白了的牛仔装，淡黄的头发披在肩上，饱满的脸颊十分娇嫩，又漂亮又傲慢。

下一日从早上起，就忙着去找一位修车的朋友，名叫马蒂斯。啤酒恩与他失去联系已有多年，不知该上哪里去找他。经过一番周折，近中午的时候，找到了一个可能知道马蒂斯下落的朋友的地址，我们便先去了他的家。这位朋友和几个年轻人在一条小街上合租了一幢破旧房子。几个工人在修理底层的房屋，正坐在楼梯上喝咖啡休息，我们从他们身边挤上了窄窄的楼梯。当我们走进他的房间时，他还在睡觉，床垫直接铺在地板上，地板上堆着唱片、唱机、乱七八糟的衣服，还有一架电话。后来我们发现这一幢房子的特点就是电话多，除了各人房间里有一架或两架电话外，厕所、洗澡间、厨房，都各有一架电话，象征着伟大的通讯时代的到来。房间里暗暗的，充满了一股浓郁的令人窒息的身体强壮的男孩子才有的气味，混合着脚味、汗味、奶酪味、香水味。他坐起身拉开背后的窗帘，屋里透进了一线光明，窗外是邻家的黑瓦的屋顶，立着一杆电视天线。他对我们说："早安。"我们则认为应该道午安了。他说他昨晚在酒吧里一直喝到早晨四点才回来，他说着从被子下伸出两条健壮的长腿，套上牛仔裤，带我们到隔壁他的朋友屋里坐着，他去洗脸刷牙，再煮一壶咖啡。因为他的屋里没有一张椅子，我们只能站着。他的邻人是一个修长的戴眼镜的学生，正在汉堡读图书馆系。他的房间就大不相同了，有很宽大漂亮的床、沙发、柜子、书架，虽也是形状色彩风格各不相同，显然是拼凑起来的，可都收拾得非常整洁舒适。录音机里放着优雅的室内乐，墙上挂了明星的照片，大多是美国的影星，其中有史泰龙。他和我们谈了一些中国的事情，说他在汉堡有一个北京同学，问我是否认识。我问他为什么在汉堡读书，却住在吕贝克，他说这样很好，他可以得到两种好处：汉堡的现代化生活和吕贝克纯朴古老的气氛。他很喜欢吕贝克，这里宁静。在汉堡工作和学习都很好，可是居住在这么一个嘈杂的地方，他感到无法忍受。这时候咖啡煮来了，那坐酒吧坐昏了头的伙计已梳洗得十分清新，精神大振。他在一个餐馆做工，十二点就要上班去了，直到晚上十二点。他抄给了啤酒恩马蒂斯的地址，那是在距离吕贝克不远的一个乡下。马蒂斯将他在城里的车铺关了门，到乡下去开了一个车铺。

然后，在一个阳光明媚的下午，我们就开着这一辆破车下了乡。乡间的公路曲曲弯弯，细细长长。田边的野花野草漫到了路旁。树影在地上投下一团一团的浓荫，汽车在浓荫下驶过。大片的田野温柔地伸展到看不见的天边，草长得很高很茂盛，微风吹拂，扬起暖暖的波浪。拖拉机轰隆隆地迎面而来，过去很远了还能听见轰鸣。几头牦牛懒洋洋地吃着草，惬意地哼哼着反刍。我们从公路上驶到了一条土路，土路有些不平，扬起薄薄的尘土，牛粪的气味很亲切地传了过来。田地被木栅栏质朴地围了起来，木桩脚下生着一丛一丛的青草，木栏里的刚耕过的土地很整齐地一垄一垄伸向地平线，又好像是从地平线上放射过来的深褐色的肥沃的万丈光芒。我曾几何时见过这样的图景？好像是我十六岁的时节，在淮北平原上，不过那是一个已经垂暮的黄昏，那地平线上有一个苍劲的身影，摇着一柄辘轳把。汽车停在一座大谷仓似的板房前，门前停了三五辆各色汽车，一个高大健壮、脸盘很宽阔、淡黄头发显得有些稀疏的小伙子，穿了油渍斑斑的工作服向我们走来，他有一双巨大的蒲扇一般的手，他很利落地开始检查啤酒恩的汽车。对面有一座真正的谷仓，门前站了几个强壮的妇女，穿了无袖的衣裙，好奇地看着我们，还有一个枯瘦的老人。一辆黄色的乡邮员的汽车开了来，送着信件。苍蝇嗡嗡地旋舞着，蓝色的翅翼在阳光下闪着险恶的亮光。这一座高大的板棚壁上挂了一个信箱，信箱上除了马蒂斯还有另外两个人名。马蒂斯告诉我，那两个人是与他合租了这一座住宅，他朝着板棚深处遥遥地指了一下，里面黑洞洞的。那两个人都是医生，在附近工作，到傍晚才可下班。他三下两下就检查完毕，说这汽车只是坏了一个小小的也不很重要的零件，没有大的问题。然后他用棉纱擦拭了一下手，引着我们走进这一座黑暗的神秘兮兮的板棚。我们走在板棚下的潮湿冰冷的泥地上，寒风飕飕的，板棚的右侧有一排两三间车间的工作室，在那长长的尽头则是一座很完整的明亮的寓所。我们坐在厨房里喝着果子汁，吃他自己烤的蛋糕。我问他为什么要跑到乡下来修车，他说他很喜欢乡下，他在城里，已经住得腻味了。那么，在乡下修车的生意还好吗？我又问。他耸耸肩，说有时好有时不好，可是挣的钱完全够花。他喜欢这样的生活。这时电话铃响了，他跑到隔壁的卧室去接电话，这是一个很长的电话，他说了很久还没回来。我们坐在餐桌边，将他的蛋糕全部吃完，又喝了一瓶半苹果汁。后窗下是无边的农田，传进青草松软干燥的芳香。等他终于打完了电话，我们便告辞了出来。走过隧道般黑暗漫长的板棚，太阳是如何的热烈明亮。

回去的路上，我们来到了一个宁静的河湾，一艘游船停在岸边，等待坐满了客人好开往吕贝克。河水是碧清的，架着一弯小木桥，走过小木桥，来到一个河边餐厅，餐厅外的临河的水榭般的阳台上，坐了先生太太们，穿着鲜艳的夏装，喝着咖啡，静静地望着河面。这天的太阳是格外的好。我们走过阳台，回到河湾。那是很窄的一个河湾，对岸的芦苇丛俯下水面，伸手便可触到似的。那里就是民主德国，岸上静悄悄的，没有一个人。一座宽阔的木桥连接着两岸，中间却被一道栅栏锁死了。栅栏的西边，有一个男子抱了一个孩子伫立着，伫立了一会儿又慢慢地走了回来。啤酒恩不时跳到岸下，抚摸着泊在岸边的游艇，他很想有这样一艘游艇，然后可去航海。这时，我们看见，不远处，孤零零地停了一艘小艇，艇上有两位穿制服的小伙子，手里拿着无线电对讲机之类的东西。啤酒恩十分鄙夷地看了他们一看，说道："我不喜欢这种人。"我知道他不喜欢的还有警察。"我不喜欢他们做的事情。"啤酒恩说。"可是你也应该服役的。"我对他说。他狡黠地一笑，说："是啊，我本来也要服兵役的，可是我很不喜欢。我写了一张报告，说明我有许多理由不合适服兵役，结果就没有去。"望着他得意的神情，我想起了半月前在慕尼黑的一个广场上，遇到几千中学生游行，抗议缩短中学学制、延长兵役制（只延长几个月）的新决定。孩子们三五成群地聚在广场上，吃着汉堡包，喝着可口可乐，进行着示威。我又想起就是不久前，往汉堡来的火车上，遇见一个正在兵役期里度假的男孩。他将兵营的生活描绘得十分可怖，其实不过是看守一台雷达而已，他十分高兴又按捺不住地焦急地等待着十个月后的离队。他从小的理想便是当一名外交官，自从他认识了一个非洲的大使夫人，他便立意想去非洲出使。他已经等不及似的，在他这趟假期内自费去非洲进行了一次经济考察，写了一份考察报告。他说他很想看看他的报告翻成中文是什么样子，因此当我从北方回到波恩时，他的报告已经寄到了，很耐心地在我的小屋里等待。后来，在又一次南下的路上，在法国边境的一个小镇上休息，咖啡馆门前聚了一伙年轻人，吹着喇叭叫嚷着，闹得个震天动地。一打听，原来是一群刚刚服完兵役的孩子在狂欢庆祝。在德国的日子里，再没听见过比那喇叭更刺激更肆无忌惮的噪声了。仅仅是在四十年前，这还是一个好战的民族。而四十年，仅只不过是一个中年人的岁月，战争却像是上一世纪那么遥远了。

啤酒恩上了车，把汽车开得个飞快，因为我们要去一个木偶博物馆去见一个奇怪的陌生人。啤酒恩喜欢和各种各样的人在一起。有时候，我，他，帕斯卡亚坐在一起吃饭，或者聊天，他便会说："我们三个人，来自三个国家，我们是联合国了，多么好啊！"于是就非常地得意和快乐。他建议我们表演各自国家里的鸡叫，最后的结论是中国的最好。因为中国的鸡叫还分性别，公的是"喔喔喔"，母的是"咯咯蛋"，而德国与法国，公母都是一种声音。他是一个极喜欢热闹的人，和一般的德国人很不相同似的。他喜欢很多的人在一起，越多越好。读书却使他有点苦恼。可是我们回到汉堡，在天地书店里，他在书架上找到一本季红真编辑的中国最近的小说集，其中有我的一个短篇《人人之间》，他数了数书页，就决定买下这本书。“这一篇不长，我可以努力读它。”他又说，“我认识了王安忆，从此我要学中文，还要爱文学。”在海边的时候，我们经过一个纪念品小店，那小店里有一种格外有趣的纪念品，就是一个小小的粗瓷的青花盅，盅上刻着名字。架子上几乎摆了上千个常用的名字。啤酒恩找了许久，终于找到了一个与我名字极相似的名字：Anni。他买下了这一个小盅，送给我，说：“我送给你，我很愿意送你这个礼物。”我们在一个突兀的雨天里，在汉堡分了手，他们回他们的学校波鸿，而我要在汉堡住几日再去波鸿讲学。几天后，在波鸿下了火车，不曾想到，啤酒恩竟带了一伙他的学中文的同学呼啦啦地迎了上来。这天下午，我们在大学的一间课室里讲着文学的题目。我们说得都很艰深，于一个中文不好又不读文学的人来说，是太乏味了一些。可是啤酒恩忠诚地坐在第一排课桌后面，一直坚持到最后。

我很难忘记我们曾坐在那风格粗犷的水手酒吧里，坐在高高的酒吧前的凳上，他对我谈着帕斯卡亚。他告诉我帕斯卡亚是在法国海边一个城市长大，她从小没有父亲。母亲将她送进一个修道院，管教她的是一个没有结过婚的老修女。她将帕斯卡亚管得很严，总是告诉她，这里有危险，那里也有危险，使她感到她处在一个危机四伏的世界里。她在这个修道院里一直生活到十三岁。后来我问帕斯卡亚，那是不是有点像《简·爱》里的修道院？帕斯卡亚想了想说："很像。"现在，她的母亲结婚了，她的继父对她很好。帕斯卡亚的性格非常内向，不爱说话，喜欢海，怕冷，特别爱读书。她读了许多许多书，她很崇拜女作家西蒙。在她很小的时候，读了她的《第二性》，虽然不很懂，可她非常喜欢。她随身的包里放了西蒙的另一本书。她的名字，帕斯卡亚，在法文里就是耶稣复活节的意思。我说："啤酒恩，你要好好地待她。你对她很合适，她对你也很合适。"啤酒恩以他少有的庄严沉默了一会，然后说："我想，我们以后会结婚。"

我把帕斯卡亚的故事，作为这一章的尾声。

巴伐利亚

……慕尼黑，德语称“明兴”，意为“僧侣之乡”。约公元750年建立隐修院，标志城市的发端……选帝侯马克西米达一世（1597—1651）统治时期，城市规模和财力扩大，兴建许多文艺复兴式建筑……

——摘自《简明不列颠百科全书》

再没有比从肃穆的北德直驱南方，而更强烈的印象了。就好像在一瞬之间，花红了，草绿了，天蓝了，太阳亮了。草地如绿海一般广阔而温柔地起伏着，一层一层地绿过去。天是湛蓝的，飘着纯洁的白云。云彩永远在游动，幻化出许许多多的童年的故事。墨绿色的松林里，积水潭边有一棵横木，横木上似乎刚刚有一个公主或者王子悄悄地走过。高高的绿得几乎发黑的林梢上有着星星般明亮的阳光跳跃而过，精灵似的。巴伐利亚的树、草地和红瓦顶的小木屋似乎已经成了精，成了活物。而那远处朦胧在云雾里的阿尔卑斯山，则像一个风情的父亲一般，沉思着，想着自己的事情。阿克曼告诉我，这样的雾蒙蒙的阿尔卑斯山顶，预告着一连数日的晴朗的天气。

天气果然是那样无比的晴好，仅仅是昨夜的阴霾，已飞逝成为隔世的旧事。正午十二点，市政厅的钟楼上，演出着一场征战的戏剧，骁勇的战士们跳着壮烈的舞蹈凯旋。太阳腾腾地上了中天，如一球热恋的火焰，熊熊地燃烧。成千上万的人齐步跑向英国公园，一起躺在草地上，迎着太阳。这时候，你竟会觉得，你是刚刚认识太阳，你刚刚懂得太阳，太阳是多么好，多么的亲爱，多么的不必回避不必害羞。阳光洒在你的裸着的臂上和你的还不敢裸着的肩上，你身上的每一寸地方都在渴望着太阳的爱抚。雪一般的啤酒沫和金子一般的面包屑，洒在粗糙的沾了泥土的长木桌和长木椅上，嵌在结实的古老的木缝里，草丛里有一些小虫毫无恶意地叮着你的脚踝。阳光将你苍白的皮肤照成透明的，你是多么多么的苍白而单薄，可是你会很快很快地黝黑、强壮，精力充沛得叫你想上一九七二年的奥林匹克足球场，试试你的脚头。

而那西北角上的旧日国王别墅里，却沙沙地下着温存的细雨，像是沉湎在往昔的回忆里。我撑着一把现代工业的尼龙伞，走在湿漉漉的草地上。每一棵青草都顶了一颗晶莹的雨珠，雨珠里包含着太阳的光辉。我走过天鹅湖。牙白色的大理石雕像兀地耸起在前边的草坪上。她们半裸着身子，婀娜地亭亭立着，做着美丽的繁荣的文艺复兴的旧梦。我又走过树林，树林里很静很静。雨绵绵地沙沙着，太阳在遥远的地方，阿尔卑斯山在遥远的地方。前边的大树后面，有白色的衣裙闪过。树林里忽然呈现一块空地，立着一幢小小的羞怯的宫殿，雕花的阳台栏杆边，刚刚落下一朵玫瑰花，而这一霎紧闭了门和窗。一百年后，有一个遥远的中国人，撑了一把尼龙伞，站在大理石的光洁的台阶上。她站了一会儿，又从台阶上下来，继续向前没有目标地走。天鹅在她身后静静地浮在水面上。她走上一条细细的小径，她的鞋完全被打湿了，湿得水淋淋的。

深夜一点钟的小酒馆里，女老板走上了歌台，莫桑比克的琴手弹起了第一首歌的前奏。有一群中国人围了一盏烛台，喝着甜的或不甜的葡萄酒。那女老板的眼睛是深色的，头发也是深色的，鼻子很翘，声音沙哑，她说她刚刚为一个朋友庆贺生日回来，她唱了太多的吉祥的祝贺的歌，她的嗓子都唱哑了。她唱起歌来很不知道节制，她只要想唱，就拼命地唱，声嘶力竭地唱，再唱就要坏嗓子了却还要唱。她问我们从哪里来，我们说："给你三次机会，让你猜三次。"

"日本！"她说。

"不！"

"韩国！"

"不！"

"香港！"

"我们从北京来。"

"那么，我要为你们唱一支歌。"她说。

当她想着要为我们唱一支什么歌的时候，邻桌的一对夫妇好奇地问我们道：你们是中国人吗？为什么鼻子很高？我们说，中国人不全是塌鼻子的。由着鼻子出发，我们开始谈到全世界的人种的问题。

西北角上的国王别墅里，一百年的回忆化成了细雨，晶莹的草地一展无际。那一个一百年后的中国人却偏要走到那草地的尽头。她走着走着，看到了一个小小的土丘，土丘上有一个小小的简陋的亭子，上面乱七八糟地写了许多字和画，像一圈小小的柏林墙似的。她认出了两句，一句是"要和平，不要战争"，另一句是"要造爱，不要造战争”。战争是什么？这一个大战后很久才出生的中国人想起了历史书上写着的本世纪里的两次大战。她想了一下，便下了土丘。

小酒馆的女歌手从深夜一点开始唱歌，一直唱到两点，还要再继续唱。小酒馆这时才有点热闹起来，客人刚刚有点醉，开始异想天开，中国人却要走了。他们走过长街，在街角拐了弯，街角的屋檐上，十七世纪的典雅的雕花永远地盛开着。他们站在街口，等着绿灯好过马路。阿尔卑斯山的太阳一万次地升起，每一次升起的都是一个崭新的太阳，阳光下的草地沙啦啦地松软地唱着放牧的歌谣。乡村古朴的小教堂里传来悠长的钟声。阿克曼对我讲着无耻的渎神的故事。他诡秘地捕风捉影地笑着说道，每一个乡村小教堂里都有一个神甫，然后，村庄里会指派一个姑娘为他做饭洗衣，于是，神甫与姑娘之间，便会发生一些事情。阿克曼穿了薄薄的飘拂的衬衫，束在长裤里。宽大的束紧的袖口被田野上的风鼓起两片巨大的饱满的帆。他高高地站在绿色的草地隆起的一片小丘上，像一个古代的英雄。他有点像俄国人，有点像意大利人。而他说他是二分之一，或者三分之一，或者四分之一的犹太人。他的家史又长又曲折，他向我讲述了多次，我终也没有弄得十分明白。我只牢牢地记着他有一个光荣的祖母，在法国学画，与“日出·印象”那一代画者均是神圣的朋友。她曾有两幅凡·高的作品，传给了后代，在大战中的饥寒交迫的日子里，换了一个洋铁炉子。我还知道他从小在巴伐利亚的乡间长大，十六岁之前从没去过慕尼黑。后来他到了慕尼黑，他和他的朋友们如同保卫江山不变颜色一样守卫着一座古老的房子，因为政府要摧毁它重建一座文化中心。他们与警察发生了斗殴，驻扎在这所很有历史的房子里，坚持了很久，最终被逐了出来。在他们被逐的身后，推土机转眼间推倒了历史的遗产，推平了一块崭新的工地。如今，那文化中心很没有文化地挺立着，正在举行慕尼黑国际电影周的闭幕式。他一无身份还要带了我闯进最重要的PARTY。导演和影星们在做着文雅的交谈，两位苏联歌手在楼厅里唱着摇滚乐，一个不明国籍的人向我们进行煽动，动员我们参加他的一个和平组织，他发了我一本小册子，小册子被阿克曼扔到了服务台里边。我知道的还有，后来，他去了中国，在“四五运动”的天安门广场上兴奋地奔来跑去，虽然他什么都不了解却被深深地震动。他说，那一刻是如歌如泣的一刻。他有极好的语言和文学的天赋，他说他一整个文化教育全是在巴伐利亚的教堂里完成的，而他如今却可恶地讲着渎神的故事。他把汽车开得飞决，和一个巴伐利亚的穿了节日盛装的骑自行车的农民因为抢道而吵嘴，还骂人。他把我们带到湖边，又开始对我们讲他们最后的国王路德维希二世的风流轶事。

他说：“知道吧，茜茜公主。”

我说知道，国内刚放了《茜茜公主》的电影，由那迷人的史耐德主演。

他站起来，遥指着湖对岸的一个小小的尖顶：“那是茜茜公主的王宫，茜茜公主是路德维希二世的表姐，他们很好。”湖水蓝得像一颗巨大的宝石，洁白的帆船像童话般地游去，湖边的石头被太阳晒得发烫，温暖着我刚从北方来的干燥的手掌。

他又说：“知道吧，瓦格纳。”

我问是那位音乐家瓦格纳吗？

他说就是的，“路德维希二世很喜欢瓦格纳，为他在一个小城修了一个音乐厅，他俩是有同性恋倾向的。”阿克曼的那一张渎神的嘴里是吐不出任何神圣的故事的。

太阳把我们晒得暖烘烘的，几乎要融化似的。这是午后八点钟的太阳，我们想起了吃饭这一桩事情，于是便由他率领，去湖边一个饭馆吃饭。餐桌全摆在太阳下的沙石地上，地不平，桌子有些摇晃，他便带领我们把沙石堆起来埋住桌腿。完成了这项工程，点好了菜，又自助着取来了饮料，他很舒适地靠在椅背上，说：“路德维希二世是个很好的国王，他爱艺术，为我们的城市增添了美丽的建筑，我们都喜欢他。”后来，我很多次地想起这句话。这是一个太近的国王，辞典还来不及为他拟成条目列入，我找不到关于这位国王的资料，他在我心里很奇怪地变成了一位民间传说人物。在慕尼黑的圣米歇尔教堂的地下室里，安放了许多棺材。我向那位售票的先生打听，教堂是哪一年修造的。他极有自信地说道：“要说这教堂的建造时间，我可以很准确地告诉你，是在四百零三年之前。”他又说：“这教堂是威廉五世修的，所以凡是威廉五世后代的灵柩，都安置在这里。”《简明不列颠百科全书》上说，威廉五世一七四八年出生，而那教堂照这位先生说是一五八四年建造的，不知威廉五世是通过何种途径去建造的。也许，他说的是另一位不上辞典的威廉五世吧。而我很愿意相信他，他告诉我的历史似乎很富人性。棺材都是铁铸的，有的华贵而漂亮，有的很简陋。在十八世纪上半叶，有许多小公主和小王子夭折，那小小的灵柩流露出叫人心疼的凄凉，我想那时大约是发生了一场瘟疫。有一具最大的刻有冠冕的棺材上布满了鲜花。一位妇女买了票走进地下室。她手里提了一个草篮，里面放着面包水果等等食品，大约刚从市场回来，她的另一只手里捧了一束鲜艳欲滴的花朵。她将草篮放在地上，然后恭恭敬敬地将鲜花献上灵柩。这是路德维希二世的灵柩。

湖水在太阳下山的那一刹那冰冷下来，一个小男孩从冰冷的湖水里湿淋淋地跑了过来，抖抖索索地裹了一条毛巾，他要妈妈用毛巾给他挡着，他才能换裤衩，因为他说他不能当着那么多的人脱衣服。妈妈说，你基本上已经没有什么衣服了。一对夫妇友好地与我们谈话，丈夫是个工程师，妻子是个心理学家。他们初恋似的手挽着手，幸福地看着我们。阿克曼却断定那位先生很笨，配不上那位女士。我说阿克曼你凭什么说人家笨，他说："他问的问题简直笨极了。"太阳在地平线下映照着我们盘子里的鱼，阿克曼说，到了这里必须吃鱼。他还说，这家餐馆世代都是捕鱼的，可是后来，这家里有一个儿子，去慕尼黑学艺术了。这里，湖边上，有许多人家以捕鱼为生。他带我们走过一座农舍，告诉我们这是一家五百年的渔家，他们专为巴伐利亚的国王捕鱼。那是在我们去往一座破败的古堡的路上。

这一个古堡的主人是这一地区的一个小小的贵族，他们家里有一个牧场，还养了马。他们有一座很古老的传了几代的大宅子，可是破旧得很。死了老婆的老贵族很伤心地住在这所又大又破的宅子里。一个房间的屋顶漏了，他就搬到另一个房间；另一个房间也漏了，他再搬到第三个房间。终于有一天，一整个屋顶都被大风掀了起来，老贵族变成了一个无家可归的人。后来他娶了他女儿的同学做新娘。这一位年轻的妻子身体健康，精力特别充沛，于是就可想而知地在这一带做出了许多风流韵事。老贵族在不久前去世。当地人很爱他，因为他是一个很有趣又和善的人。他在乡村自己举行的球赛上热心地做一个裁判，且又公正。于是，人们为他在村子旁边的草地里的一块石头上，刻上了他的名字和生辰卒日，这是一个很奇异的动人的纪念碑。他旧有的庄园里现在盖起了一座美丽的木屋，如巴伐利亚农人所喜爱的那样，在屋檐下的板壁上，嵌了鹿角和贝壳。窗台和阳台上，围满了鲜红的花朵。整齐的木栏围起青青的草地，有一匹最后的黑马在吃草。我们这是往他的那一座古堡去，那一座古堡早已残破不堪，捐献给谁谁都不要，因为付不出修缮费也纳不起税，而它又是一无所用。它孤零零地立在一片草地上，临了一面美丽的湖，湖的那边有着茜茜公主的辉煌的宫殿。

阿尔卑斯山在很远很远的地方。我们从很远很远的地方来，本想乘了电缆车进山去，可是不巧，错过了时间，电缆车关门了。我们只得在山脚下徘徊。同伴说这很像天山，我没去过天山，于是我想，我要去一次天山。山顶有着终年不化的积雪，山腰是缭绕不绝的白云，山脚是一展无际的芳草地。我们像一群越境者一样，漫无目的地在奥地利边境的小镇徘徊，教堂的尖顶衬着阿尔卑斯山的壮阔又秀丽的背景，当当地敲响了钟声，雪崩了。我兀自闯进一家小小的精致的礼品店，一店堂亮晶晶的玻璃玩意儿使我目眩了一下。牛铃从屋顶垂挂下来，叮叮咚咚地响。我听见老板对我说："哈罗！"我便也说："哈罗。"老板很潇洒地倚在柜台上笑吟吟地问我："日语'哈罗'怎么说！"我说："我不是日本人，我是中国人。""哦？"他很意外似的看着我。我想这里也许很少中国客人，我是很少的中国客人中的一个；老板娘也过来一起看我，然后，她说："中国人和日本人很像。"我连连摇头："不不不，日本人很少有我这么高的。"他们一起大笑起来，笑弯了腰。然后，老板娘直起腰忍住了笑说："中国女人比日本女人漂亮。"他们又请教我，中文"哈罗"怎么说，我想了想，说："你好。"他们便连连地说："你好！"我隔了玻璃橱窗看见伙伴们已经走去很远，便道别走了出来，在阿尔卑斯山的背景下这窄窄的黄昏时分的小街上跑着去追我的伙伴。然后，我们在一个小小的饭馆吃饭，菜单上有野猪和野鹿，每一份菜都是用一架小车威风凛凛地推来，点着熊熊的火炬，仅只缺少一支仪仗队。这里有一种特别的利口酒，很神秘的是由一个修道院的修士们酿成，走遍全世界都没有这样美味的利口酒了。我想着，修士们如何庄严地肃穆地在修道院的地下室里酿酒，墙上燃着火把，钟声在地面上很高的地方当当地宿命地敲响。酒的芳香如烟雾一般弥漫了幽暗的地下室，修士们用一把特大的笨重的木勺舀起新酒。汽车很崇敬地从那高大肃穆的寺院驰过，晚霞笼罩。

阿克曼开了车在田间的路上飞快地跑着，我们去到一个又一个巴洛克风格的教堂。那教堂精致华丽得几乎像一座奢华的王宫，外表却十分的质朴，与蓝天绿地和谐地组成一首宁静恬淡的田园诗。阿克曼又一遍对我说："我的所有的文化、文学、艺术的修养，全得自于我们的教堂。"教堂如同一部巴洛克艺术的辞典。我们跑过无数金碧辉煌的教堂，最终来到一个小得不能再小的教堂。这是一个农民自家的教堂，修缮得簇新。因为去年风调雨顺，他获得了很好的收成，这一切归功于上帝的恩赐，于是他虔诚地重修了破旧的教堂。那教堂是小得不能再小了，耶稣依然在祭坛上忠实地受难。四周是无边无际的芳草地，阿克曼豪迈地扶着方向盘，好像驾着一艘火箭。他说："知道吗？为什么我们巴伐利亚人爱上帝。因为在这里，太阳那么好，风那么好，雨那么好，草地那么好，树林那么好，这全是上帝的恩宠。"我想起那一个名叫"草地"的教堂，回廊里摆满了农民们献给上帝的礼物，有一个女孩给玛利亚写了一封信，她相信玛利亚能使她的父母和睦，身体健康，生活幸福。阿克曼又说:“这是我们德国最好的四十年，没有战争，感谢上帝！”可他还要说那么些渎神的故事，他说:“神甫们和那些姑娘们……”他说到这里就打住了话头，大有深意地笑了。

草地一层一层地绿了过去，好像大海平静的波涛。在这里，曾经有过三十年战争。在纳粹时期，这绿海下面，曾经有过一座地下军火库。那慕尼黑西北角的国王别墅，大草地的边缘，一座小小的荒芜的亭子里，胡涂乱抹着:“要造爱，不要造战争！”

汽车在绿色的波浪里像一艘舰艇一样前进，走过一个小小的村落，村落里只有五家农户。将田地一代一代地传接了很远，老大接过了地产，老二便没了事做，于是便去了慕尼黑，学习艺术。渐渐地，这村落里形成了一个建筑学的流派，特别强调浮雕的建筑作用。这一个流派以后就以这村庄的名字命名了，叫做——Wessobrunn派。那村落今日还在，却已渐渐与艺术脱离，悄悄地掩埋在绿树丛中，只有那田地依然一代一代地传接，永不中断。我们下了车，来到一个乡村饭馆吃饭，那饭馆楼上是旅馆，旁边是一个肉制品厂，屠宰厂，还有牛棚。牛哞哞地叫着，太阳沙啦啦地照着草地。阿克曼又说，这里还出生过一对Asam兄弟，他们在建筑艺术上非常有贡献，在慕尼黑，他们为自己修了一座Asam教堂。

那教堂金碧辉煌，精致典雅，天使在灿烂的穹顶下如歌地飞翔。

深夜一点钟的慕尼黑的小酒馆里，女歌手对我们说："我要为你们唱一支歌，唱什么呢？"她手里拿着话筒，另一只手背在身后，走来走去，然后说："我唱一支关于爱情的歌，是我最爱唱的歌。"

一个刚从市场回来的妇女，提着盛了面包和水果的草篮，捧着鲜花，来到圣米歇尔教堂的地下室，买了一张门票，步下冰凉的石阶，给他们最后的国王路德维希二世献上一束鲜花。

寺院的地下室里，修士们在酿着美味的利口酒。

老贵族的石碑在草丛里，被太阳晒得暖暖和和。

我们从山顶上罗克克修道院里，湿淋淋地下来，走进一座乡村酒家。啤酒是盛在一公升容量的玻璃靴子里，肉是大块大块的，冰淇淋上覆了肥厚的奶油，还有一盆大蒜瓣。那一位善良的好客的热情的巴伐利亚作家忽然要与我们讨论文学问题。他问我们，在中国，现在什么样的书最畅销。我说，爱情啊，侦探啊！他笑了。等到我们走出酒店，走下酒店前的木头台阶，雨水将台阶洗刷得发亮。他喊住了我们，一只手按住在我肩上，神秘地眨着眼睛，说道："你刚才提到了侦探小说，我现在就讲给你们听一个侦探小说。就在你们身后的这家酒馆，哦，不要回头看，不要让老板知道我们在说什么，这就是刚才我不说，而必须出来才说的原因。对，对，就这样，我们就像在闲聊似的。那老板在看着我们呢！就在这个老板买下这个酒馆之前——这个大肚子老板并不是第一任主人——这酒馆的前主人，在这酒馆的地下，开了一个酿私酒的酒厂……”

“哦，那么，后来呢？”我问。

“后来？‘未完待续！’”他哈哈地笑道，“这是一个真正的侦探小说的第一集。”

巴伐利亚终于黄昏了，太阳在雨丝后面落到了地平线上。

斯特拉伦的日记

许多种语言

在这世界上飞行

——摘自北岛的诗

查艾克告诉我，离波恩不远，有一个小镇，镇上有一个“翻译之家”。全世界各国的翻译家都可以申请在那里免费得到一个房间工作，地窖里的酒和饮料是随便喝的，只需自己买面包买菜做饭。那是一个安静的地方，靠近着荷兰，有一处边境，你在太阳升起之后过去，太阳落下之前回来，不需要签证。如果你想去，查艾克说，我可以帮你去说说，我和那里的主任很好。

后来，我旅行得有些累了，想去那里静静地

住几日。使馆的孙先生说：我和那里的主任很好，我们曾经送了他们很多书，我帮你去说。当我从慕尼黑回来之后的第三天，就去了那里。在那里住了整整五天，这五天是很清闲的日子，我竟有了许多时间从容地写日记。而以往的旅行，我只来得及在日记本上简单地注明地名和日程，贴上几张明信片而已。

一九八七年七月二日　星期四　晴

早上，九点半，从黄先生的香江酒店准时出发，孙先生开车送我，一同送我去的还有一位导演。他是我在慕尼黑大街上“拾来的”。他带着他的电影《城市假面舞会》来参加慕尼黑电影节，电影节之后还有几天没有着落。我便把他带到了波恩，害得黄先生和安妮只得住到书店去，将他们在客厅的地板上的铺位让给了他。汽车上了高速公路，孙先生就打开了录音机，录音机里放着一首中国的民歌。导演一下子从汽车后座跳起来，激动地说：“呀！民歌！好家伙，民歌！他妈的，民歌！”一副海外游子的情怀，其实他离开祖国仅仅十天。天气非常好，平坦的田野一展无际，我们看见了风车，风车总令人想起荷兰。公路边闪过科隆、科瑞菲尔德的路标，在那里的旅行就好像已经过去了十万八千年，想起来竟是隔膜得很。

我们要去的地方，叫做斯特拉伦。

汽车下了高速公路，放缓了车速，路的两边有一些小小的房屋，立在平坦的田野上。汽车驶过一片布满鲜花的墓地，然后驶上了一条小街，进了城。我们在一块空地上停了车，绕过一座房子，穿进小巷，小巷窄窄的，通向一个广场。广场是红砖铺地，再由青石整齐地隔成一方一方。广场四周围了一圈咖啡座，撑着鲜艳的太阳伞，伞下坐了一些人。广场的正中央，是一个喷水池，水池周围站了一圈青铜铸的人物，有士兵、神甫、农妇。腿，胳膊，肘，膝，脚踝，头颈，手腕，全可任意搬动。我们跑过去将他们的手脚搬动了一番，他们绝望地做着各种姿势。我努力想着，似乎在哪里也见过这样的喷水池，想了一会儿，才想起，是在Aachen。记得那里是靠近荷兰、比利时的三国之角。水池旁边有一棵大树，围了一圈长椅，长椅上坐了晒太阳的人。有一块很大的牌子立着，上面写着：7月17日至7月19日，是斯特拉伦的庆祝日，广场上有歌舞乐队的演出。然后，我们从水池边走过去，穿过广场，走进一条小巷，小巷两边是各种小小的精致的商店。导演说："这个小城像是用积木搭出来的，可以放在手心里托起来似的。"小巷的街道全是石块拼成的路面，我们称之为台硌路的那种。走过一家银行，就到了一扇门前，门边墙上嵌有一方铜牌，写着“翻译之家”的字样，还写着这一幢房屋的年岁——十四世纪。我们按了电铃。一个将眼圈涂得很蓝的女人给我们开了门，门庭很宽大，迎门是一弯木楼梯，楼梯边的一扇门里好像有一个很大的厅。左手是一间办公室，里面放了电脑打字机、复印机什么的办公用具；右手是厨房和餐室。餐室里放了几张餐桌，窗户临了街，太阳照着石块路面闪闪发光。那位夫人引我们进了厨房兼餐室，请我们坐下，倒了咖啡和苹果汁给我们喝。她说主任出门旅行去了，要两个星期以后才回来，他走之前将我的事情作了交代。她向我介绍说，厨房里的一切用具我都可以使用。咖啡、茶、糖、盐，等等，都在橱子里，随便用。食物买来之后，可以放在冰箱里，她拉开单门冰箱的门给我看，里边已经塞得很满。我想着，怎么也要挤出一个空来。她接着往下说，酒窖里有酒、果汁、矿泉水，酒窖的门在电炉的侧边。如果不会烧饭，或者是她或者是任何人都可以帮助我。这座房子里的任何角落，你都可以去，她说。正说着，有一个黑色头发、黑色眼睛、黑色胡子、面色苍白的年轻人悄无声息地走了进来，几乎没有声音地对我们打了招呼。他在我的身边静静地坐下，问我从哪里来，我告诉了他也问他是从哪里来。他说他是德国人，从一个我不知道的什么地方来，在这里翻译一本书，是从印第安语翻成德语。他穿了一件紫色的格子衬衫，一条宽宽的睡裤一样的裤子。他的眼睛非常温和安宁，他使我想起神甫。这时，又来了一位先生，是个老人，穿了一件天蓝色的开襟羊毛衫，也在桌边坐下了，他是一个以色列人。他对我说，有什么他能够帮助的地方，请对他说。太阳明亮得耀眼，从窗外的石子路上流过，有人从窗前走过。两个健壮得像运动员的小伙子从楼梯上下来，楼梯吱扭扭地响，他们进了厨房，从冰箱里取出面包和黄油，站在柜子前吃着，他们是从芬兰来的。那夫人说："我带你去看看你的房间好吗？"我们便站起身随她走出了厨房。

我们穿过门庭，走进楼梯旁边的门。门里是一个很大的环形的厅，厅的四周是书架，书架前有一张张的书桌。厅的中央则是一片石块地，阳光透过高高的玻璃穹顶，照耀着石块地，犹如一个露天的广场。白云从玻璃顶上缓缓地走过，我们从石块地上走过，从书架间走入一条回廊，回廊环绕着广场。我的房间是四号。房间不大，一张沙发床，床边是一扇长窗，窗外是一堵围墙，圈了一条狭狭的走廊般的庭院。窗户上挂了洁白的窗帘。一张很大的工作桌，桌上有一架制图灯，黑色的灯罩，一个藤圈椅，一具大橱，大橱对面是卫生间。地上有一小方地毯。她把两把钥匙交给了我，一把是大门的，一把是房门的，我便将钥匙系在裙子的皮带上，这样可万无一失了。我听见楼上有脚步声，沓沓地走过，再从我门前的一弯楼梯上走下。然后，我们便走出去，去找个地方吃午饭，他们就要回去了。

太阳是好得不能再好了，教堂的钟声当当地传来。走过邻近的巷口，我看见了教堂，很伟大地耸立在一片小巧精致的房屋后面。我们又来到了广场上，广场四周环绕着鲜艳的太阳伞，伞下是白色或红色的桌椅，被鲜花团团地围着。花开得令人怀疑的完美，像是假花。我们在广场一侧的一家餐馆的太阳伞下坐好，就有一个女人出来招呼我们，递上菜单，再问我们喝什么。菜很实惠，价格也公道，七八个马克，再加一份饮料，不到十个马克便可吃得很舒服。孙先生说，别看这小镇貌不惊人，又偏僻，可知道“C&A”服装公司的老板就是从这里发源。几乎每个城市最热闹的大街上都可看见高高的醒目的招牌——C&A。广场上开来几辆卡车，停在那里不动。吃完饭，孙先生说，该走了，下午使馆还有一个会。导演说，把你一个人留在这里很不忍的。我站在“翻译之家”的门口，望着他们在石子小街上一步一步地走远，街上静悄悄的，再没有一个人。阳光在路面整齐的石缝里水银似的流淌，不觉有点惆怅起来。我转身进了门，走过水磨石地的门厅，厨房里没有人，办公室里也没有人。我从木楼梯下走过去，走进大厅，阳光从玻璃苍穹直照下来，大厅里充满了蔚蓝色的阳光。四周没有一个人，只听见嚓嚓嚓的激越的打字击键声，从楼上传下，在房子里空洞洞地回荡。我走过大厅中间的砖地，从两排书架之间走到回廊上，我的四号房门就在一架木楼梯口，楼梯上有一个朝北的窗，照进有些落寞的光亮。我开了门，走进房间，窗户前的一栏围墙外面，有孩子的隐隐的嬉笑声传来。我愣了一会儿，就开始收拾我的床铺，将我的东西一一安置了，又洗了头发，这时，才是下午两点。我想了一下，初步定了这么一个计划，先出去走一走，了解一下这小镇的概貌，然后去买食物。想定了，便站起身，走出了房间。

大厅里依然没有人，打字机的声音也沉寂了，天庭上射下的阳光好像在砖地上汪起了积水，我从亮晶晶的积水上走过去，出了大门。我顺了小街走向广场，走过邻近的巷口，看见了小街后面空地上的教堂。这教堂投在地上的荫翳几乎可将一整个斯特拉伦笼罩。我走向它的阴影，一走进荫地便奇怪地打了个哆嗦，这里的风很凉。这是一座威严的天主教堂，钟楼上飞出了洁白的和平的鸽子。我推开沉重的大门，走了进去。里面一片沁凉，寂静无声，靠门的座位上却默默地跪了二十来个老年妇女，手里握了《圣经》，或是什么也不握，只是双手相握地搁在前排的椅背上，望着祭坛上受难的耶稣。耶稣在很幽深的地方痛苦地悬挂，女人们一动不动地望着前方很幽远的地方，膝头抵在木板的踏脚上。我几乎不敢走动，我无法使我的鞋跟不发出清脆的声响。这里是那么肃穆，任何一点动静都是不敬的打扰。我慢慢地移动着脚步，摸索到椅上坐下，与她们崇敬地保持一段神圣的距离，然后才左右环顾着这一座教堂。这是一座太大的教堂，我不知道斯特拉伦的居民们能否坐满这座教堂。廊柱上端悬挂着十三门徒，每一根柱上竖一个，后排是玛利亚美丽安详的石雕，用铁栅拦着。我偷偷地打量着长时间默祷着的女人们，她们的眼光是那么深刻地虔诚着，叫人忍不住顺了她的目光望去，前面是幽暗深远的祭坛，空无一人，七彩的玻璃窗剑似的插向穹顶，透出朦胧的光芒。我胆怯地收回目光，蹑着手脚贼似的踅出教堂。门外的太阳照得人眼花，我赶紧地走到太阳地里。教堂的左侧有一堵矮墙，墙外有潺潺的水声。我走出去，看见是一个美丽的花园。绿草地上安着红色的秋千，草地边的道路上有一个小小的喷泉，红砖砌成正方形的三层台阶，顶上有一个金属的半球，半球下涓涓地流出清澄的水，水顺了砖阶一层一层流淌下来。喷泉旁边的树丛里有一条乳白色的长椅，我坐了一会儿，看见那草坪前的小楼里跑出两个男孩，爬上秋千。草坪前边是一条公路，有汽车往来，一个男人从前边公路上走来，走过喷泉边上，在砖阶上抹了一把水，洗了洗手，再继续走路。教堂的钟响了，当当当地越过头顶，向很远的地方传去，天上几乎没有一丝云，蓝得耀眼。我站起身，向回走了，走过教堂森严的荫地，穿出小巷，从小街走到了广场。广场上忽然地热闹起来，卡车停在场边，中央撑起了布篷，摆了摊子：水果、蔬菜、鲜花，还有服装、手提包、皮带，等等，成了一个小小的繁荣的集市。人们在摊贩前走来走去，讨价还价着买东西，有买好了的，就坐在喷水池边的椅子上休息。小孩子们爬在水池边上，将那些铜铸的士兵和元帅摆出千奇百怪的姿态。它们的关节格啦啦地拧响着，眼看就要断下来似的。我仔细一瞧，果然有一个士兵已经失去了一只脚，很悲哀的却还做出欢喜的手势。我仔细地看那广场周围，发现这广场是这城的中心，从中心放射出许多小街。我依次顺了小街走了几条，找到了一个小小的食品店，买了面包、黄油、酸奶，还有一盒新鲜的熟透的草莓，然后就回“翻译之家”了。

我一手提着买来的食物，一手用拴在皮带上的钥匙开门，刚插进锁眼，那门却自动开了，我来不及抽出钥匙，那门则很坚决有力地一径拉开着，于是我只得被那门牵了进去，原来是那一位印第安语翻译家。他正在厨房煮咖啡，从临街的窗口看见了我，好心地帮我来开门。我谢了他，好歹从锁眼里拔出钥匙，将自己解放了出来，跟他走进厨房，在冰箱里挤出一块空间，安置好我的一份食物。我发现德国人喜欢用小小的冰箱，不贮存太多的东西，不像美国人，冰箱大得像一口壁橱，半年的东西都可塞在里面。安置好了东西，我才回自己的房间。大厅里的阳光柔和似水，一张工作桌边，腾地站起一个虎虎的年轻人，高大结实，褐色的眼睛笑吟吟的，他向我走来伸出手，说道："我是从加拿大来的，欢迎你。"我望着他满桌的纸片问道："你是翻译？""不。"他说，他是一个艺术评论家。然后我们分了手，各自忙各自的去了。

六点半时分，我想到，应该去厨房做晚饭了。尽管我已经将这第一顿饭设计得极其简单：面包，黄油，再加一杯热茶。可是站在厨房里，依然是一片茫然，桌上放满了各色电水壶、电咖啡壶、电锅，还有一排四个电炉，不知从何着手。打开柜子，只见里面左一个口袋，右一个口袋，也不知装着些什么。正为难着，那一位以色列先生探进头来，我便问他，如何煮茶。他说他不会，又问我是打算在这里吃饭，还是去饭馆吃，我说在这里。他走到电炉前，望了那一大摊东西，比我还为难的样子，为难了一会儿，就走了。我便一个一个纸袋细细地查看着，嗅着，或用手指蘸了尝着。正忙着，走过来一个姑娘，高高瘦瘦的个子，金黄的卷曲的短发，穿了一件朴素的花衬衫。她径直地走到我面前，向我伸出手，自我介绍说，她是从美国来。我便赶快抓紧了问她，应该如何煮茶。一个中国人要向一个美国人请教煮茶的事情，听起来是那么滑稽。她说了声OK，便开始一一指点我。这是一个奇怪而复杂的过程，先用电水壶煮一壶水，同时，用一个塑料的带把的撑子，撑着一只棉纸袋，那纸袋是专门放在一只盒子里从市场买来的。袋口正好与那撑口一般大小，袋子里装上一撮颗粒状的茶叶，再放进敞口的热水壶。等水滚开就将开水对准口袋冲下去，滤过茶叶流进水壶，茶叶便可扔掉，一壶茶做成了。她教过我后，才自己动手做饭，我很不礼貌地窥视着她，看她做什么吃。她吃得很好，是将一只北方茄子切成片，滚上面糊，用黄油在平底锅煎黄，还切了几片西红柿，然后用一副刀叉很认真又很得意地吃着。又来了一个先生，戴了墨镜，穿了运动短裤，花花公子似的，和我握了握手就很浪荡地摇摆着走了。

吃罢饭，就去散步。我有意穿一些小小的巷子，有意地想迷路，可制造一些经历似的。太阳已经落了，天色却依然非常明亮。走了一会儿，却见那以色列先生急匆匆地迎面过来。他的天蓝色羊毛衫敞开着，两片衣襟向外飘去，他走到我跟前，问我，要不要去一个很便宜的地方吃饭。我说我已经吃过了，他便说："啊，已经吃过了。"又继续急匆匆地赶他的路，好像有很重要的事情，也不知他是吃过饭了还是没吃。穿了几条横七竖八的巷子，不料又转回到了广场上，集市已经收摊，卡车开走了，教堂里响起了钟声。我走到广场中心水池边的椅上坐下，有两个中东地区大约是土耳其的孩子站在水池边上玩铜人，那铜人几乎是一刻不得休息。年纪轻轻的父亲或母亲抱了孩子在广场上散步，吃着冰淇淋。一个胖男孩举着冰淇淋呼啸而来，然后跳上池边，去搬那铜人的手脚，那手脚一阵咯啦啦地响。一个母亲抱了一个很小的孩子走过来，在圈椅的另一边坐下，那小孩顺着椅圈爬到我身边，对着我做出种种鬼脸，嘻嘻笑着，还将手里的冰淇淋递给我吃。他们大约是头一回看见一个中国人，觉得非常奇怪。水池边上立着那一大幅布告，写着：7月17日—7月19日，斯特拉伦的庆祝日，广场上将有歌舞乐队的表演。那一定是非常热闹的情景，而那时候我已经回家了。想到那一日，我已经回家，竟兴奋起来。我是该回家了。

钟声又一次响起的时候，我便站起身走了回去。大厅里大开着灯，又明亮又安宁，那加拿大来的小伙子还在工作。

我早早地睡了。这是在德国的日子里，第一次像一名小学生那样，九点钟的时刻上床。我拉上了洁白的窗帘，暮色像曙光一样照亮了窗帘，我想着，明天要去城的外围走一走，去找那一个像查艾克说的，不需签证，只要在太阳升起后过去、太阳落下前就回来的荷兰边境。

一九八七年七月三日　星期五　晴

早晨起来，大厅里静悄悄的，厨房门口，却站了那以色列先生。他见了我立即引我进厨房，将桌上的咖啡壶指点给我，说里面有刚煮好的咖啡。我依然煮了茶，已经煮得非常熟练。吃的依然是昨晚的那一套，有点腻味，便想着要再去采买一次食物，改善伙食。可是时间还早，商店也许没开门，正站在门口犹豫，以色列先生又来了，说他要去买香烟，问我是否准备去散步。这倒提醒了我，于是我与他一同出得门去。早晨的空气十分清新，稍稍有些凉意。隔壁就有一家烟店，他买了烟，出了门就要点烟。风很大，擦了几支火柴也没点着，我帮助他挡风，依然点不着。他被风吹得踉跄着退进一个门洞，才好歹把烟点上。然后我们便沿了小街走去，一边艰难地聊天。我们谈着这小小的城，怎么会是这样的小。站在早晨冷清清的广场上，他如一个大城市人嘲笑小地方似的指着脚下的砖地说:“这就是城中心了。”很好笑的样子。他又告诉我他去过香港，而就在上个月，他的两个亲戚去了中国大陆，跑了桂林、广州、上海，许多城市，拍了上百张的照片。他问我中国有多少人口，我告诉了他。他再三地问，我再三地回答，他大概以为是我的英语出了问题，不再追问，却一脸很怀疑的表情，不知他以为我是虚报，还是瞒产，也随他去了。他说他的儿子在洛杉矶，我说我喜欢洛杉矶，那里玩意儿很多，他说他不喜欢，那全是孩子们的玩意儿。我又说我还喜欢纽约，这一回他同意了，说他还喜欢波士顿。他后天就要飞往洛杉矶，他做了一个天真又慈祥的飞鸟的动作，我觉得他非常可亲。他写给了我他的地址和姓名，又让我读他的姓名给他听，我读了，他说很对，然后告诉我“翻译之家”里的那一位夫人的名字，叫做汉斯，有什么问题可找汉斯解决。我们聊了一会儿，就分了手。

我又去了教堂，教堂的门开着，两个女人在清洗教堂的地。一个孩子在里面嬉耍，他的稚气的声音在高大的教堂穹顶下发出清脆的回声。空气里充满了一股清新潮湿的气味。女人吆喝着孩子，孩子活泼地在长椅间跑着。初升的阳光从启开的门外照进，照亮了门前的一方地。一个女人在那一方亮光里清洗着水磨石地面，裸露的手臂上镀了一道透明的金边。

我走出教堂，又走到教堂背面那一方红砖砌成的喷泉边的长椅上坐下，乳白色的椅面上落了几片绿色的树叶和一些黑色的小虫。两个孩子在草地上荡秋千，秋千吱吱地响着。三五辆自行车从我前面驶过，驶向前面的公路，公路上有汽车开过。一个扛了铁锹的男人向我微笑着道早安，太阳又是特别的好。忽然之间，一股水声平地而起，我循声看去，见那三梯砖阶顶上的半球下潺潺地涌出了清泉，水顺了台阶一梯一梯淌下，我这才懂得方才为什么那么静。这时钟声响了，我看看表，是九点一刻，水声从此便潺潺不止地响着。有人走过，便在台面上抹一把水洗手。我站起身，向着前边矮墙外的公路上走去，我走了一截，回头望望，见那教堂的尖顶几乎耸在云端，便放了心，不会迷路。于是就一径地向前走，心想着也许前边就能走到荷兰的边境。那路是笔笔直而平坦坦，岔路口立着路牌，路牌上有一些小小的装潢：一个农妇拉了一个少年，臂上挎了一竹篮草莓。我又有意顺了岔路走，岔路上是一排住宅，全是精致极了的小楼，各色鲜花包围着小楼，没有一寸荒芜与杂乱。四下里没有一个人，我好像走进了一个童年的梦境，每一幢房子里都会忽然有一个王子或者公主，走下台阶，天空蓝得十分鲜艳，有些不切实似的。我退出岔路，继续沿了大路走去，两边是田原，田原里有一个女人在劳作。我回身望望，教堂的尖顶还在，我便又放心地走得更远。远处的景物开始单调，几乎没有任何变化，连岔路都少见了，一片田野平坦坦地展开，地平线上有墨绿色的树影。有巴士、卡车，或者拖拉机从路上开过，却看不见一个人。太阳是越来越好，将田野照得明晃晃的，如绿色的湖水。我听见身后传来斯特拉伦的钟声，像在呼唤我似的，我想我是不是走得太远了。地平线在很远很远的地方，似乎是凸起在平坦坦的田野上。风景几乎没有变化，没有一点暗示，也许我根本错了方向，荷兰并不在这一边。我想，两个国度是不应当那样平淡无奇地相接近的。于是就回了头，再朝着教堂尖顶走回去。回去的道路似乎要短得多，转眼间走到了那堵矮墙外，方形的喷泉潺潺地流淌，沿着砖阶一梯一梯滑下，孩子们在草坪上嬉笑，四下里一片安宁，鸟儿在唱着瑰丽的歌。我走过矮墙，再继续向前。我走过一个车站，车站是那种简陋的半间砖屋，倒与我们的乡村长途汽车站十分相似，里面张贴着各种广告，最新的一张是一个摇滚音乐会的海报。我走过汽车站，再向前走，路边不知从什么地方开始，有了齐腰的围墙，有一个妇女沿了那围墙表情肃穆地朝我走来，我与她擦肩而过，忽然看见，围墙下边是一片辽阔的鲜花盛开的墓地。我这才认出，这是昨天从波恩开来时经过的那个墓地。那么，也就是说我现在的方向，是朝着波恩，那么与波恩相反的我刚才走去的方向又是朝着哪里？我后悔死了，将我的地图忘在了慕尼黑。

我走到了墓地的入口，围墙敞开了，斜下一弯石阶，石阶也有铁栏作扶手。我下了台阶，台阶的右侧是一片绿树遮掩的草地，草地的深处有一具石像，是耶稣，是一个不在受难的耶稣。石像的风格质朴而含蓄，耶稣像一个乡间传教士，慈爱而勤恳，又平凡又神圣。他脚下是一片娇嫩可人的绿茵地，与他古朴的风度形成可爱的对比。树荫里有一条木椅，我在耶稣面前站了一会，走出了草坪。无边的墓碑像海上的白帆似的闪烁着圣洁的阳光，我沿了墓地慢慢地走去。墓碑上大都是耶稣受难的浮雕或雕塑，耶稣在阳光下的受难，比起在教堂阴沉的廊下受难，似乎更具有永生的意味。有一些过于精致的雕刻几乎近于浮华了：大理石雍容华贵的纹理流淌出俗世的光泽。玛利亚监护着一苑墓地，那墓园几乎有一种福地的含义。墓地里栽种着各色鲜花，点着长明灯，或是用小小的花石块砌成小小的天真的图案。常常是一家一块墓碑，碑下用石块标着死者的姓名与生辰卒日，这一种永恒的团聚令人格外地觉得亲爱。一些老太太在墓间忙碌，浇水拔草，墓地旁边有自来水池，池边还放了几把鲜艳的水壶。我忽然生出一个奇怪的联想，这一些老太太是否是昨日下午教堂里的，那一些长久默祷的老太太？我看见一个穿了白底黑花的连衣裙的老夫人，忙忙碌碌地用一把绿色的塑料壶去水池接水，接了水就提到一具黑色大理石墓碑前。碑下种着星星点点的红色的小花。她蹲着身子很细心地摆动着小花，将花间的杂草与碎石捡出来扔掉。我远远地看着她，太阳照着她，将她的黑花白底连衣裙、白色的头发、绿色的水壶，还有她手掌抚弄下的红花，映得格外鲜艳。我不敢过去惊动她，生怕打扰了她，可是她回过头看见我，却慈祥地朝我笑。我这才走了过去，问她，这里躺着的是谁？她用德语很热情地说了许多，并且放下水壶，做了一个婴儿睡觉的很温暖的姿势。在她一长串的德语中，我只听懂了两个字：“我的丈夫。”于是，我便都懂了。是她的丈夫，像一个婴儿那样，温暖安宁地在这一片红色的小花底下熟睡。老太太又和蔼又殷切地看着我，她很高兴能和一个陌生人说说话似的。她说了许多，我又听懂了——“我的丈夫”。她脸上并没有一点悲伤的表情，她望着那一片湿漉漉的小花，又望望我，好心地笑着。我从她身边走开去，让她一个人与她的丈夫相会。远处，几乎是在墓地的边缘，两个年轻工人在掘地，他们身边有一架推车，车上堆满了花圈，花圈上系有黑色的悲伤的挽联，他们大约是在掘一个新的墓穴，又有一个人死了。我看见一排很小很小的坟墓，这一排很小很小的坟墓里，有一个奇妙的墓碑。在小小的一方墓前，有两只铜铸的大手，护了一盏长明灯，灯已经灭了，墓上没有鲜花，可有了这一双大手，其他什么都不重要了。我猜想，这是一个孩子的墓，那双大手，是妈妈的一只手和爸爸的一只手。我蹲下身去摸了摸那手，太阳将手晒得暖暖的，手铸得精细而有力。我在墓前蹲了一会儿，太阳晒得我有些头晕。

走出墓地时，迎面走来一个老人和一个男孩，大约是祖孙俩，表情十分严肃地走着，爷爷对我说：早安。我回答了，那男孩也喃喃地说了声早安，我们擦肩而过。我走上台阶，顺了围墙走去，看见了教堂的尖顶。我穿过公路，进了城，顺着小巷，走到了广场。广场四周的太阳伞下，坐了一些人。孩子们爬在中央的水池子上，搬动着铜人的手脚，铜人们无奈地做出千姿百态。旁边的大海报上写着：7月17日—7月19日，斯特拉伦的庆祝日，广场上有歌舞乐队表演。那彻夜狂欢的日子，像是在很漫长的日子以后。我走进小街，在一家超级市场里买了酸奶、沙拉、速制汤料和水果。付完账后，我向那女人要一只塑料袋装东西，她却要我付十芬尼。这真是奇怪的意外的事情。在美国超级市场买东西，塑料袋成卷成卷，任你去撕，就怕你不撕。大约这就是德国人的生活作风，而相形之下，美国便有了些暴发的味道了。我只得付了十芬尼，买了一只塑料袋，装上东西走了，回去做午饭。一打开冰箱，我便发现我的黄油被人吃了，而且还吃得不少，对角切去了整整一半。望了剩余的这一半，我反倒有些犹豫起来，也许是我自己弄错了，那黄油本就是人家的，可是，我的黄油呢？中午，我没去动那黄油，做了奶油蘑菇汤，还有沙拉，沙拉是现成的，几十芬尼一盒，味道很好。

下午在大厅里看书，我已为自己收拾出一个写字桌，摆上自己的东西。身后的书架上，有一些中国的书刊，我便觉得这一张书桌，理所当然是属我所有了。有一个旅行团来参观，汉斯带领着他们，站在玻璃的穹顶下的砖地上，四处环顾，我们便成了一件展品似的。我拿了书走出了门，去那教堂后喷泉边的长椅上看书。几个孩子却在那砖砌的喷泉边嬉闹，有一个五岁模样的男孩皮得出奇，用一个小桶去接半球下涌出的清水，接了之后呼啸而去，泼了满地再呼啸而回。我看他吵得厉害，就瞪了他一眼，他却威胁着要用桶里的水泼我，我赶紧走开了，他真要泼了，和他说理也说不清。我漫无目的地到了广场，广场上分外热闹，充满了激烈的摇滚乐声。细细一追究，是从广场边的一个酒吧里传出，那里挤满了年轻人。水池哗哗地流水，铜人的腿脚被孩子们搬得格啦啦响。一个男孩严肃地对我说“哈啰”，走时又严肃地对我说“再见”。一群背了照相机的旅游者过来细细地看那铜人，他们是不是从荷兰过来的游客？我走回“翻译之家”，大厅里已经安静了，谁的打字机在嚓嚓地辛勤地工作，在玻璃的穹顶下回荡。我坐在我清理出来的书桌前，那宁静的印第安语翻译家悄无声息地走近我。他总是那么宁静，除了“宁静”再没有别的形容了。我问他：“工作完了？”他说没有，只是在煮东西，然后便又静了下来，悄悄地站在我的书桌前。我问他译什么呢，他说译的是印第安语的短篇小说。我又问他来了多久，他回答已经三十天了，还有二十天才离去。我再问他名字，他便告诉我，我学了念一遍，他不满意，一遍遍地教我，这中间有一个“R”的音，须在舌根处打个滚，我学了几回没学好，他便很宽容地微笑。每一句对话，都有着宁静的间断，最后，他说“OK”，便去厨房照料他煮的东西去了。

做晚饭的时候，我的那半块黄油，已剩下一个角了。见这黄油如此坦然而爽利地被吃掉，我更不敢去动它了。我还是吃沙拉和汤，还有面包夹火腿。临街的窗外有人沓沓地走过，脚步踏着石块小街，特别地清脆悦耳。那戴墨镜穿短裤的花花公子，从地窖里抱着葡萄酒上来，却从不见他做饭。

晚上，又去广场坐坐，依然是孩子围了水池嬉耍，折磨那铜人。大人们牵了小孩子的手，在广场上吃着冰淇淋散步，冰淇淋是在广场边的蛋糕店买的，柜台下一排冰淇淋桶，柜台前平时没有人，却挂了一个小铃，只要摇一摇铃，便有售货员来为你服务。一对残废孩子坐了轮椅飞快地穿过广场，向酒吧驶去，风很凉，只得回去了。

一九八七年七月四日　星期六　晴

一早，就见以色列先生站在门厅里，脚下放着一口皮箱和手提包。我说怎么今天就走，不是说明天飞美国的吗？他说他今天搭乘巴士去阿姆斯特丹，明天再飞美国。我吃过早饭，回屋取了一本雅知出版社出的我的德文版小说集，题了字送他。他接过书，非常郑重地一字一句地说道："非常非常感谢你，安忆，我祝你在这里非常非常快乐！"他的表情十分地真挚，我忽然有些遗憾他要走，他是我在这里的第一个朋友。他走了，我又会寂寞一些的。而我必须抓紧去买食物，我发现我吃得很多、很快，而今天是星期六，下午两点商店就要关门，直到后天星期一早晨才开门。当我买了东西回来，以色列先生已经走了。大厅里很安静，我从我房间的窗户爬到后院去看书，因为这比从大厅的门走出去方便得多。那后院是窄窄的一条，却也种着树和鲜花，有一个板棚，棚外檐下放了几叠白色塑料椅，棚里可晒衣服，放了一盒衣服木夹，棚里的门可通外面。教堂在墙外高高耸起，有孩子们的嬉笑声清晰地传来，还有鸟的啁啾，钟声在每一刻响起，悠悠扬扬飘过蓝天。

中午，去厨房做饭，一桌一池的脏杯子脏碟子脏碗，简直无从下手，我正打算洗掉一些东西，至少开辟出一方干净的地方，可供做饭。印第安语翻译家静静地走来了，悄声说道："对不起。"他身后跟了一个穿工装裤的金发姑娘，脸颊圆鼓鼓的，个子不高却很结实，他介绍道："这是从法国来的凯瑟，她很想读你的小说。"我说好的，可是我正在烧饭，准备做汤的开水已经煮在电炉上了。他说没关系，等一会儿好了。她看见面前一大堆脏碗，便将柜下一扇门拉开，原来是一个洗碗机，里面的一批碗碟已经洗好，我们三人便一起将干净的碗碟一件件取出，再将脏的放进去。正忙着，门铃响了，德国人去开了门，走进一个胖胖的先生和一个高高细细的男孩，大约有二十岁。那位先生与德国人和法国人亲切地招呼着，在他们招呼的时候，那男孩则走到我身边，用中文说："你好？"我被他吓了一大跳，万万没想到在这样一个小镇上，会有一个男孩说中文。他是淡黄色的头发，浅蓝的眼睛，长得十分文雅细腻，他说："我叫菲利普。"我便说："你好，菲利普。"他又说："我和我爸爸，请你吃饭。"我看了看我的已经沸腾的锅，他揭开锅盖，然后关了电炉，说："没关系。"这时，那位先生已与他们招呼完毕，走到我面前，与我亲切地问好，然后就带了我走。他带我走进大厅，穿过玻璃穹顶下的砖地，走进一个很大的装饰成卧室和书房的房间，我们站在了房间当中，那先生便开始很郑重地向我介绍，我只模模糊糊听出了一个大概。他似乎是在这间房间里出生，而现在他住在法国巴黎，每月定期回来照料这里。他又从书架上拿了一个很大的签名本，翻到其中的一页让我看，我欣喜地看见了舒婷、张抗抗的签名，在这个偏僻的安静的小镇上，竟看见了自己熟悉的朋友的字迹，真是亲切感动得不得了。然后，他们父子就带了我走出房间，穿过大厅，走到了街上。

太阳明晃晃地照耀着小街，店铺已经关了门，街上没有一个人。顺了小街望去，可看见广场的一角，鲜花环绕的太阳伞下，坐了一些人。我们走过窄窄的街面，从楼房之间的巷道里走过，楼房后面是一片空地，空地前是宽阔的无人的马路，鲜花在路边永远地盛开。我跟了他们父子穿过马路，走近一幢小楼，小楼旁是一个绿荫笼罩的花园，有着美丽的木栅栏。有人下楼给我们开门，是一个女人，菲利普说是他的姑姑。我们上了楼，楼梯上铺了白绒绒的地毯，脚踩上去，绒毛如深深的细细的青草，几乎掩住了脚背。我们上了楼，一个女人在厨房里做饭，菲利普说这是他的另一个姑姑。我们来到阳台上。阳台对了一片绿色的田野，可望到很远很远的地方。阳台上立了一杆太阳伞，罩着一张铺着洁白桌布的餐桌。那位先生问我喜不喜欢在太阳下吃饭，我说自然是非常喜欢。菲利普很亲切地望着我，他的白皙的额角微微有些脱皮，面色清爽极了，穿了一件朴素的衬衫，衬衫整齐地扣着扣子，束在长裤里，衬领干净得没有一丝污垢，略微有些短了的束好的袖口里，伸出一双瘦瘦长长的少年的大手。他搬来他的课本和作业本，原来他是在巴黎一所大学的中文系读书，读的教本是《道德经》。他才只读了一年，这一次考试成绩很不理想，满分为二十分，他只考了七分，怎么算都是不及格，放了假后还要回去补考。而他的父亲则搬来一堆别的东西请我看，那是一包发黄的旧照片。他想请菲利普做翻译，可是菲利普的中文只够他自己用的，我们还须自力更生，艰苦奋斗。那照片上有一个院子，院子里坐了一个小小的男孩，和几个女孩，这位先生指着那男孩说："这是我啊，那是我的姐姐和妹妹。"我惊异地望望他，他慈善安详的面容很难与那男孩联系起来。可是我看见了照片上庭院后面的熟悉的教堂！哦，我明白了，这是“翻译之家”昔日的模样，而这一座房子，原是这位先生家的。他将照片一张一张地与我解释，那是后院，那是客厅。这是他的父亲，他的母亲，还有他的祖父祖母，他儿童的时候，他少年的时候……那房子已有了很长很长的历史，后来传到他手里的时候，他捐给了斯特拉伦的政府。那房子本来是分别的四座，后来连接到了一起。屋顶曾经是封闭的，后来打开了，再后来装上了现在这样的玻璃穹顶。发黄的照片上，穿了长袜、头发梳得一丝不苟的小男孩和小女孩端坐着，严肃地看着镜头。那教堂一点没变地高高地耸立在照片的背景上，流露出永恒的模样。他将这些发黄发脆的照片仔细地收起，又十分珍惜地捧出一张唱片，是去年中央歌剧院演出《卡门》的唱片。这时候，午饭端了上来，这一刻就像在做梦似的。我忽然之间坐在了一个美丽的鲜花环绕的阳台上，坐在一些素不相识的和蔼可亲的人们之间，一个慈善的先生，一个清秀的男孩，一个活泼热情的夫人和另一个殷勤待客的夫人。夫人们张罗着摆上盘碟刀叉和餐巾，问我要喝什么。然后，又将一盘生菜传递着分菜，生菜传毕后是一盘煮土豆，煮土豆后面是煎肠子。先生问我知不知道有一个荒诞戏剧，叫做《等待戈多》。我说当然知道，就在不久前，上海戏剧学院还排练演出了这出戏剧呢！他就非常高兴地告诉我，是他将《等待戈多》翻译到德国的。他的工作是做法文翻译，眼下，他正在翻法国新近得了诺贝尔奖的作家克劳斯·西蒙的作品。然后他说，吃过饭，他将带我去郊外游玩。我兴奋起来，说："是不是去荷兰？"他说："去荷兰也可以，不过需要签证。"看来他也不知道那一处太阳升起直到太阳落下之前可以自由出入的边境。他又说，我们将去一个美丽的湖，路上，我们要绕一点道，去一个名叫盖尔登（Geldern）的城市，那里有一个大的书店，他要买一本他翻译的《等待戈多》送我，是那样的一本《等待戈多》，一边是法文，一边是德文，还有一边是英文。聊着天，我们吃完了煎肠子，菲利普的姑姑又端上了苹果馅饼和一玻璃缸奶油草莓，我与菲利普将草莓全部消灭光了。他们对我的胃口感到极其的满意，一个劲说："好极了！"菲利普告诉我，人家都称他父亲叫陶普先生（Mr. Top），我在我的日记里就也这么称呼他吧。陶普先生带我参观了他的书房，说他主要生活在巴黎，可是这里也有他的书房。房间门口贴了克劳斯·西蒙的大幅照片，他告诉我他正在研究一种新型的翻译法，具体的我也没有搞明白。他再带我看了地图，告诉我下午旅游的路线。我极其懊恼我将我的地图忘在了慕尼黑。

然后，我们出发了，菲利普的一个姑姑开了车，带了我与他们父子。他的这位姑姑曾经在波恩联邦政府文化部门工作，现在也不住在斯特拉伦，不过是假期里来玩玩罢了。如今，他们家的人几乎都已出去了，只留下那一幢小小的宅子，楼上住了菲利普的那一个没有结婚的姑姑，楼下则住了菲利普的一个伯母，也就是陶普先生的兄弟的未亡人。多年前，陶普先生在巴黎读书，遇到了菲利普的母亲，然后结了婚，生了菲利普和他的哥哥，他的哥哥在巴黎学习德国文学。菲利普对我说："你应该去巴黎，那里比德国有意思得多。"他的做派已完全是法国风格，很纤柔又细腻。他像一个弟弟一样很乖很乖地跟随着我，使我感到非常得意和神气。而他大约是为我的真实年龄吃了一惊，很觉扫兴似的。他在汽车里看着我送给他们父子的小说集，那书后的简介透露了我的年龄。他不由得沉默下来，这一路他的兴致都有些低落，话也少了许多，使我感到有点抱歉似的。我们很快就来到了Geldern，这是一个比斯特拉伦大多了的城市，至少它有两个天主教堂。两个教堂的钟声在广场的上空汇合，稍稍有些先后，于是一个钟声就像是另一个钟声的响亮的回声。陶普先生告诉我，他小时候，就在这里读中学，早上乘巴士来，下午乘巴士回。陶普先生忽然着急起来，飞也似的行走在Geldern的宽阔了许多的街道上。因为他想起这已经是星期六下午的三点，一切商店都关门了。他急急地走在前边，我们一群人跟在后边，就这样走进了一个书店。书店却奇迹似的开着门，一个瘦瘦高高的先生笑吟吟地迎了出来。他与陶普先生是老朋友了，当陶普先生还是个少年人，这书店也远不是现在这个样子的时候，陶普先生就是这里的常客。菲利普重新又开始说话，他大概已经调整好了对我的态度，慢慢地有些恢复过来了似的，他问我，知道吗？那些金边灿灿、五彩缤纷的长长的尖帽子是做什么用的？形状是极似中国“文革”中“牛鬼”们所佩戴的高帽子，色彩却绚丽多了，还装饰了缎带。化装舞会？不，菲利普摇头道，这是小学生第一天上学时，每人都必须带着的，里面装满了糖果和饼干。我想象着新生入校的第一天，该是一番多么可爱的情景。陶普先生已经买好《等待戈多》，站在柜台边为我签字，他写道：送给王安忆，怀着最好的父亲般的祝愿。走出了书店，脚步便从容多了，广场上风很大，教堂的钟楼里呼啦啦地飞出一群鸽子。街上的行人很寥落，店铺关了门，已是一派周末冷清的景象。我们到了停车场，重又上了车。

我们要去的湖叫作“Wachtendonk”，那是一个小小的不出名的湖。汽车从平坦的田野上飞快地驶过，风扑面而来，夹了一股草籽成熟的清新饱满的香味。陶普先生指着窗外那一片田野的平坦坦的远处，一排绰绰的树影，说：

“那就是荷兰！”

我们沿荷兰的田野行驶，驶过一个小城，名叫Krieckenbech，这是陶普先生的父母生活过的地方，他指给我看那教堂，他的父亲和母亲，一九二五年在那里结婚，现在他们都在阿姆斯特丹。风从田野上又温暖又凉爽地吹来，将青青的草籽吹成一层层的波浪。我们来到一个蓝色的湖泊，湖边躺满了晒太阳的人。穿着泳衣，有人下了水，水却冰凉得很。空地上停了一辆很大的冰淇淋车，我们买了冰淇淋，然后沿着树林子里的一条细细的小路散步。林子里很静，却有太多的蚊子，嗡嗡营营地围着我们飞翔。潮湿的地上铺了柔软的褐色的枯叶，鸟儿在树梢叽叽喳喳地叫。这实在太像是一个梦，我忽然之间到了一个树林子里，湖泊在林子后面闪烁着莹莹的波光。我便忍不住向陶普先生问道：你怎么知道我在斯特拉伦？他作了很长的解释，解释中有唯恐说不明白的地方，还让他的姐妹弯下背做成一张桌子，让他在上面画一幅图作注解。事情原来是这样的，“翻译之家”有一个工作人员，名叫米莉亚。米莉亚工作的地方就是在门庭右侧的办公室里，那办公室正与厨房相对，他画给我一幅仔细的平面图，连厨房里的电炉、冰箱都描绘了出来。米莉亚的丈夫是陶普先生的很好很好的老朋友，是一个出色的西班牙语翻译，有着许多译作。

今天中午的时候，米莉亚跑到陶普先生家，对他说，“翻译之家”来了一个中国姑娘，菲利普不是在读中文吗？可以让菲利普与她交个朋友。于是，他们父子便立即来到“翻译之家”将我领走了。我这才想起，今天早上，果然有一位穿红衬衫、长长的黄头发束在脑后的高高瘦瘦的夫人与我招呼，问我是从中国来的吗，我说是的。后来她便提了水壶，给大厅里所有的鲜花与植物浇了水。我将她的形象描绘给陶普先生听，他说一点没错，这就是米莉亚。

我们从林子里出来，腿上已经给蚊子叮出许多肿块。孩子们两个或三个地乘了一架脚踏三轮车，飞快地从林子前的路上跑过，跑向湖边。菲利普的姑姑建议我与菲利普租一架三轮脚踏车，而菲利普很坚决几乎有些愤怒地拒绝了。他鄙夷地扭过头从租车的地方义无反顾地走开，再也不看一眼。陶普先生和姑姑都很不解，互相望望，说道：“菲利普很奇怪。”看那菲利普竭力要做成大人的庄严模样，我心里越发对他感到抱歉。菲利普望着蓝晶晶的湖面，突然想起了什么，笑嘻嘻地很深刻似的说：“冰冻三尺，非一日之寒。”我夸奖他：“很好。”他又说：“我考试不好，老师批评我，我说：‘冰冻三尺，非一日之寒。”我便夸他很会说话。

回到斯特拉伦的时候，陶普先生说希望我和他们一起吃晚饭，八点钟再见。而菲利普却跟了我回到“翻译之家”。

他说我如果没有什么事情的话，他很愿意和我在一起。我便将他带到我们的餐室，又去酒窖里拿了苹果汁给他喝，他尽他所知地告诉我这个“翻译之家”的事情。办一个“翻译之家”，是他父亲多年的想法，在两年前才实现。开幕式上，他父亲请来了海因里希·伯尔作了讲话。他引我去看餐室墙上的一幅照片，就是在大厅里，设了一个讲台，台前有一位先生在说话，原来这就是海因里希·伯尔。一日三餐在这里烧饭吃饭，却不知这是谁。菲利普又从听众中点出他的父亲给我看。那是一个隆重的场面，很好的开端。办这样一个“翻译之家”是很有意义的，哪怕是仅仅为了斯特拉伦。可是，困难很多。陶普先生在巴黎，这里发生了什么，他都无法及时地了解。另外，陶普先生试图在这里推行他的特别的翻译法，也遭到很大的阻力。我问菲利普，你喜欢斯特拉伦吗？他说，这地方实在太小了，可是我每年回来度几天假，常常会遇见很有趣的事，比如，斯特拉伦来了王安忆。可是，他又说，你要去巴黎，巴黎是多么好。他出生在巴黎附近一个名叫凡尔赛（Versailles）的美丽的地方。他接着说道：假期之后，他就要补考了，如果我能够帮助他复习功课，也许他补考能够及格。我说好啊，反正我也没有什么事情，现在离八点钟又还有一点时间。

于是，我们就起身再去他家。走出“翻译之家”的大门，摇滚乐声从街口广场边的酒吧里传出，广场的一角砖地在阳光下闪闪发光。菲利普说，每个星期二还是星期三，具体日期他也弄不太清楚，反正每星期有一日，斯特拉伦的广场上有一个花市，附近的农人将带来各种各样的鲜花，会有人从很远的地方来买花。我忽然想起荷兰是一个鲜花之都。菲利普说，那一日的斯特拉伦是非常非常的美好。我们穿过巷道，来到他家门前。这一回他没有按电铃，走到花园前，手伸进栅栏里拔开了插销，走进了花园。浓荫密布的花园里有一顶红色的太阳伞，伞下是一张雪白的桌子，桌边的圈椅上坐了一位老夫人，正在看我送给陶普先生的小说，她对我说：“我正看你的书呢。”她坐在白色的圈椅里，鲜花盛开，花团锦簇，太阳透过藤蔓，留了一些绰绰的光影在她苍老的面颊上。我知道这就是菲利普的那位守寡的伯母，和她的女儿在此地开一个小小的服装店过活。我们从花园里穿过，走进门庭，上了楼，菲利普告诉我，去年的时候，他的妹妹死了。我听了很为他感到悲哀，问他的妹妹有多大了，他回答说是八十岁，我惊得几乎从铺了毛茸茸的地毯的楼梯上栽了下来。我再一次地问他，是你的妹妹？他很肯定地说是妹妹，又解释道：就是我爸爸的妈妈。我这才松了一口气，说：“这是你的奶奶。”我们走进他的房间，房间非常整洁。有一张很大的书桌，上面放了菲利普的书和文具。我问菲利普为什么要学中文，他说他喜欢中国的文化、艺术，还有中国人的脸。中学毕业后他一直在考虑，学历史还是学中文，他开始是同时学习两门，可学了半年就中断了历史，而继续专一地读中文了。他从他的很大的书包里，掏出他的课本给我看，一本老子的《道德经》，一本《说文解字》，还有几份复印件，竟是今年一月十八日的《人民日报》上批评王若望的文章，这是他们最近学习的教材，他的练习本上，已工工整整地抄了一大篇。我说还有没有别的书请拿出来看看，他又很宝贵地捧出一大本针灸书，说是他的一个中国朋友送他的。望望桌上这一大堆风马牛不相及的文章，我将它们全推在一边，说：我们来讲故事，我讲一个故事，你听着，然后就默写下来，然后你再讲一个故事给我听。他很兴奋地摸出一本崭新的抄写本，激动而不安地等待着。我便讲那“山上有座庙，庙里有一个老和尚和一个小和尚”的故事给他听。默写之后，我查出几个错字，他很虔诚地将那错字每个写了一行，就像是一个最最好的三好学生，然后，他开始讲一个记忆力特别强的人的故事。这个人的嗜好就是记忆火车时刻表，他永远不去旅行，永远只在一个小城里，可是他却记得开往全世界的火车的车次与时刻。这是一个颇有些深意的故事，他用中文和英文掺杂着讲了许久，终于被我理解了，便到了晚饭的时间。

我们下了楼，出了房子，在小街上与陶普先生相遇。他是有意早我们几分钟走出门的，大约是他觉着这样见面更简洁自然一些。我们就在广场边一家餐馆的露天餐座里坐下，那一家餐馆的名字叫做“黄金的心”。太阳已经变成夕阳，孩子们在广场中央的水池边搬那铜人们的手脚，格啦啦地响着。陶普先生将我们俩安顿下来，让我们自己点菜，他则去找他的朋友，即米莉亚一家过来一起喝啤酒。我们便叫了菜和饮料先吃了起来，正吃着，陶普先生和米莉亚一家慢慢地走来了。

米莉亚果然是那一位在大厅里浇花的夫人，她的先生长得非常像贝多芬，他永远地不说话，也不微笑，皱着眉头，严肃得几乎像在生气似的，很不耐烦地嚼着口香糖。他们的女儿，一个与菲利普差不多年纪的金发碧眼的女孩，同她父亲一样地矜持，没有一点笑容，紧绷着脸。当菲利普说话的时候，便不时地瞥他一眼，依然没有笑容，那过于冷峻的眼光里却流露出外省女孩对一个来自巴黎的男孩的心情复杂的兴趣。菲利普永远温暖地和煦地愉快地明朗地微笑着，嘴角上沾了一些橘红色的调味汁。他发现那女孩衣襟上有一只虫，便用他纤细的手指去弹那只虫，女孩这才微微笑了一下。吃罢了饭，陶普先生要来了账单，一边付账一边不动声色地说了声："菲利普把嘴擦一擦。"菲利普有点含羞却不失大方地拿了纸擦干净了嘴，我们便一起离开了餐座，走过广场，向"翻译之家"走去。我对陶普先生说："你的朋友非常像贝多芬。"他便大笑了起来，说："是啊，是啊，他是非常的罗曼蒂克！"

黄昏的小街又宁静又沁凉，大人牵了孩子在广场上散步，吃着各色冰淇淋，教堂的钟声当当地敲响，在斯特拉伦的空中回荡。我们这一伙人走过那石块拼嵌的古老的街面，一时间竟有些时光倒流的意味。我们鱼贯地走进"翻译之家"，餐室里的临窗的桌子边，坐着几个人在聊天，有那两个芬兰人、一个美国人、一个加拿大人，还有一位上了年纪的南斯拉夫人，桌上摆了白葡萄酒、矿泉水和苹果汁，我们便加入进去一起聊天。加拿大人拿给我看一本艺术杂志，彩色中页上的一幅图画，是他十六岁的读中学的妹妹的作品，其中还有一篇高度评价她的文章。那杂志是一种奇怪的文字，我问他这是什么语言，他说是乌克兰语。原来他虽然住在了加拿大，其实却是苏联的乌克兰人，怪不得他的长相有东欧人的因素。我说，乌克兰的民歌很好听吧？他立即兴奋起来，说非常非常美。菲利普立即哼了一句，他却说："不，不，不，你唱的是俄罗斯民歌。"菲利普说："俄罗斯和乌克兰不是差不多吗？"他做了一个愤怒的要扼死菲利普的动作。这时候，严肃的米莉亚的先生终于回过头，严厉地看了我一眼，问我写作是用手写还是用打字机。我说中文的打字机使用很困难，我们都是手写。他回过头去，继续嚼他的口香糖。法国的凯瑟和宁静的德国人也一起来了，德国人抱着胳膊站在我们身后，我们身后就好像站了一只美丽的山羊。我要去倒桌上的葡萄酒喝，菲利普却阻止了我小声说："这是一种很廉价的酒，不好，不要喝。"他说着这样的话，十足是一个巴黎的少年。我便换了矿泉水喝。

聊天渐渐划分了两拨，一拨是陶普先生用德语同翻译家们谈话，菲利普告诉我他父亲谈的是他的那种特别的翻译法。这一边是不懂德语也不是翻译的我和乌克兰人，还有菲利普，我们使用着我的那一本字典，竟也谈起了文学的题目。我们用最简单直接的语言谈着最深刻曲折的问题，简直是将文学推到了返璞归真的最高阶段。我们不得不滤去了水分，只挑那文学的筋骨交谈。我们谈《齐瓦格医生》《古拉格群岛》，他说索尔仁尼琴是一个很有意思的好作家，但却不是伟大的。他认为最最伟大的作家是陀思妥耶夫斯基。当我们谈到陀思妥耶夫斯基的时候，我忽然觉着了熟悉，这一个小小的偏僻的镇上的生活竟退去了许多陌生感，陡地喧嚣起来，不再那么冷清了似的。我想到，我们毕竟是生活在这长久的世界的一个共同的瞬间里，这一瞬间里毕竟留有一些重要和宝贵的事情，是遥远相隔的我们所共同了解的。他问我是不是一个现实主义者，我说我是的，我崇尚现实主义。他则说他不是，他崇尚卡夫卡，我却认为卡夫卡的本质依然是现实主义。他也同意，却又提出艺术的最高的境界，如陀思妥耶夫斯基，却是——他迅速地夺过我的字典，翻到一条递给我看：Spiritual（精神的，神圣的）。我便回答他道："最最精神的，就是最最真实的，最最真实的，就是最最精神的。"他大悟过来似的坐在椅子上，然后沉默了，沉默了一阵他问我，我的小说有没有翻译成英语的，我说有一些，等我回去之后可以寄给他。他便立即抄给我他的地址。我心里想着，就是为了对得住我那一句话，我也得写出好一点的东西，不可使他太失望了。这一阵汹涌澎湃的过于艰深的谈话似乎把我们都累垮了，又似乎是，该说的也都说完了。我们歇了一会儿，便开始说一些轻松的话题，比如水城威尼斯，比如一个名叫《北京故事》的中国电影，谈着假如在欧洲生活有没有什么问题。他忽然想起了什么，撇下我们噔噔地上了楼，木板楼梯被他踩得吱吱地响，就好像跑上了一列军队。然后，他又重新震天动地地下来了，手里拿了一本小册子，直送到我的面前，竟是一本乌克兰语的《阿Q正传》，我奇异地感动了。

教堂的钟声在很远的地方响，窗外的小街上有清脆的沓沓的脚步声。十二点的时候，我与菲利普告别了，他明天要去汉堡。将来一定会有一天我们在巴黎或者上海见面，我们约好，那时候，菲利普的汉语将说得非常非常好，我们可以互相讲许多许多的故事。我们站在门庭里，他说我们应该用巴黎的方式告别，那便是像一个真正的姐姐和真正的弟弟那样吻了吻脸颊。

我回了房间，临睡前照例翻了几页在书架上找到的过了期的《人民文学》，翻到了北岛的几行诗，读了便觉得有趣，那诗是——

许多种语言

在这世界上飞行

一九八七年七月五日　星期日　晴

只有在斯特拉伦，才可遇见这样连日的好天气。

早晨，从窗户爬到后院里，坐着看书。今天非常安静，墙外的孩子们不知跑哪里去了，没了他们的嬉闹声。只是偶尔的，从公路上传来汽车的发动机声。忽然，教堂里响起了整齐和谐的赞美诗的歌声，我想起了今天是星期天。歌声很神圣地升腾起来，充满在斯特拉伦宁静的星期日的明朗的天空。而那一面墙后却传来街口年轻人的酒吧里的摇滚乐声，当这两者都静了下来的时候，便是咔嚓嚓的打字机击键声，是那南斯拉夫人在工作，他的房间与我的并排，长窗对了这小小的院落。忽听楼上有人叫我，抬头一看，是凯瑟从窗户里探出大半个身子，手里扬了一张纸，对我说："给你！"可我们一个踮直了脚尖伸长了手臂，一个几乎从窗台上挂了下来，依然够不到。她便让我等着，她下楼来，我在大厅里迎到了她，原来她送我的是一张她画的钢笔速写，画的正是我在后院里读书的背影。

中午，我出去散步，又来到了那一片美丽的墓地，依然是阳光灿烂，鲜花盛开。老太太们提着绿色的塑料水壶，在自来水池接了清水，再提去浇墓前的鲜花。我重又找到了那有一双大手护着一盏灯的小小的墓前，墓前竟奇迹似的有了三瓶鲜花，一瓶大的，一瓶中的，一瓶小的，依次排着。玻璃瓶里蓄了清洁的水，养着大朵大朵的三捧鲜花。花是刚采下的，还坠着亮晶晶的露珠似的。这孩子的爸爸和妈妈来看过他了，我想。我有些激动，这好像是一个温柔的神话，而那三瓶鲜花真实地几乎将小小的一方墓地覆盖了。我蹲下身子，去看那一双大手，手依然被太阳晒得很热，好像有着体温。我看见在那手下的铜座上，刻有这样的字样19&81。我猜这孩子在一九八一年来的，又在一九八一年回去了，虽短促，也毕竟走完了一生。我站起身，沿了这一排小小的坟墓看去，小小的碑上常常在一个年份的两边，刻上一个代表生的六角梅花和一个代表卒的十字，这是一排婴儿的坟墓。

从墓地回来就烧饭，乌克兰人马克和我谈话，将他的食物指点给我，说我可以吃任何一样东西。光顾着听他谈加拿大的中国餐馆，把我的汤潽得一塌糊涂。他一见闯了祸，便识趣地走了开去，留下我一个人忙着收拾电炉。

下午，我又沿了另一条路散步，总想能走到荷兰去。可是走着走着，却发现是朝了波恩的方向，于是便折回了头。那一位不明国籍的“花花公子”在门口刷洗一辆崭新的汽车，与他招呼过后，就进门回屋，早早地睡了。

一九八七年七月六日　星期一　晴

墙外，传来大人带领孩子的歌声，孩子们的歌声非常悦耳，还拍着手打节拍。

中午，凯瑟对我说，她已经读了我的小说，她很喜欢《本次列车终点》，可是她认为翻译的德文有点问题。吃完饭，我穿过几条街，朝着与波恩完全相反的方向走去，我极懊恼我将我的地图丢在了慕尼黑，这实在是个不可原谅的错误。查艾克说，只需走二十分钟便可到的那一处荷兰边境，究竟在哪里呢？我走过几条宽的和窄的街道，街道上几乎没有人，商店也几乎都关了门，明明是星期一，为什么不开门？街道渐渐地宽阔起来，出了郊外。路是笔直笔直的一条，两边是美丽的住宅，每一幢住宅都像是童话里的小小的王宫，王宫前的草坪上，有着玩具一样的风车和喷泉，粉红色的鲜花结成彩链，装饰着门楣和窗框，如一个绿地的节日。南方的鲜花给人热烈的感觉，而这里的花朵却是娇嫩无比。再往前去，便渐渐地没了住宅，两边均是平坦的田野，地平线上是影影绰绰的树林。路上几乎没有人，难得有一辆汽车疾驶而过。身后会有自行车驶过，还有摩托。太阳照耀着田野，天上没有一丝云彩，我执着地往前走，前边是笔直一条大路，什么暗示也没有。不由得十分茫然，而心中却总存着期待，期待着前边忽然地会出现一个奇迹。我很想看一看那个不需签证的，太阳升起过去、太阳落下回来的自由的边境。田野是平坦得不能再平坦，天是蓝得不能再蓝，我看不见一个人，这世界上只剩了我自己似的，而我没有一点惧怕和慌乱，心情十分旷远。田野和道路越来越显得单调，不觉地有些泄气，几次想回头又怕前功尽弃，便继续向前走。可我终于失去了信心，折回了头。回来的路总是比去的路要短得多，我渴得厉害，来到了广场上。广场上静悄悄的，四周的咖啡座上没有一个人，喷水池里寂寥地响着水声，铜人们终于得了休息，垂着脑袋在瞌睡。我走过广场，广场的砖地在我独自个儿的脚下突然辽阔了起来，远远地看见马克，他提了一袋食物回“翻译之家”，整个广场就只有我们两个人。我们隔了很远地打了招呼，各走各的。他走进了小街，我走到一个咖啡座上坐下，立即有一个女人出来招呼我，要了一杯加冰的可乐。这是一个真正的夏日的午后，太阳明晃晃地照着广场的砖地，每一块红砖与每一块青石都像宝石一样烁烁地闪光。风却很大，将太阳伞鼓得像一张饱满的船帆。我喝完了这杯可乐以后，便决定了明天回波恩。那一大幅海报上耀眼地写着：7月17日—7月19日，斯特拉伦的庆祝日，广场上将有歌舞乐队演出。那将是一番多么热闹的情景！可是现在的斯特拉伦，却是静得不能再静了。

今天，“翻译之家”里又来了一个新的成员，是从纽约来的一位名叫凯瑟的夫人，问我会不会德语，我说只会一句：“谢谢。”凯瑟则说：“足够足够了。”

吃过晚饭，我穿了一双拖鞋出去散步，走过教堂时顺便推门进去看看，不料里面庄严得很，有几十个人跪在踏脚上喃喃地祈祷，其中大多数是太太们，却也有先生。我走了进去，找了个位子坐下，我觉得很快这里就会发生什么不寻常的事情，便耐心地等着，脚下却穿了一双很不严肃的拖鞋。前面有一个着黑衣的神职人员在说话，不断有人推门进来，穿得十分整齐，先朝前方屈一屈膝，再迅速地找个位子坐下。有一对老夫妇带了一双奇异的儿子走了进来，在我身后的椅子上坐下，那两个儿子都有着奇怪的痴呆的面貌，有些跛足，胳膊也不太正常。他们一家坐在我的身后，我不敢回头去看，却觉着有一股异常的压力从背后袭来，使我时时地感觉到，身后坐了一对夫妇和一双儿子，父亲和母亲分别坐在两头，两个儿子坐在中间。这时，前排跑来了一个粗壮的农妇模样的女人，她很急切地，好像刚刚收拾了晚餐的桌子，匆匆地跑来，跪在踏脚上，垂着头，两手相握，默祷着。接着又有大大小小的三个女孩嘻嘻笑着跑来，挨着她跪下，显然是她的女儿，都有着粗壮结实的胳臂和长长的脸庞。她们相互诡秘地笑着，冲她们的母亲做着不尊重的鬼脸，很轻佻的样子。这时候，陡地一阵铃响，前面的讲台上忽然灯光亮了，风琴声庄严地响起，灌满了整个教堂，在高高的穹顶回荡。一位穿了红袍的神父与两个披了大红斗篷的孩子一同庄重地步出。这一刻里，我最最后悔的事情是穿了一双不敬的拖鞋，这气氛叫我感到又压抑又隆重，不由得自惭形秽。我极想逃跑出去，却又不敢，生怕暴露了脚上的拖鞋，所有的人都是那样衣帽整肃，我怎么可以随便地在教堂这样的圣地里自由地进出。我暗暗地骂着自己，却又接着后悔没有戴眼镜，台上那神父的形容动作一点也看不清楚。这是一个非常非常漫长的过程，当人们全在踏脚上跪下，没有一个人不跪下的时候，我却怎么也鼓不起勇气也不好意思跪下。而我这样一个人高高地坐在椅子上，笔陡的椅背和狭窄的椅面使得人必须要挺胸直背才不会滑下去，我是那么触目，神父一定是早早地看见了我。连前排那三个轻佻的女孩也推推搡搡地跪了下来，尽管肩膀一耸一耸的，强忍着笑。而我心中无论是多么理性地虔诚，这一跪我却无论如何也跪不下去。周围没有一个熟人，没有一个中国人，可我却也无法做假，因为还有着我自己，我会非常非常地害羞。假如我一旦跪了下去，那么，这一切庄严与神圣便会荡然无存，甚至变成了荒唐。唉。我这一个没有信仰的无药可救的坏人。这时候的我是极其地自卑，我似乎是与生俱来地怀了一个缺陷。可是我真的无法跪下，身体里不知是什么在阻挡着我。然而，即便是这样的自惭却依然有着不知廉耻的好奇心，那神父在讲台上做魔术似的弄了一番，然后就步下了台阶，从走廊里走来。人们立即站起身从长椅间走向走廊，如河流汇入江海一般，迅速整齐地站成一列，向神父热情地走去。我极想知道他们走向神父，将要为那神父做些什么，而我脚下穿了那一双倒霉的拖鞋，我是动也不敢动弹的，心里更十分地羞惭。唯一可以自慰的是我在上帝面前没有做假，可这又抵得上什么呢？身后的那一对不幸的父母让他们的儿子坐在椅上，自己走向长廊，汇入人流，向神父迎去。当他们回来的时候，脸上竟不可抑制地焕发出轻松与满足的神情。我终于忍不住回过头去看了他们。老人们十分慈爱而坦然地迎接着我的目光，没有一点阴沉的怨意，甚至还有几分歉意。那一对畸形的孩子穿戴得十分整齐，体魄也很强壮，目光清爽。我心里忽然地充满了感动，似乎在这一瞬里领会了一点什么。钟楼里又响起了钟声，我回过头来，再也不敢去看他们，再看一眼便会将他们亵渎了，我觉得。

当我终于被释放一般地走出教堂的大门，黄昏的时分是多么光明，街口酒吧里的摇滚乐阵阵传来。我走到广场中央的水池边上，水池边永远有着孩子在搬动铜人们的手脚。一个女孩将铜人的手心朝上，掬起水注入它的掌心。两群旅游者提了照相机走来，对了铜人照着相，也去搬动它的可怜的手脚，铜人手心里的一捧清水便洒了下来。

我走进小街，街面的石块硌着我的脚心。我在隔壁一家橱窗前停留了一会，橱窗里有一套当今世界最最时髦的牛仔套装，价格是上千马克。我站了一会儿就进了“翻译之家”的大门，大厅里有了些暮色，暗暗的。我顺着书架绕过大厅向我的房间走去，身后忽然有轻轻的脚步声，不及回头，就有一个声音轻轻地附在耳边，耳语道：“你真美！”却是那一位不明国籍的“花花公子”。他走向前去，又快乐地回头望着我笑。他这一句恭维顿时使我心头一热，我恶作剧地将大厅里所有的灯全打开了，大厅里明亮如同白昼。然后我便回房间睡觉了。

一九八七年七月七日　星期二　晴转多云　转阴有雨

太阳晒在身上，已有了暑意。上午十点多钟，黄先生派来了小张，开车接我回波恩。汽车驶过窄窄的小街，驶过墓地，驶上高速公路。小张说：“这个小城真是可爱啊！”

鲜花和墓地

我死了

你们别难过

我的生命就像太阳

今天落下了

明天又会升起

——摘自波恩墓地一位诗人的墓志铭

“一个人死了！”

一位先生推开了沉重的教堂的大门，将一个牌子挂在门闩上，他悲哀地大声说：“我们这里，有一个人死了。”天下着蒙蒙细雨，他穿了一身黑色的肃穆的西装，站在高大的门边。他的前面是一片墓地，雨水将墓碑和鲜花打湿了，却格外地鲜艳。墓碑之间有一个老人在辛勤地工作，用长长的橡皮管子将远处自来水池的清水接引过来。碎石小径上，走来一个妇女，穿了鲜红色的雨靴，捧了满满一怀的鲜花。大朵大朵的菊黄色的花朵从她围抱着的胳膊上流泻下来，从她披了天蓝色雨衣的肩膀上垂下。她捧了无数朵鲜花，从湿漉漉的碎石小径上走来，向教堂走去，教堂门前站了那一位身穿黑衣的先生。

我们早早地开了车从吕贝克来到Ratzeburg，就为了看这一座修道院，而我们来得太早了，天又下着寒冷的丝丝小雨。我们站在八面来风的回廊里，高高的拱顶下缭绕着沉甸甸的潮冷的雾气，我们等待着教堂开门。我们走在回廊里潮湿冰凉的砖地上，望着朴素的一无装饰的穹顶，石灰剥落的墙壁，残留着旧日里圣像的遗迹，回廊外有一个青青的花园。我们又冷又潮湿。昔日的修道院里没有一个人。前边的墓地上，只有一个看墓的老人在埋头工作。回廊的墙上贴了一张简陋的海报，预告今天晚上在教堂举行巴赫音乐会。终于，那教堂的门开了，走出了一个先生，手里拿了一块纸牌，说明今天修道院暂不对观光者开放，因为——他说——有一个人死了。

大门前的公路上，又停了两辆汽车，走下大人和孩子，手里捧着艳丽欲滴的鲜花，朝教堂走来。

我喜欢在墓地里散步，这太像一个不祥的征兆，我却真的喜欢。我一块一块地欣赏着美丽的墓碑，看那死者的姓名和生辰卒日，猜想着他们为什么死了。我走过一片修女的墓地，我隔了矮墙望了她们坟墓上拔地而起的凛然的十字架和一朵朵凄艳的鲜花，我便去猜测她们寂寞的一生。我曾在南方一个小小的墓地里，看见一家三口亲密地安息在一丛鲜花底下。那儿子的卒日竟早于父亲和母亲，我想那父亲母亲是伤心而死。朋友告诉我那儿子是死于一场意外的车祸。是不是赛车？我问。朋友说不知道。几乎是每一个教堂都有一片墓地，我走过了许多教堂，便走过了许多墓地。从南到北，又从北到南，墓场上的鲜花总是最最新鲜、最最绚丽，却令人最最寂寞，像是对有限的生命无可奈何的安慰。而我走在这一片无际的长眠者之间，我却不懂是我幸运还是他们幸运，他们是已经克服了生命的最大难题，我却没有。明知道人必有一死，却依然想在这之前想通它。鲜花下的长眠是多么安宁。当我在这里散步时，常常看见一些年老的女人，照料着他们亲人的坟墓。她们很辛勤地拔去杂草，将排成图案的小花石子在泥地上揿得更结实，她们还浇灌着墓前的鲜花。一个老人曾经对我说，那里是她的丈夫，她做了一个婴儿在母胎里睡觉的姿势。她将她的身体蜷起，双手合拢，枕在耳下，安谧地合上眼睛。她这一个姿势是向我表明“死”的意思。死，就是一个婴儿睡在母亲的温暖而又黑暗的胎盘里了。鲜花是那样的盛开，死忽然变得很简单也很明亮。无论它变得多么简单还是明亮，这依然是一个最大最大的难关。在那巴伐利亚美丽的阳光普照的乡间，有一座很大很古老的教堂，教堂前照例是一片无边的墓地。教堂的钟响了，“当、当、当”地传得很远。教堂高处的壁上有一盘日晷，中心那垂直的指钟的光影直指十二点，如一把锐利的剑。正午的阳光直晒下来，景物竟是透明的了。我无意中一回头，却看见身后墓地的矮墙上，趴了一位老人，她一只手搭在墙上，昂着脸，望着教堂壁上高高的日晷，一动不动，钟声“当当”地响着。我心里陡地一动，顺了她的目光回转头去，望那高处的神奇的日晷，那指针黑暗的光影忽然具有了一种宿命的力量。我慢慢地走进墓地，那老人依然俯在墙头，听着钟声袅袅的余音。她的另一只手上提了一把水壶，一条鲜艳的头巾围着她的脸庞，在她已经皮肤松弛的颈下系了一个结。太阳照耀着她的脸，她微微眯缝了眼睛。她在想什么？辽阔的墓地的前边是更加辽阔的绿地，绵绵起伏，阿尔卑斯山如一堆永恒的云。

鲜花怒放，好像在歌唱着生命的胜利。什么是胜利？

科隆大教堂里，成千上万炷蜡烛燃烧着在祈求什么？我的同伴说：“要不要点一支？”我们犹豫着，我们已经走远了。他又说:“点一支吧!”在这成千上万微弱而执着的祈求面前,心中似乎升起了一股不可抗拒的祈求。那祈求究竟是什么?

在那阴晴无定的北方,波罗的海海底有多少艘沉船,风暴击碎多少强悍与衰弱的生命,生与死的课题成了每日都可遇到的平常的事情。在那教堂与修道院下,一块块的石碑连成的殿堂的漠漠大地。观光者轻佻的脚步,从那悠远的生日与卒日上沓沓而过。在那St. Jakobi教堂的侧殿里,一头是这一个教区内死于第二次世界大战中的人名,刻在粗糙坚实的红砖上;另一头则是一艘沉船的残骸,名叫Pamir,一九五七年遇难。它的周围布满了花圈。我们站在沉船前面,想象着整整三十年前的惊涛骇浪,三十年的岁月隔在我们之间,无声地流淌。然后我们又转过身,望了那边的红砖上的死者,我们中间隔了一排粗大的廊柱,有一位老人从廊柱后面踱出。就在他踱出廊柱的那一瞬间,他忽然唱起歌来。他唱着歌踱出廊柱,他的歌声在教堂深远的穹顶下响亮地回荡。整个教堂都肃静下来,观光者们站在各自的位置上,向着老人肃立。老人手里拿着他的旧了的礼帽,身上穿了一件老式的风雨衣,他慢慢地从廊柱后面踱出来唱着歌。他唱完一段,余音久久不散,等那久久不散的余音终于散去,他重又唱了起来。他唱得又安静又高亢，又从容又激动。他在唱什么？唱海上的沉船？唱第一次世界大战和第二次世界大战？也许他唱的完全是与此无关的另一回事，他只是高兴了，或者有点忧愁，所以要唱歌。可是他唱得多么好啊！

从阳光灿烂、花红草绿、充满生命的热情活力的南方，到阴沉宿命的北方。巴伐利亚因为上帝赐给了美丽的生命而感谢上帝，北海吞噬了无数生命，人们对命运深感茫然，好比船驶向永恒的岸边一样驶向永恒的上帝。南方与北方的钟声在同一刻里四面八方地响起，鸽群飞出钟楼，先将天空遮暗，再升上高处，化成蓝天里漆黑的斑点。神甫和牧师在同一个时间里神圣地走上讲坛，向他的人们传授一些什么秘密，竟使人们如此虔诚而热情。斯特拉伦教堂里的女人们长时间地默祷些什么，十字架上受难的耶稣给予她们什么样重要的启迪与安慰？生命就是一分一秒地走向死亡，死就像是生的目的。人类一代一代浩浩荡荡地走向这一个共同的目的地，好像一场奥运会的接力赛跑，那鲜花原是冲破终点的彩带。这世界上是一些有限的生命在循环复生，还是无穷无尽的死亡和诞生？今天的太阳与昨日的是同一个太阳，今春的鲜花与明春的鲜花是不是同一朵鲜花？南方的太阳沙啦啦地照耀着我，好像披了一层金雨；北方的风料峭地吹击着我，我几乎被推走。有一条大狗走进了墓地，跟随着主人在墓碑间悠闲地踱步。死亡又在这一瞬间变得极其平凡，想什么都是徒然。鲜花簇拥在墓碑下，十字架立在碑上，有了耶稣代罚，一切都可释然。人要有个上帝多么好，而我无论多么努力也得不到，我是多么倒霉！那生命的难关一步一趋地近前，无论多么得宠，多么好运气，也无可逃避。没有上帝的支援，孤零零的一个人，是多么的不幸。可是，上帝究竟是什么？

月亮，月亮

Let me think, now…ummm…

Errr…uh…Luna, Luna!

（让我想一想，现在……嗨嗨嗨嗨……

呵呵呵呵……哦……月亮，月亮！）

——摘自“月亮，月亮”艺术展门票

一

暂且，让我们称之为一个艺术展览。发起人是一位联邦德国著名的艺术家，热心于各方艺术的交流，曾经将我国的一个省杂技团联系到德国演出，很受好评。他号召全国各地甚至世界各地数十名青年艺术家，每人奉献一个作品，总题名为“月亮，月亮”。“月亮，月亮”在汉堡开幕了。

我跟啤酒恩、帕斯卡亚从吕贝克开车来到汉堡，已是下午两点，正准备去那里开开眼界，天却下起雨来，只得作罢。他们遗憾地回了波鸿，而我日后又得了机会，由梁先生带领，去了那个“月亮，月亮”。

“月亮，月亮”是在一片肥沃的草地上，早十几天的参观者的脚步已将草地犁地似的踩了一遍。天气时雨时晴，那泥土黑得发亮，积着一个一个几乎漂了油花的水洼。门票是二十马克一张，参观者还相当踊跃。通过简陋的临时的检票口，看见偌大一片空地上这里那里零零星星地安着十几处帐篷，一架旋转游艺车很突兀地高高立着，孤影凋零地漠漠转着。帐篷前排了不长不短的队伍，几分钟放一批，几分钟再放一批。便有各色小丑人物过来调侃，排遣着排队者的无聊。我们糊里糊涂地排在了进门最近的一处帐篷外，过了不久，就幸运地被放了进去。里边是暗暗的、挤挤的，有一具拉了帷幕的舞台。台下站了许多人，气氛很有些激动不安，仿佛马上就要发生不寻常的事情了。等了不多久，帷幕拉开了，灯亮了，出现了一幅奇异的图景。一张巨大的蜘蛛网悬挂在一整个舞台上，中间有一颗人头蜘蛛。由于光与几何图案的缘故，造成了逼真的错觉，看起来是十分的恐怖。那是一颗女人的头颅，十分生动地做出许多嘴脸，开始发表一篇长长的演说。她灵活地转动着眼珠，忽而妩媚，忽而锐利。足有十分钟光景，灯光灭了，蜘蛛消失了，一切恍若梦中。我们一个个昏昏沉沉地走出帐篷，被并不明亮的阳光炫了一下。然后我们再向下一个帐篷进发，站在门口排队。一个小丑拉了一个稀稀拉拉的场子，表演着蹩脚的滑稽魔术。这都是请来的艺人，为使这个展览气氛轻松，更容易被人接受。这整个艺术展的目的，就是年轻的艺术家们想用一种通俗的、游艺型的、能够参与的形式来将他们的思想，打进大众的头脑里去。天上的阴云稍稍驱开了一些，淡淡的、黄黄的阳光晒着施了肥料的草地，散发出一股热烘烘的臭气。我们又进了第二个帐篷，里面是黑洞洞的一团，只听见机器缓缓发动的格啦啦的声音。定睛看去，我们好像站在了一个监狱的铁栅栏前，里边有种种人物的丑陋的模型。有的是骑在摩托车上，有的是悬在空中，垂着两条空荡荡的、灰色的裤腿；还有一些扭曲着身子，看不出个所以然。只听格啦啦的，有如冰箱启动的那么一声响，所有的怪物都活动起来。也许是因为机械装置不够高明，所有的动作基本上就是一种很愚蠢又很丑恶的抖动。抖动了那么一大阵，才渐渐平息了。这个节目的题目为“死亡的舞蹈”。

我们踩着泥泞的、臭气熏天的草地，来到一个又一个帐篷，其中有那么两个十分有趣。比如，在一个帐篷里，四周和顶上，全是菱形的镜子。当你站在正中的高台上，你会发现四面八方，全是你。成千上万个你包围着你。再没有一个别人，全是你。你便会觉得又伟大又孤独。这是一幅堪称得上壮丽的图景。还有一个帐篷也极富意味，一个帐篷里什么也没有，正中间却有一个照相机似的玩意儿。每过几秒钟闪一下，闪过之后，便会在帐壁上留下人的影子。那人影如皮影戏一般，清晰地留在壁上，然后再渐渐地浅去，覆盖上下一个影子。人们做着各种奇怪的动作，乘那灯亮的瞬间，一跃而起，便在壁上留下一个飞翔的姿态，可满足多少遐想。

一个装扮成修女模样的女戏子，对着那排队的人群说着渎神的话，拉人去听摇滚乐和跳迪斯科。另有一群人装扮成吉卜赛人，跳着舞在场子里游行。

一顶帐篷里是一个小小的画廊，每一幅画都是一个小小的舞台，演出着又荒诞又恐怖的场景：一个瘦子用刀砍一个胖子的脑袋，一下一下，永不停息地砍；阴风惨惨的荒原里，走着一个先知……

一顶帐篷里是几面玻璃，割成山回路转，排着队像入场似的走了十几个回形，最终走了出来的，叫做“迷宫”……

那一顶顶的帐篷便是一个个深邃的思想，孤独地散步在泥泞的践踏了的草地上，无可奈何地散发出一股颓丧的情绪。我面对这一片杂了青草的泥地，克制不住地生起一股厌恶感和肮脏感。这一顶顶的帐篷里，无疑包含了一些可贵的也是真实的思想，这一些思想极力地在寻找一个最易疏通的渠道传达给人们，求助般地寻求理解。这些思想里却都充满了一种疲倦的失望。我也忍不住有些疲倦和失望地走向下一顶帐篷。这是一个令人憎恶的节目，一个音乐家指挥着两个屁股演奏贝多芬的“第五交响曲”。“吱吱嘎嘎”的小提琴和“噼噼啪啪”的屁响，合奏着命运的敲门，令人觉着他是要将这一个已经不能令人满意的世界更深切更彻底地踩进淤泥里。

苍黄的阳光使这一片空地更有些憔悴似的苍凉，游艺旋转车漠漠地很无聊地旋转。孩子们在肮脏的泥地里跳来跳去，自暴自弃地亢奋着，裤腿上沾满了腥臭的稀泥。我们终于走出了“月亮，月亮”。此后整整一个晚上，我都挥不去那一股稀泥的肥沃的臭气。晚上，坐在音乐厅里，听着汉堡音乐学院的学生乐队演奏莫扎特、柴可夫斯基、柯达依，竟会有一种恍若隔世的感觉。我不明白那一片污浊的草地上上演的怪诞剧和这堂皇的音乐厅里典雅的音乐，什么是更真实的。心里一片迷茫。

二

从那“月亮，月亮”回来的路上，梁先生告诉我，在一个叫做卡塞尔的地方，正在举行五年一度的国际艺术展，应该去一下。

后来到了慕尼黑，在文化中心，电影节的闭幕式上，很奇迹地遇到了在北京相识的漂亮的芭芭拉。她本来在“奥钢联”驻京办事处工作，后来“奥钢联”在北京撤除了办事处，她便回了德国，在慕尼黑找了个很不坏的、她却不喜欢的差事。我们相约好第二天下午五点在英国公园见面。那是一个晒太阳的最好的天气，好像全慕尼黑的人民全集中到了这里，尽情尽意地享受着阳光。我们在中国塔下一条粗糙的长桌边聚会，聊着东南西北。我问她出生在什么地方，她说一个很没意思的地方，叫做卡塞尔。不过，她又说，现在卡塞尔渐渐出名了，因为在那里每过五年就举行一次国际艺术展。现在，正是第八届开幕了，许多人都在往卡塞尔去呢！这是我第二次听说卡塞尔，还是和那个国际艺术展联系在一起。

然后，我便向黄凤祝先生说，我想去一次卡塞尔，去看国际艺术展。当我从斯特拉伦回到波恩时，黄先生便对我说，明天一早，由一个长沙来的留学生钟明，开车带我，还有画家古干一起去卡塞尔。但须起得很早，因为卡塞尔虽不远，却没有直接的高速公路，要走小路，或者就是绕道上高速公路，两者都需较长的时间。如我们打算当晚赶回，那天亮就要出发。这天晚上，我又随了一对从瑞典来的夫妇去玩，遇见一位印尼华侨邢先生。我们说起了卡塞尔。邢先生对我说，知道吗，格林童话？格林兄弟就是生活在卡塞尔，他们的那些童话所描写的就是卡塞尔的风物。于是想去卡塞尔的心情更迫切了。因我的童年，似乎就是在格林童话里度过的，至今也还记得那古堡与森林里的英俊王子和落难公主。那古堡的阴森气氛于我有着强烈的感染。我牢牢记着有一个傻子，因为从不懂得害怕，于是，一个古堡便生出种种恐怖的事情来启迪他。童年因有了童话这一桩事情而更加美好。夜里，和黄先生、安妮、小平一起去坐酒吧，我对黄先生说："卡塞尔是格林兄弟生活的地方，我很喜欢格林童话。"黄先生笑道："为什么你们有这么多的童话？张辛欣有童话，你也有童话，我怎么没有童话？小时候，我在菲律宾的教会学校读书，吃饭前，先做祷告，然后牧师就给我们念武侠小说，这就是我的童话。"被他说得很扫兴。

第二天是一个陡寒的干燥的天气，我因前日热得发昏而穿了一件单薄的裙子，冻得索索抖着。钟明决定还是上高速公路，虽绕远了，可仍然要比小路快。于是，汽车上了公路，天下着蒙蒙细雨。行驶在高速公路上常常会有一种奇怪的感觉，那便是，太阳、云、雨、风各占了一段路程。

你会失去天气的感觉，没有什么阴和晴，只不过，走过一段阳光，又走过一段雨，就此而已。雨过去了，连路面都是干爽的，载重卡车被我们超过，却又有昂贵的小车超了我们前去。我们开的是黄先生的一辆破车，三年里已走了八万公里。此地规矩，十万公里行程的汽车便算是废车了。雨点又击在车窗上了，高速公路下是绿树和村落。远远的，那一片房屋，房屋里矗立着教堂的尖顶，便是一个城市。我们在加油站吃了早饭，拣了一个三明治和一个橘子，匆匆吃毕又上了车。车继续行驶，天色又开朗起来。临近十一点时分，汽车下了高速公路，行驶在小路上。如同回到了人间似的，走在绿树与田野之间。绿树和田野很贴近很亲切地从车窗外掠过，似乎要拂在我们的手臂上。汽车驶进了一片安静的住宅中间，一座座院落里种着各色鲜花。我们截住了一个老太太，也许是刚从市场回来，提着一个沉甸甸的手提包，我们向她打听那展览会举办的地方，她便仔细地给我们指路，还引着我们的汽车走了一段。我们开回到大路上，再向前进发。城市十分整洁而安宁，一副清晨的气息。我们很快就驶入了市中心，在一条小街里停了车。我们已经看见前边有一个广场，有人群走向那里。我们猜想那里就是了，便下了车，向前走去。我们加入了人群，穿过广场，走到一幢建筑面前，建筑前有一些小小的售票房和问讯处，还搭着一些奇异的花样，也许可算之为雕塑。我们买了门票和示意图。这一个展览几乎分布了全市，仅有四处是在展览馆内，需要门票。检票员在门票上盖一个红印或者蓝印，表明已去过了几处。从示意图上看去，足有几十个展览会点，心想这一日是再也看不完了，便急急地走入就近的最大一座展馆。

事隔多日，坐在我的乱七八糟的书桌边，我再也无法按着顺序描写那一幕幕的展出，所有的作品全混合成一团，不分青红皂白地向我袭来。这是顶顶混乱的一刻了。我简直记不起具体的作品，作品全部模糊掉了，心里却永远地驻存了一个强烈的印象，那印象便是对我们人类居住的这一个世界的失望，对走到今天世界的人类的失望。在卡塞尔的失望却是要比“月亮，月亮”的失望更为具体，更有了对象。那对象便是一个工业文明的、现代文明的物质社会。常常有这样一些令人扫兴的作品，著名的《林中的午餐》，林子里却堆满了可乐的空罐。整幅画面是用印象派的强调室外活泼流动的光影手法表现，唯有这堆红色的可乐空听，是用室内的摄影的非常强调写实的手法描绘，醒目地堆积在画幅的右下角上，无疑是要注明它们的重要与不容忽视。一幅宁静的田园诗画，牧童悠闲地躺在星夜里的河边，天空中却飞翔着人造卫星和宇宙飞船……世界上越来越充满了人类创造的物质，人被没有性情的物质几乎淹没，人成了物质的附属，越来越失了地位。有一件作品的题目为“世界”，展厅光洁的地上，矗立着几幢高低不一的立体形方柱，分别是煤、焦炭、木材、大理石、棉花、沙砾等等的地球原始资源，全砌成了规整的方柱，闪耀着人为的矫揉的光芒。大自然丧失了原有的生存状态，被切为枯燥乏味的立体形。还有一个作品名叫“流水线”，未走近展厅便听见了哗哗的汹涌的流水声，展厅里黑漆漆的，四周是长长一列头尾衔接的电视机。电视机一律是屏幕向上躺着，屏幕上一律是潺潺的流水，从西到东，滔滔不绝。在展厅的后院里，还有很大一方沥青，砌成锯好的木材的模样，漆黑的一方，显然也是自然异化的象征。这些作品的作者，大都是联邦德国和美国人，年龄几乎都是五十年代初出生的，最早也早不过一九四七年，正是与我们同时代的人。这是一些被过分充足的物质困扰得焦虑不安的人们，于我这样一个来自物质还远远贫乏的国度的同代人，是有些奢华了似的。可是我不期而遇地看到了一个神奇的符号，这符号就好像是一个相约的信号。那是在一个占据了整整一个展厅的作品的一角之上，那也是企图象征整个世界的作品。长长一大卷画面，全由色块划分，如棋盘一样。每一格上有一个动机，推至下一格，在这一格中再成了下一个的动机，因因果果地连接。其中有一格上画了一具井字形状的棋盘，每一格上或是一个叉，或是一个圈。我几乎是大大吃了一惊，因我认出了这是一盘对弈的残局。这是我们从小常常玩的一种游戏，这游戏是那样的：先用滑粉在地上画一个井，游戏的双方一人画圈，一人画叉，目的是要将三个叉或三圆圈连成一线。我们常常不分胜负。这种游戏是常常不分胜负，非常容易和掉，或者说是走死。这真是一个神奇如鬼怪的符号，这符号似乎是在一瞬之间，将这一个大千世界合为了一元。这一个世界上，无论是物质贫乏，还是物质过剩，不论是怎么样的形形色色，千变万化，都是一个不能自圆的世界，一个阴阳数不通的世界，一个充满了矛盾的世界。假如真有末日这一说，那么便是全球全人类的末日；如真的有望，也是全球全人类的希望。

我们步出一个展览馆，又去了另一个。我们三人趴在展览馆的后窗上，根据示意图的指点，看见了窗外草坪上的远处，有一座小小的水泥房，可是那又极像是一个厕所。我们三人都很犹豫，前一分钟认为是个厕所，后一分钟却又推翻厕所认定确是个展品，然后关于厕所的设想又来动摇我们。当我们走出展馆，走过草坪，终于发现，那确是一个展品。展品是形形色色的，判断略一失误，便会错过。有一些是绝对不能碰一点点的，又有一些是必须参与其间才可领悟的。我们吃过午饭就乘上了汽车，在城市里兜风似的参观。一条街上，有一座木板条搭起的木棚，好像风暴刚刚过去，板条七横八竖地交错着，尚有几分回味。这是一个日本艺术家的作品，这一个作品是置放在街道上，想来又有一番含义。在这一个国际展览会上，每一件作品都不能孤立地欣赏，均要将它所在的位置、环境，左右上下的一切因素全考虑进去。一切都不敢以为是无意义的，如以为那是无意义的，便是大大地犯了错误。于是我们三人便站在街上很无聊地开着玩笑，互相推着，然后互相指道:“你是艺术品吧？”互相都觉得有了意义，便得意地笑。天气稍稍转暖了一些，风却很大。我们上了车，车在城里转了一圈，然后出了城。来时的兴奋都已经过去，大家都有些倦乏。这一个展览好像是一个思想的展览，思想脱去了外壳，很深刻地立在那里，令人很伤脑筋。我们三人都懒得说话，小小的钟明将汽车开得飞也似的。汽车开上了小路，从一个山坡下开过，山坡上是密密的松林。直到此时，我才想起格林兄弟，可我想不出格林兄弟在这里如何采集得到童话，而那个童话就像树林间的蘑菇一样处处可得的卡塞尔，又是什么样的？会自己打人的棒子，会自己开饭的桌子，会屙出金子的驴子，如今并没有什么了不得的神奇。人类是越来越能干，什么都能干出来，可却一点没有比以前更幸福，甚至还更苦恼。我望着那山坡上密密的松林，努力想象着里面坐着一个巫婆，巫婆让王子给她背柴，王子走了许多许多路，却还不到地方，巫婆竟跳上了背篓，连自己也让那骄傲的王子背着，后来，王子得到了一颗珍珠，那珍珠其实是一个公主的美丽的眼泪……这故事美丽得令人心悸，却又无比虚妄，是一个真正的童话。汽车转眼间离开山坡，驶上高速公路，往科隆方向去了。

三

我们要去一个名叫勒沃库森（Leverkusen）的小城市，去和一位医生会面。医生是一位夫人，她买下了一幢老屋子，准备将这一幢房子建成一个画廊，计划在九十月份开幕。她曾经看见过古干的画，她很希望古干成为她的画廊里第一个办展的画家。德国的私人画廊很多，我们还曾去过法国边境的一个名叫St. Wendel的小城，那个画廊非常之小，上下两层，放了五六件雕塑，就像被遗忘了似的在一个冷清的街角上。古干要找一个好好的画廊，夹着他的一大本画册。

汽车上了公路便不限时速地飞驶，有一种昏昏然的快意。眼睛望着窗外，树木绿地全在了脚下，好像在蓝天里飞行。我想起了我在吕贝克无意中看到的一个画展，那是在托马斯·曼的纪念馆的侧厅里，一位名叫Harald Duwe的画家的展出。再没见过这样可怖的画展了。是一种很像广告颜料涂成的油画，轮廓与色彩都被过分地、生硬地、几乎是粗暴地强调，就像恐怖电影的海报。作品的内容常常是关于酷刑的，受刑的男人的每一块肌肉都被细腻地表现，充满着一种受虐的性感。穿了泳装的女人插在稠而黏的海水中，救生圈犹如肥腻的猪肠，每一块颜色、每一笔线条均是又残忍又细腻。人物的嘴脸均是那种石灰样的没有光泽的厚实的白色，两腮垂挂着，眼睑下垂，眼珠鼓起，皱纹是一道道粗糙的肉杠。每一张脸不是嗜酒，就是嗜烟，或者嗜色，全有着一股纵欲的焦灼的虚胖和疲倦，包括小小的孩子，这丑陋是令人心悸的。这些图画于我最坏的最要命的影响，便是我走在街上，尤其是北德的街上，我竟能从许多张人的脸上，甚至孩子的脸上，看到这位残忍的画家笔下人物的表情。我竟能从几乎每一张脸上，勾想起那些可恶的画面。我简直像得了病似的，觉得四下里的人都很丑陋。这一个倒霉的画家，将他的偏见传染了我，有了这一种偏见，是很难轻松愉快的了。

后来到了汉堡，梁先生和他的朋友，一位搞艺术设计的先生，一起去看那个Kunsthalle博物馆的画展。第一次在汉堡时，我们几个曾在出发去柏林前一个小时去这博物馆，却吃了闭门羹。这一回，有一批早年流失到俄国的德国油画在这里展出，大多是一些十七八世纪的田野风物画，占了几个展厅。这个博物馆收藏的画相当不少，当然无法与慕尼黑的比较。也有相当一部分的现代画和现代雕塑。我忽然瞅见了一幅画，一个躺在沙发上呼呼大睡的先生，一个靠了餐桌瞌睡的女人，另有一个立在椅子上的孩子。整个画面所流露出的那一股慵懒、沉闷、无聊、疲惫，是那样的稔熟，分明在哪里见过。还有那种又圆又厚又稠密的肉腻腻的笔触，全为我觉得很不陌生。我跑过去，找那作者的名字，果真就是Harald Duwe，这幅画的题名为《星期天的下午》。我回过身，抑制不住有点激动地对那两位先生说："你们看，你们看！"他们仔细地看了很久很久。过后，那一位搞艺术的先生说道："就是这样的。""什么就是这样的？"我问。"德国人就是这样的，很像。"他说。这幅画里不知是有着什么东西，是那样的灰心丧气的痛苦。我已经走过了几个展厅，又折回身在这里站了一会，那星期日的午后是如此的消沉，男人喝足了啤酒，女人也喝足了啤酒，他们闭了眼，眼睑下流露出昏昏的目光，连同那一位孩子。这是德国人吗？第二天，梁先生带我去一个很大的书店，我看出他很喜欢这个书店，经常来这里，这个书店大约是他的理想，我却不免有些无聊。可是我在书架上看见了一大本画册，就是那位Harald Duwe的。画册的前言里介绍他道：他出生于一九二六年，卒于一九八四年，出生并生活在汉堡，父亲开了一个肉铺，由他兄弟继承……

这时候，我坐在飞驶的汽车里，想着这一位画家与他的作品，他的那一幅《星期天的下午》的明信片，已经贴在了我的笔记本上。我回想着他，他的作品也同样是流露了一股失望的情绪，这是比卡塞尔的艺术展还更要具体的更有指向的失望，他对德国、对德国人失望了。为什么呢？

在吕贝克的一个永恒的雨天里，我们走向风雨交加的街道，鞋子湿透了，风吹得我们站不住脚，我们踉踉跄跄地走到一个高大的石窟门洞里，又冒冒失失地推了进去。不料，眼前是一座庄严的殿堂，高大的穹顶上透露进来几线天光，照亮着石碑拼成的地上，放了几座青铜雕塑。这是圣凯瑟琳教堂，里面是一位名叫Waldemar Otto的雕刻家的展览。他出生于一九二九年，现在依然活着。他创造了一个亚当。那亚当被描绘成一个大肚子的、肥胖的、庸俗不堪的粗夫，愚蠢地啃着一颗智慧果。这一种丧失信心是已追溯到了人的本源。人类瑰丽的历史，竟被一笔勾销，文艺复兴就像一个昏沉愚顽的酒后长梦。这才是真实，人是丑陋的、卑鄙的、没有必要的。人类在世界上确是做了许多错事和蠢事，九死一生地繁衍至今，像一个英雄那样辉煌地走过，也像一条虫子那样卑贱地爬过，可是究竟不必失望至此，将自己这么彻底地否认。然而，望着这一些黑色的铁铸的作品，巨大的人形与微小的人形一个一个失望地矗立、沉默着，好像在以他们的衰退的肌肉、嶙峋的骨骼思索着什么，竟会觉着有一股挣扎的力量，充满着伟大的悲剧气氛。那一个展览是十分的奇特，中世纪的庄严、素朴、雄浑、高大的建筑时时提醒着神圣的人格。中世纪的伟人的墓碑就在脚下，为我们的足音敲响，传来一些往昔的灿烂岁月的音息。而这一个现代人的作品在这粗糙的巨大的殿堂，使人觉得这仅仅是一个瞬间。门是又高大又笨重，须全力地推动，才启开一道缝隙，透进外面朦胧的天光。

四

汽车开进Leverkusen街道的时候，还不到五点，于是我们就在街上喝了一杯咖啡，再去那位夫人的家里。夫人家是一幢漂亮的小楼，前边有一个相当面积的花园，青青的草坪周围是树丛和花朵，我们坐在太阳篷下的平台上喝茶，茶斟在精致的细瓷茶碗里。老太太告诉我们，卡塞尔的那个国际展其实并不具有真正的国际水平，那只是一种探索性的展览。她说在这个小小的城市里，现在正有一个雕塑展，其中有她的两个艺术家朋友的作品，他们也是这个城市里最好的艺术家。她又找出一张报纸给我们看，上面有关于这次展览的报道和照片。照片上是她的朋友的作品，是金属片扭成的三个相对携手的人形。这是一种很昂贵的金属，叫做锰钢。她将带我们去看这个展览，然后再去这两位艺术家的家里，看看他们的作品和工作的地方。现在，我们先喝一点茶，已成夕阳的阳光照着精致的细瓷茶碗。她将古干的画册打开，仔细地看着，当她看到一幅《屈原》的国画时便乐了，说这位先生非常像唐·吉诃德。仔细想想，这两位先生果然有点相像，不觉也笑了。

雕塑展是在一个林间空地上的大工棚里举行，和制作作品的机器、车床、材料、图纸、模型和劳动的工人在一起。参观者不仅可看到艺术品，还可看到作品制作的劳动过程，也是相当有意思的。我们看见了那个刊登在报上的雕塑，雕塑有两米左右高，作品的材料具有一种含蓄而高贵的光亮，那人形具有中国写意的风格，线条流畅优美，又很随意，好像是用一些边角材料组成，给人深刻的印象。然后，我们就去了这位艺术家的家中，他的名字叫做Raimund Pestemer。他的房子在一个小山坡上，雪白的地毯毛茸茸的，客厅里摆设着他的作品，安排得非常讲究。他是一个重形式的艺术家，他的审美的理想，是女性的人体。他以为女性人体的线条、形状、光泽，都具有极高境界的美学意义和情感。因此，他的作品所表达的常常是一种华贵、细腻、精致、性感的形状与线条，非常讲究光泽。楼梯上，门厅里，走廊边，都装饰着他的作品，使这一幢宅子变成了一座别致的艺术馆。他将我们引到楼上他的办公室去，参观他的创作草图、素材、资料，还有他的整整一个房间的收藏。收藏的全是玩具火车，从最早的蒸汽机火车开始，到现在的电气火车，有金属的，有木头的，有塑料的，还有各种时代的火车站，竖着小小的古老的路灯。他的工作室则是在地下室，地下室的玻璃门，临着一个小小的谷底，为青岚包围着的一片绿地，草丛里隐着他的美丽的雕塑，静静地闪光。那些雕塑有着一股贵族气，而他本人却如一个真正的工匠一样，穿着一件粗布衬衣，眼光又天真，又坦诚。当他看到古干的《屈原》，竟也问道："这是一个西班牙人吗？"这一个联想里定有着奇妙的意义，绝不仅是偶然。

我们离开这位艺术家后，先去一个香港餐馆与人家挤了一桌吃了晚饭，然后再去另一位艺术家的家中。这时已是晚上十点，天黑了。这位名叫Eberhard Foest的先生早已在门口开了灯，灯光照亮了漆黑的汽车道，引我们到了门前。

门前立了几座雕塑，暗影绰绰的，木头的台阶显出很古朴的样子。我们走上了台阶，走进了客厅，Foest先生拉开了客厅的玻璃门，眼前出现了一个幽深的花园。他的工棚设在花园里，花园里有着水池，水池中间有一条小径，树丛里掩着他的雕塑。月亮升起了，这就像一个神话的世界。他的作品大都是用钢铁铸成，风格要粗犷得多。他从工棚里拖出一盏高强度的碘钨灯，小太阳似的刷地照亮了花园，而那照不到的花园的角落显得更幽密了。他的作品总是三个一组，其中新近完成的一组，足有两米多高。他告诉我们，这是表现他在第二次世界大战中的经历，作品的上部，是战争的器械，中间部分是参战者被肢解的身体，下部是非参战者，妇女和孩子的恐怖的嘴与眼。这一座雕塑，具有一股狞厉的、强烈的、扫荡风云的气势，立在幽静的黑暗的花园里，很不谐调地有一股痛苦的感动。我们问他，为什么你的作品都是三个一组。他说："大约是我的神经短路了，我的头脑有了毛病，我不知道为什么我总是要三个一组。"他的工作室是在顶楼，是他自己设计建造的。三角形的屋顶陡直地斜下，架在粗大的木梁上，木料没有上漆，流露出素朴的纹理，疤节如湍急的漩涡。

这又是两位很不相同的艺术家，一个是唯美的，另一个则有较积极的现实感。他们两位先生似乎要将卡塞尔之行缓和一下似的，鼓舞了我们。艺术还是很有意思的，人也是很有意思的。他们那种天真憨厚的与人与事态度，使人感到温暖和亲切。当我们驾车回到波恩时，高速公路上已是繁星满天，车灯如流，汽车通过灿烂的莱茵河。其时，离我回国仅有三十六个小时了。

五

从慕尼黑的老画廊，走到新画廊，会有一种奇异的感觉。那最古老的圣战，画幅几乎占据了一面高大的墙壁，尸横遍野，血流成河，刀光闪闪，马鸣啸啸，人就是上帝，那是多么的壮丽和宏伟。越往前走，那画幅越缩小，内容也日趋平凡，人类将圣光如脱一件穿旧的衣服那么脱去，竟是意外地亲切而生动，平常而美丽，生命越出层层盔甲活灵灵地跳跃着。人一步一趋地解剖自己，认识自己，思考自己，竟在自身窥视到了丑陋和卑贱。人开始卑微地痛苦了，充满了琐细的困扰。人从古代走到现代，好像是越来越委琐了，越来越鄙陋了，死亡如燃烧的麦地，炙烤着枯竭的生命，道路越来越窄，人越来越无路可走。但愿人最终将自己践踏在地下之后，又能骄傲地神圣地崛起。而这一个世界，终究还有那么多的希望，便足以说明人性力量的强大。而现在，什么也不知道，什么也无法预见，我们也只好像那汉堡践踏了的草坪上的帐篷那样，极力自持地、镇定地、振作地说——

让我想一想，现在……呣呣呣呣……呵呵呵呵……哦……月亮，月亮！

中国餐馆

民以食为天。

——摘自《汉书·郦食其传》

有中国人的地方，就有中国餐馆。这是一份又辛苦又发财的生计。

那一日，我随了小平回家，她的家在维斯巴登。这是一个很富裕也很重要的城市，理由有那么几条：第一，它是黑森州的州府；第二，它是北大西洋公约组织的空军基地所在；第三，可依仗法兰克福的金融力量，法兰克福属黑森州。那是在一个城市狂欢节的夜里，袁老板喝了一点酒，便有些滔滔不绝，他很兴奋地与我交谈着。趁了他的酒兴，我也向他提了许多问题，我问他在德国这么些年，有什么感想。他则忿忿然地对我说：

“全世界就数德国人最坏！”“为什么？”我好奇地问。“比如我需要一个大厨，找了许久，终于在中国找到了一个，我就要办签证让他好来这里。德国人就总是刁难，定要让你一趟一趟地跑去问。如果在荷兰，就可以办得很快。”开中国餐馆的大困难就是找不到工人。因为没有工人，老板已将他原本的五家餐馆卖了四家，如今只留了维斯巴登的这一家了。这是维斯巴登第一家中国餐馆，所以，这一家餐馆没有任何名字，只在顶上标了姓氏“袁”。到了维斯巴登，只要说“中国餐馆”，便是这家。尽管，维斯巴登足有十五家中国餐馆。这是一座设置在市中心的非常豪华的餐馆。我们从火车站出发，乘了两站巴士，就到了。这时正是下午五点左右，餐馆没有怎么上客，跑堂们聚在酒吧前说笑。做酒吧的是一位姓王的北京学生，他的父亲在波恩大学任客座教授，他在此打工，等积蓄了一笔钱后，再去找大学读书。维斯巴登没有大学。

这是一个节日的前夜，四处洋溢着一股兴奋的不安的气氛，马路边上放了一堆堆的木板、塑料布，准备着搭建歌台和饮食棚。袁家也有一个棚，卖春卷、酸辣汤，还有香蕉——将一根香蕉切成四段，放在油锅里炸了，再浇上蜂蜜，一段是三个或是四个马克。这个春卷棚今年由小平的弟弟主持，一位刚刚毕业的高中生，准备读建筑设计，房间里有着绘图板什么的工具。她的爸爸妈妈，已去荷兰买春卷，据说荷兰的中国餐馆更多，去那里买现成的春卷比自己做要省工省时也就省钱了。后来，我在一张报纸上读到，荷兰有一个“春卷大王”，也是个开中国餐馆的中国人。可我当然不知道，我们吃到的春卷是否是“大王”春卷了。跑堂的告诉小平，她的爸爸妈妈中午时分开车走的，大约夜里可以回来。餐厅里只有两个德国客人，坐在一张靠窗的桌上，静静地喝酒。这是一座二层的餐馆，底层是厨房，酒吧，餐厅；走上中国式的楼梯，楼上还有一圈餐桌，画龙雕凤的护栏，围了一周。顶楼是小平大哥一家所住，这个餐馆，现在已基本交给她大哥经营。另有一些房间，是供伙计住宿的。我们在附近走了走，看了看剧院的演出安排表，在马路边遇见了小平的弟弟。他和他的朋友们站在马路边，刚从车上卸下一堆建棚子的材料，是从一个专门的地方租赁的，除此之外，还须交纳一方地租。他黑黝黝的一张脸，颇有些像歌星费翔，笑起来眼睛很甜，穿了牛仔裤，衬衣束在裤腰里，不会说一句普通话，只会说广东话和德语。天却下起小雨，大家都担心地抬头看天。小平告诉我，这一次搭春卷棚，本钱是父亲借给弟弟的，挣得的钱全留作他明年去伦敦旅行的用度，所以弟弟非常积极。我们与她弟弟道了再见就回了餐馆，餐馆里依然很少客人。跑堂的在酒吧边说笑，说着昨天的忙碌的情景，有一群学生，订了六十个座位庆祝毕业。跑堂的当中有一个戴眼镜的年轻人，说话带了江浙一带的口音，一问果然是宁波人，出来一二十年了。不久前在上海娶了个太太，到了德国，说是气闷得很，很想有个家乡人来聊聊天。小平轻轻地告诉我说，他太太其实已经和他分居了。这位跑堂的大约是赌输了钱，很懊恼的样子。大厨是一个面目十分清秀而又腼腆的年轻人，十二岁就到了这里做工，至今已做了十七年，与小平像是兄妹，感情很好。他很少说话，倚在门边，看着我们笑。小平问我想吃什么，我说有馄饨就很好。小平走过去与年轻的大厨说道，我们要吃馄饨。大厨便转身进了厨房，不一会儿工夫，就端出了热气腾腾的一盆馄饨，站在一边看我们吃，然后慢慢地用广东话问小平，问我是否吃得惯。我说非常非常好，他便不好意思地笑。吃罢，小平便自己收去碗碟。她如一个熟练的跑堂一般，一手托了两副碗碟，灵巧又稳当地送进厨房，不愧是个餐馆里长大的孩子。

这天直到临睡，我都没有看见袁家父母。第二天早晨，听小平说，他们凌晨三点多才从荷兰开车到家，正在睡觉。他们这一回买来了很多很多的春卷。去年狂欢节里，一共买了两千个春卷还不够卖的。这一次便买了两倍还多。当我们又来到街上的时候，小平弟弟的棚子也搭建起来，是一个绿色的棚子，站在一条长街的各色棚子的中间。那棚子是形形色色、奇奇怪怪的，有的是一个巨大的可乐听，中间开了窗做买卖。天下着寒冷的细雨，雨水在棚檐上蓄起细细的小溪，潺潺地流下。各色饮食棚里都有人在忙碌，一边忙碌一边望着天，祈祷着天晴。湿淋淋的街上，行人很少，希望都寄托在晚上了。我陪小平去大批发站“Metro”买了香蕉和蜜，送到了棚子里。小平弟弟的女朋友，一个德国女孩子，与他偎依在棚里，小伙子不时鼓舞似的拦腰将她抱一抱。雨下得很紧，简直没有一点晴的希望，人们脸上不免都有些凄惶似的。当我们玩了一圈，下午三点时分到了餐馆，只见酒吧前的餐桌边坐了一位先生，唇上蓄了胡子，很结实很黝黑的样子，小平喊他“爸爸”。他嘱咐小平不要贪玩，要帮帮弟弟的忙，然后才转向我来，将我的一张皱皱巴巴的名片捏在手里看了几遍，问我道：“会德语么？”我说不会。他又问：“会英语吗？”我说也不很会。“大学里难道不教一点外国话？”他这么问道。“我没读过大学。”我老老实实地回答。然后，他就问我，知道不知道他的酒吧里，有一个教授的儿子？我说我知道。“哦，你知道。”老板慢慢地说道。我自然是全都知道。他的言下之意是再清楚不过地向我表明，在这里，什么作家和教授全不当饭吃，要受过好教育，要会德语，要会挣钱，才可有一席之地。他大约以为我是来德国闯生活的留学生了，而我并不想点破，因我知道，他是对的。袁老板是对的。尽管如此，我依然有些愤怒，很受了侮辱似的。他却不再搭理我，向他的伙计们吩咐着什么事情，伙计们恭敬地站在他面前，不时点头答应。我和小平走出了餐馆，去尼禄山（Neroberg）上。山上有好几处可玩的，有大战纪念碑，有一个俄国国王赠给此地他所钟爱的女人的一座东正教堂，还可俯瞰维斯巴登城市。“请看我们的城市，”小平这样说道，“我很爱我们的城市。”她是一个出生在德国的孩子，从小只说两种话，德国话和广东话。现在她在波恩大学读中文，我们可用简单的普通话交谈。她有一张圆圆的脸蛋和大大的眼睛，眼睛又黑又亮，纯净极了。她大约是觉察了我的情绪，对我格外好，买了巧克力塞给我吃，左一张右一张地给我照相，反弄得我心里有些难过。我们乘坐一列电缆车上山和下山，车上除我们两人外，还有一名工作人员，为我们恭敬地开门和关门。然后就差不多是该准备看歌剧的时候了。我们回到小平家造在郊外的华丽的宅子里，换了裙子。下楼来时，袁老板躺在客厅里的躺椅上，正看着我从波恩带来的一盘中国录像带:《火烧圆明园》。他望着我，挥着手臂大声地说:“不要客气啊！招待不周。”其实这是一位很豪爽的先生，我叹了口气想道，然后就去了音乐厅。

从音乐厅出来，形势就大变了。雨停了，天晴了，彩灯大亮着，舞台上震耳欲聋地奏着摇滚乐，街道上挤满了人，满满的一街人，如开拔的军队一般浩浩荡荡地走着，吃着煎肠子、三明治、汉堡包、热狗，喝着可乐、啤酒。街上停了交通，摆着一条条的长桌长凳，桌边坐满了人。我们挤到袁家小弟的棚子前，里面几位小伙子正忙得不可开交，剥香蕉，卖春卷，斟啤酒，盛酸辣汤。小平的大哥也从餐馆过来帮忙了，一名伙计在餐馆与棚子间来回不断地运输煎好的春卷。小平将我安置在长桌前，递给我一碗酸辣汤，就帮着去餐馆运春卷。春卷卖得很快，生意兴隆。她运了两趟春卷，又提了一个垃圾袋，收去桌上的脏碗脏杯。我帮助她一起收，我很想为他们做些什么，可是却插不进手去。小平抑制不住兴奋地与我说：“其实，搭这个棚子不为了赚钱，主要是为了做宣传。”棚上有一串彩灯，照耀着拼音的“袁”字姓氏，棚下挤挤地围满了人，伸长了手臂，争先恐后似的买走春卷和酸辣汤。小平悄悄地对我说：“我们去那边街上走一走吧，那里也有一家中国餐馆搭的春卷棚，我去看看他们生意怎么样。”走到那条街上，她却又不好意思地停了脚步说：“他们都认识我，看见我不太好。”于是我就自告奋勇地说:“我替你去侦察一下。”跑到跟前一看,许是因为地段的原因,或者更是名气的缘故,棚下的气象要比袁家寥落好几分。我便很满意地挤了出去,见她远远地站在一棵树下。我走过去告诉她:“生意不如你们家,实在差得很远。”她并不说话,却止不住很高兴的样子,红红的脸蛋。她好像松了一口气,说:“我们去玩玩吧。”我说:“还是回去帮着干点活好。”我很起劲,有生以来还是第一次与一桩买卖产生了关系,尽管曲折得很,却依然很激动。很小的时候,我们小朋友之间就爱玩做买卖的游戏,用废纸做了许多钞票,拿了钞票去买东西。那“钞票”的面额如通货膨胀似的越写越大,十分发财。可是小平却很想去看看歌舞演出,我就与她挤在人流里慢慢地挤到音乐厅前一张明亮的舞台前。台上一批业余舞蹈学校的男女孩子正表演着爵士舞。小平听见音乐便激动起来,用很不熟练却很可爱的汉语连连说道:“我太喜欢跳舞了,我实在太喜欢跳舞了。”她中学的时候,也在这样一所舞蹈学校学习过,几年前的城市节,她也曾粉墨登场。当台上表演到一个她曾经跳过的舞蹈,她便激动而又怅惘地叫道:“我们那时候也跳过的,一模一样。”她接着十分感慨地说:“这些孩子太小了,他们实在太小了。”我望望面颊十分柔嫩的她,心里不由觉得自己十分苍老而又不服。她的两只大大的黑漆漆的眼睛直盯着舞台，越过前边挤挤的人头。台上的青年男女在十分狂热地舞蹈，表演一个男孩与一个女孩儿经周折的约会。先是女孩梳妆打扮，延误了时间，男孩火了，开始听摇滚乐。以哑剧与现代舞的手法，加以摇滚的节奏，表达得热火朝天，汹涌澎湃。小平又一次怅怅地叫道："我们也演过的，一模一样！"我催她回去帮忙，她也没听见，早已将自家那一份生意忘在了九霄云外。舞台上如火如荼地歌舞着，全体演员们都上了场，人人手里握了一管牙膏似的东西，向空中抛挤出一道道亮晶晶的彩练，还有人大喷着烟雾，一时弄得沸沸扬扬，然后才渐渐地结束。小平怅然若失地和我一起往回走，找到了她家的春卷棚。这时正是十二点钟，狂欢节的最最高潮。春卷棚前坐了袁老板，还有小平的姐姐。她姐姐嫁了一个意大利人，开了一家意大利餐馆，有一个极艳丽的混血的女儿。那边的餐馆已结束了营业，伙计们纷纷往这边走来，坐在一张长桌边喝汤吃春卷。袁老板今天格外高兴，过节，生意好，大家都努力，连他都开戒喝了酒。几年前，当他在海德堡还有一个餐馆的时候，有一天，一个二厨喝醉了酒，与一个跑堂的发生了冲突，竟捅了那跑堂的一刀。一刀子下去，二厨吓得醒了酒，赶紧逃跑。袁老板半夜两点赶到海德堡去处理这事。后来，二厨抓到了，跑堂的也救了过来。可是，从此，他严明条规，严禁喝酒，他从自身做起，滴酒不沾。而今天他亲自为工人们斟酒，连道辛苦。他打开了话匣子，滔滔地吐出他这三十年的经历。他出生在广东一个叫做大亚湾的地方，一九五六年从大亚湾到了香港，带了他一九五二年出生的大儿子，然后再从香港到欧洲，承继了他的一个没有子嗣的伯父在荷兰与德国两地的产业，最后才在维斯巴登定居，生了这么些孩子。他颇骄傲地告诉我，他给了孩子们很好的教育，他的孩子均有一口极流利的德语和英语，可是，糟糕的是，都不会中文。他们写信给他，全用德文写，他却看不懂了，说着他就哈哈大笑。接着，他又说道，以他牵头为他的家乡办学捐了十万元，今年十月，他将作为团长带领一个华侨团体回国观光。他很骄傲地将这件事反复说了几遍，然后又极神秘地压低了声音告诉我说，这个城市里也有黑手党。黑手党？我很惊讶。是的，他说，总部在法兰克福，法兰克福的那些赌场和性商店，几乎无一不有黑手党的背景。这样的事情，很少有人知道，可是他知道。他餐馆的跑堂与他的孩子们围了一张长桌喝酒说笑，其中有两位是越南华侨，其余都是从香港、大陆、台湾来的中国人。虽然都年纪轻轻，可是即使连二十五岁的香港阿英，也有了十二年的餐馆的资历。从中午十二点一直工作到夜里十二点的伙计们，高高兴兴地走在灯火通明的街道上。他们十年如一日的生活便是：凌晨两点睡觉，直到中午，十二点起来，上餐馆做工。到了假日，他们则去赌钱碰碰运气。今天，他们是格外高兴，过节，喝酒，街上那么热闹，浩浩荡荡地走着人群。人群里年轻人居多，兴奋得有些忘形，一位年轻人迎面而来，竟热烈地打了我一下，把我唬了一跳，回过头去瞪他，他却高高兴兴地朝我笑。他们买来一串气球，拴在桌腿上，邻桌的一个男孩，要求借给他一个玩玩。“只玩两分钟”，他反复地说。解了一个过去，却玩了十分钟才送回来。一个气球无端地断了线，升上漆黑的天空，伙计们欢呼起来，昂着头，看那气球最终消失在被灯光映暗的天空。两点时分，灯光忽然全部暗了，暗了几秒钟又亮了起来，是市政府在催促着收摊。人群也稀疏了许多，伙计们却依然坐在桌边，不愿离去。袁老板说：“他们还要玩呢，我们回家吧！”他开了车与我回他郊外的美丽却空寂的宅子。汽车行驶在黑暗的车道上，缓缓地上坡。两边是黑暗的幽静的花园，围着篱笆，这是一处有钱人的住宅区。

这宅子是袁家七年前买下的，分期付款还有两年便可结清。宅子如宫殿一般，每一间房间都有一种专门的颜色，如他们父母的住屋是奶白色的，我的那间是客房，粉红色的，每个卧室都有独立的卫生间。地毯一铺到底。老板最惬意的一个所在，则是客厅里电视机前的一个简陋的躺椅。小平说他常常在这里看着看着电视便睡着了，直到天亮。他很爱看中国的电影，要求我将几盘录像带留给他看了再带走。

城市节狂欢两日。第二天，我与小平从海德堡回来，到家已是三点多钟，家里却是人声鼎沸，刚刚拆了春卷棚到家。我是困乏得连澡都顾不得洗，一头扎在床上就人事不省地睡熟了。

第三天早上，天气十分晴朗，餐馆一片明净。狂欢节过去，一切复又平常，小平的大哥在账台上忙着什么，伙计们尚未起来，餐厅里空荡荡的。黄先生独自坐在临窗的桌边等我，一同去法兰克福，为一个朋友送行。新的一天又开始了。

黄先生开车带了我去法兰克福，同去的还有一位阮小姐。阮小姐是从香港来的，先在黄先生的香江酒家做服务员，三个月之后，黄先生选中了她在雅知书店做秘书工作。我想他是做对了，阮小姐头脑很清醒，文笔也很好，她整理记录的对话和座谈，都相当出色，也已发表过多篇小说。她的先生是香江酒家的大厨，长得像一个明星，说话也极有幽默感，当他看见阮小姐在记录我的谈话时，便说："她说的话你记下来，我说的话，你怎么不记下来？"还与我们一起很悲观地讨论爱情问题。我们三人一行去法兰克福的一个“双龙酒家”，为一位朋友送行。这位朋友名叫康利行，将去北京工作。我们七绕八绕地兜了好多圈子，才突然发现，“双龙”就在眼前，这是一个上海餐馆，和所有的中国餐馆一样，雕栏玉砌，描金画凤，就好比是公元前，欧洲传说中那绫罗漫天、黄金铺地的“丝国”的情景。老板头发已经发白，出来闯荡了三十年，竟乡音未改，一口流利的沪语。他告诉我，他新近从上海请来一个栽培香菇的师傅，是全联邦独一家的炒香菇，而“双龙”由此大大地出了名。

为康利行先生送行的朋友，满满地坐了两张圆桌，都是一些二十年天涯的中国人。不知为什么，我非常欣喜他们都不开餐馆，有几位合伙搞一家软件公司，虽有极大的风险，挣钱不甚可靠，可是极有意思。有一位先生说：“我们要改变中国人开餐馆的命运。”我忽然间非常感动。回国之后，我在一张报纸上看到一个统计，就是华人在海外称雄的事业。美国有电脑大王，东南亚有种种大王，而一整个欧洲只有一个大王，便是荷兰的春卷大王。我似乎又嗅到了小平家春卷的油烟味，而我又想起小平曾对我说的一句话。她说：“我长大了，要和我哥哥姐姐不一样，我不开餐馆。”我真心地祝愿她长大以后，做一些和餐馆不一样的事情，哪怕不那么发财。不知道我为什么要这么想，可我慢慢地真有了一种古怪的心情，假如我在一个地方，没有找到中国餐馆，我便很安慰、很快乐似的。可是走遍全联邦，有中国人的地方就有中国餐馆。斯图加特的“中华国”，慕尼黑的“芙蓉楼”，亚琛的“香港酒楼”，波鸿的“上海餐馆”，吕贝克的“陈家园”，汉堡的“喜临门”，甚至波恩贝多芬故居的隔壁，都有一家“北京城”。

黄先生的餐馆是临了莱茵河，客人时多时少。客人多的时候，正与我们坐在一处大谈着哲学和诗歌的黄先生，便立即中止了论争，站起来过去问道:“要喝什么？”绝不可让一位客人被冷落哪怕一秒钟。这种时候再深奥的哲学与再美丽的诗歌全都变得游手好闲，而需退居二位了。黄先生是以他的餐馆养他的书店，很有些以副养文的意思。餐馆里除了中国人外还用了两名德国小伙子，已经干了五年，一个洗碗，一个煮汤，外加摊春卷皮子。看那粗粗的短短的手指，握了一团揉筋的面在鏊子上灵巧地一滚，滚出溜圆的一张皮子，总觉得非常佩服也非常有趣。在黄先生的餐馆跑堂的，还有一些打工的学生，有一位上海的，还有一位杭州的。有一日，收工时分，我看见黄先生在很严肃地批评一名学生，因为他给客人开票的时候，坐在了椅子上。黄先生说道:“你不可以这样，你与客人不是平等的，是有等级的，你必须站着。否则，人家客人下回就为了你没有礼貌，再不来了。”平日里，黄先生与伙计们是可以很热烈地讨论爱情这样的问题的。慢慢地我就发现，开餐馆是一桩认真严肃的事情，不可说笑与儿戏的。那一日，我从斯特拉伦回到香江酒家，黄先生便告诉我，餐馆门厅里的自动收费电话机被撬了。虽然最终没有撬开，里面的钱还在，锁却被撬坏了，修理费大约需要一二百马克。这电话机是在第一道大门里面下厕所的楼梯口，营业时分人来人往绝不可能众目睽睽之下干这勾当，不营业时则紧锁着大门。所以，基本可以确定，是自己店里人所干的。有时，见他为这餐馆十分劳神，便说，可不可以干别的买卖。黄先生回答说，干这才能可靠地赚钱，有了钱才可自由地去干别的。回国之前，听说黄先生在商议着买下市中心一块地皮，再开第二个餐馆。因为，一个餐馆还不够养一个书店。

那天小张开车带我从斯特拉伦回来，路上我们聊天，一聊起来就走错了路，莫名其妙地下了公路，直驱城里，红灯绿灯地走了一遭，再重新上公路。几十分钟的路程走了三个时辰。开始，我们讨论着发财之道。他很有一番雄心，立志好好地干一番事业，但首先要有钱，赚钱最好的途径，就是开餐馆。我说：“能不能干别的生意呢？比如服装。”他摇了摇头说：“服装业很有风险，半年里服装卖不出去，样式就过了时，要大大地跌价。这里涉及许多学问，统计、市场、经营、管理、预测等等。”许多学生来到德国首先是要学习经济，可是不到一个月就放弃了，被高等数学打了下来。“那么，开个加油站。”汽车正好驶过加油站，我便这样说。“加油站需要很大的本钱。”他毅然否定。那么，就只有干餐馆了。我忽然想起一则笑话，说是人生最高的理想是：生活在美国，讨个日本老婆，吃中国菜，找个法国情妇，不觉苦苦地好笑。

小张是一名越南华侨，家在西贡，做建材生意，很有钱。那一年，南边很吃紧，大批孩子被父母送到台湾读书。他到了台湾仅只一个月，南越就被收复。后来，中越开战，他们全家以每人八斤黄金的代价换取了出境，乘在一艘小船上，飘到了马来西亚。这时候，联合国已与几个工业国取得了联系，要求他们收留难民。他的父母和一个小妹妹比较幸运，到了马来西亚就直接上了飞机到联邦德国，而其他两个姐妹则在集中营里熬了一年，吃了许多苦。我说：“八斤黄金一个人，怎么可能有这么多的黄金？”

他说：“你知道吗？像我们这样的人，总是在流亡。我们是长期都有准备的，收藏了一些钻石黄金，这倒不算什么。”

太阳直晒着车顶，这一辆汽车没有冷气，像一个大烤箱，热极了。

我很小心地问他道："你喜欢越南吗？"

他毫不犹豫地回答道："喜欢。以前我不知道，当我出来之后，我知道我是喜欢的。"

"喜欢什么？"

他沉默了一会说："那里的人，非常纯朴，将来我一定要再回去。"

"回去看看？"

"不，不仅是看看，如果是看看，我现在也可以去，可是我不去。"他不再说话，眼睛看着前方。走过很长的没有走岔的一段，我又问道："你喜欢德国吗？"

他微笑了一下，说道："假如我是一个德国人，我会非常骄傲。可我不是。"

我们不再说话了，汽车直驱波恩，到了莱茵河边，已可看见"香江饭店"前绚丽的太阳伞，伞下是一圈鲜艳的红花。

旅德散记

德国，是一个什么样的奇异的国家！它是贝多芬的祖国，它是尼采的祖国，它是歌德的祖国，它是马克思的祖国，它还是希特勒的祖国。它充满了创造性，诞生了多少辉煌的思想和灿烂的艺术；它且又充满了破坏性，仅仅一个世纪里，就挑起了两次世界大战。古堡的残垣下，格林童话式地出没着七百年的幽灵；莱茵河永远在克利斯朵夫诞生的顶楼下雨蒙蒙地流淌；教堂的钟声为僧侣们无望的爱情当当地敲着丧钟；小红帽穿过密密的松林去看她衰老的外婆。遥远的美国有一个地方，叫做Amana，十四世纪的时候，一群受尽摧残的德国异教徒远渡重洋，跋山涉水来到了新大陆，生生息息，代代相传，成为一个坚强的社区和一个发达的现代工业区。在我的家乡上海的东区，在一个屈辱的时代里，曾经是德国的租界，如今一切尽殆，只留下一个德大西餐馆。在一个五月里的炎热的夜晚，我和我的同伴们一起，踏上了北京至法兰克福的飞机。经过一个长达十七小时的夜晚，在那个五月里寒冷的早晨，到了德国。

在科隆附近，有一个名叫克雷菲尔德（Krefeld）的小城，住着一位赛德尔夫人，她很美也很富有，她很爱中国，并且爱文学，且富有想象力。于是，她便邀请了一个为数十一人的中国作家代表团，到德国访问。在这个代表团到来之前，她和她的朋友们就为代表团的旅行路线和计划作过了无数次的热烈的讨论。这条路线和计划最终是这样的：从波恩出发，北上汉堡，再往西柏林，从西柏林回到波恩，举行为期六天的波恩中国文学周，然后南下慕尼黑，再从慕尼黑经斯图加特回到中部，在波恩附近的一个名叫“磨房”的旅游地度完最后的几日。

因此，我们全体在法兰克福机场降落之后便乘上汽车，从高速公路上驶往波恩。这时候路旁的田野是青青的，麦子刚刚发芽，高速公路是蜿蜒着伸向前方，而不似美国尤其洛杉矶的公路那么气势凛然一往无前的样子。汽车驶过波恩大学茵茵的草地，到了一条小街，旅馆到了。这是一个家庭旅馆，小小的一栋楼房，底层是早餐厅，早餐厅外是一个极小的天井，天井边也有两间客房，我是住在顶楼，从老虎天窗望去，可见一片屋脊，铺着质朴的瓦片。第二日，我们则去了附近的城市Wuppertal，这是一个工业城市，空中吊车轰轰烈烈地驶过城市上空。我们先是参加了一个自由者协会的新会员入会仪式，然后去了恩格斯故居，那是在Barmen，是Wuppertal的一个小城。从Barmen回来，我们便找到了一个南斯拉夫餐馆午饭，这是一个难忘的餐馆，很大很深，并且百回千折，别有洞天，将客座装饰成各不相同的样子，有的像一座林间木屋，有的四周环绕着粉红的鲜花，有的则是一个小小的农舍。还有令人难忘的便是午饭结束后，忽然跑来两个小孩，一个男孩和一个女孩，对着我们用中文说:“你好！”大家又惊又喜地回过头去，却见孩子身后不远处，站着赛德尔夫人，她高贵的穿着绸衣的身形十分宁静，却有些寂寂的。她往孩子的小手里揿进了两枚马克，孩子便完成任务似的很快乐地跑去了。

然后我们便向汉堡去了。我们共分为两辆面包车，一辆由米歇尔斯先生驾驶，他是Krefeld的一家报纸的记者，也是赛德尔夫人的好朋友，另一辆则由一位中国留学生小武驾驶。早上出发，中午在不来梅附近的乡村饭馆吃了午饭，下午五点进了汉堡，汇入江河般滚滚的车流。单行道犹如圈套，汽车转了几乎一个小时，才到达汉堡火车总站附近的东方旅馆。这个旅馆是由中国人开的，住的也大都是中国大陆的客人。每天早上，我们在楼下餐室早饭，桌上除去面包白脱那一套外，还总有四小碟酱瓜腐乳，和一大锅热腾腾的白粥，老板老板娘说着大陆普通话，很亲切地招呼我们，回了家似的。然后，我们便知道了其中的一些故事。那老板娘的母亲是犹太人，父亲则是北京人。纳粹时期，夫妇被逐出德国，到了中国，然后，生下了这个女儿。父亲在“文化大革命”中逝世了，而德国却开始“落实政策”，允许她母亲回去，并可携同亲属。在那个没有希望可言的时期里，母亲带了女儿女婿回到了德国，买下这幢房子开了旅馆。女儿女婿在国内均是搞尖端科研的，谈话中时时流露出对北京与他们专业的怀恋。后来，我从一个朋友那里，又偶然地听来了这个旅馆里的另一个故事。其实，这一个旅馆不是由一对夫妻开的，而是由两对夫妻合开的。那另一对夫妻也是从国内出来，先是领取救济金生活，然后便有了这幢旅馆，同时却又不想放弃以往的救济金收入，便请了一位律师，请教一些逃税等等方面的经验，届时请了我这位朋友做翻译。到时候，忽然地，不知是从哪里出现了一个中国人，似乎是从火车站过来的，他非常主动热情地为他们做翻译，直谈了三个小时。事过两个星期，那小子又忽然地出现在旅馆里，张口就要一笔钱，如果不给的话，他就将把他们所有的底细全抖落出去，当然，还有一个办法，就是把他的一个女朋友安排在旅馆里工作。后来，那对夫妇采取了后一种做法。

在汉堡一共过了三天，三天里，去了汉堡大学，和汉学系的学生老师开了一个座谈会，在一个名叫尼娜的女学生家过了一个下午，去了米歇尔斯教堂、养老院、劳工局，在汉堡中国领事馆和留学生们座谈，还看了一场马戏。印象深刻的事情有那么几件，一是在米歇尔斯教堂里，陪同我们的三年级女学生克瑞娜非常友好地对我们说，在教堂的那面墙上，有着一些德国人的名字，他们是在上一个世纪末死在中国的德国人。而我们最终发现，那些人都是八国联军的侵略者。高入天庭的长窗里透进蒙蒙的天光，将那黑暗的名姓照得微明，旅行德国的快乐心情顿时黯然了许多。而克瑞娜明亮的眼睛却像纯洁的星星一样在黑沉沉的穹顶之下闪烁，叫人不忍去责难她。她为了给我们导游，读了许多书，还作了导游笔记。第二桩印象深刻的事情是有一次，和同伴在当年汉堡剧院，而今则是一个电影院的附近的一条大街上走路，陡地涌上一伙妇女，抱着或背着孩子，她们均是黑黝黝的皮肤，额头、鼻梁、下颏的线条非常俏丽，她们披着头巾，手里拿着一些帮助难民的宣传品，直朝我们扑来，嘴里喃喃着什么。我惊得几乎要逃跑，同伴却从口袋里摸出一些马克，分发给她们，她们便将硬币贴在额上，再贴到唇上，轮流向我们致意。同伴告诉我，这都是伊斯兰教徒，否则，他才不会理睬她们呢！我在很多日子以后知道，她们原来是伊朗人。还有一件难忘的事，便是在尼娜家中。尼娜的父亲是一位建筑家和实业家，他的公司很大，有许多分部，而他明年就准备退休，将公司卖掉。他第二天就要和尼娜的母亲一起去南斯拉夫，作一个为期四十天的旅行。他很爱旅行，去过许多地方，他家客厅的墙上挂了许多稀奇古怪的东西，某某地方的袋鼠皮，某某地方的树枝，还有一把剑似的铁条，上面刻有意义不明的字样，是一九六二年，从一个九十岁的化学家手里买下这幢建于一八九五年的房子后，在阁楼上找出的，也许是一件颇有来历的古董。他带我们参观这幢美丽的房子，那条名叫菲利克斯的大狗跑前跑后着，威胁着我们或者向我们献殷勤。当我们从地下室走上来，走到楼梯口的时候，他忽然叫住我们，指着楼梯口的一面小军鼓说，他是二次大战时，希特勒的少年队队员。他脸上带着一种又害羞又勇敢的微笑，望着我们，似乎在等待我们的提问。而我不明白他为什么突然地要说这个，他突然地想起了什么？尼娜说，父亲从来不对她和妹妹说他自己的经历。可是他忽然地叫住几个来自遥远的中国的客人，告诉他们，他曾经是希特勒的少年队队员。我们终于什么也没问地走进了客厅，而他也就再没有说什么了。

之后便是去西柏林了。正是柏林城七百五十周年的纪念，西柏林的旅馆都满员了，赛德尔夫人找了许久，终于也没有能够在西柏林找到合适的旅馆，她几乎要气馁而取消柏林的计划。这时候，她的热心的朋友们却为她出了一个极好的主意，那就是让我们代表团分散，住在西柏林的朋友们各自的家中。分配我们去各家的那一刻是顶顶混乱而热闹的一刻，颇有些像插队时，知识青年到公社，各生产大队来带人的情景。柏林是一个很大的内容很丰富的城市，刚进柏林时，在一个旅游问讯处索了一些旅行手册，竟有中文的，如数家珍地一一介绍柏林的好处和观光内容，其中有一条是，“可免费观瞻过往行人”。于是，那三日里，我们便果真看到了上上下下、各各种种的人物，有工人社会工作者，有反法西斯老战士，有乞讨的吉他手，有派头十足的中产阶级先生太太。我们自然是去了柏林东区，胡涂乱抹的柏林墙在东边看来竟是那样森严肃穆，英俊的战士岿然不动地守护着四十多年不灭的火焰。高墙上遗留着昔日的枪眼，提示着第三帝国彻底破产的伟大瞬间。

我们的汽车从柏林区直往波恩开去，边境处张贴着被通缉的危险分子的电脑传真照片，检查护照的年轻军人风度翩翩，令人倾倒。我们在九点钟的光景到达了波恩莱茵河畔的香江酒店。酒店老板黄凤祝先生，是一位菲律宾的华侨，在波恩开了一个餐馆，还有一个雅知书店。餐馆赚的，贴补书店亏的，再加上他乐善好施，广招八方游士，因此常常入不敷出。我们很为他的精神感动，却又觉得他想做的事太多，难免疲于奔命而顾此失彼。我们再度来到波恩的六天，则是由他来负责我们的全部膳食以及部分的住宿。我们又将分散在各位朋友家住宿，早晨由各自的主人送到香江酒店集合，晚上再由各位主人接回去投宿。我住的那一家的女主人是中国人，名叫励心，男主人叫查艾克，是位汉学家，曾经翻译了我的小说《本次列车终点》，他长得高高大大，黄头发，蓝眼睛，很厚道的样子。励心则是黑头发黑眼睛，并且总是一身黑衣，神情总有几分神秘。我们睡在他们大孩子的房间里，桌上放了一大瓶五颜六色的绚丽的花朵。那是他们新盖的房子，在特拉斯道夫，也属于波恩，波恩是由几个乡村般的小城组成，它宁静而质朴，很不像一个首都，而它终究是在二次大战之后成了首都，好像是一种什么象征似的。特拉斯道夫离波恩大约有二十分钟的汽车路，查艾克总是开着他的一辆汽车或是另一辆敞篷汽车接送我们。有一日天气特别晴朗，他让我站在后车座上，将车很神气地开得飞快，我便成了一个得胜的将军。身前身后，汽车如涌，一个全身盔甲武装的年轻人驾着摩托，扬起手向我们欢呼。就这样赫赫然地驶过莱茵河，去香江酒店集合。

波恩中国文学周的活动总是下午两点在波恩大学举行，直到晚上八点。程序总是这样，由一位汉学家宣讲关于中国当代文学的论文，再由德国学生朗诵每位作家的译文，之后便是由作家自己用中文朗读作品。宣讲论文的汉学家大约有海德堡大学的陈月桂女士、瓦格纳先生、波恩大学的库彬先生等。我的朗读作品是《荒山之恋》的节选和《小城之恋》的节选，前者的译者是个女学生，曾在南京大学留学，后者的译者也是个女学生，名叫卡琳，有一双十分严肃的眼睛。她的译笔非常之好，而那位朗读的女生也是非常的好，她竟将《小城之恋》全部地背了下来，后来听说她曾经在莱茵河边练习了多遍，并且请教她的同学。当她朗读的时候，场子里安静得能听见呼吸，我从来没有期待自己的作品会有这样的效果，心里十分感谢她，还有卡琳。

在文学周以外的时间里，库彬先生也为我们安排了许多内容，第一天，是去舒曼的墓地，公墓里除了舒曼的墓，还有贝多芬母亲的墓、席勒夫人及孩子的墓，受尽折磨的人们终于在这里得到了安息，心中便十分地安慰。然后去了舒曼纪念馆，那曾经是一所精神病院，舒曼在那里度过了他最后两年的时光，现在则是一所音乐图书馆了。去的时候，正有一群中学生在参观，吵闹得很，待他们走后，这屋子便陡地安静下来。我们努力想象着舒曼被囚禁的日子，而想不出来。阳光从窗户里流淌出来，这是阳光非常明媚的一天。下午，我们去了贝多芬故居，里面也有一群更小的学生在参观，将贝多芬家的地板踩得沓沓的山响，还大声地叫嚷。同伴忍不住地叫道："天哪，怎么这么乱！"

第二天，我们去了一个养牛的农户。第三天，随了库彬先生去了波恩许多古老的乡村教堂。还有一个古堡，这是一个真正的古堡，围有一条护城河，壁上爬满了古藤，可是门上却写有"Private"（私人）的字样，无法进去，只得临了半干的河照了几幅相片，这时，邻近的大门里开出一辆卡车，车厢里装了一盒盒的鸡蛋，像是个养鸡场，卡车从古堡前的土路上"嗖"地开过了。

第四天的上午，去"幻想世界"游乐场，下午我们几个结伴去了科隆，这也是我们在德国第一次坐火车的经历，非常美好却极其短暂。车厢几乎是全空着，一个一个宽敞的包厢，沙发椅很舒适，扶手可翻起作一张绰绰有余的床，还没将这些一一享受完毕，科隆却已经到了。站在大教堂森严的穹顶之下，那感觉是无比的奇特，心灵里充满了伟大的宿命的感觉，生和死霎时间不再是个哲学的问题，而是极其的家常。我们登上高耸的教堂尖顶，从这一个尖顶望着那一个尖顶。钟声在每一刻里庄严地响起，好像来自天庭的一个什么神圣的消息。教堂下的广场上，满是乞讨的艺术家，唱着歌，吹着笛子，在方砖上涂着大幅的水粉画。一个年轻人在画一幅肖像，那是一个女孩的肖像，女孩正蜷缩在一边，手里拿着一幅她的照片。她是那么美丽，额头、鼻梁、下颏的线条是那么纯洁而俏丽，脸颊极其柔嫩。尽管她浑身上下沾满了肮脏的泥土。那是一个料峭的阴天，她只穿了一件单薄的衣裙，一条稀脏的披巾包裹着她索索作抖的肩膀。她套了一串手镯的线条柔和的手臂，从披肩下伸出，捏着一小截几乎没有了的烟头，一口一口贪婪地吸着，然后她又坐下，努力将披巾包裹着一双裸着的漆黑的脚。她的膝边放着那一张相片，底色是高贵的孔雀深蓝，衬着她姣好的脸颊，像一个明星，又像一个模特儿，她究竟是做什么的呢！她究竟是什么人呢？后来的日子里，我断定她一定是一个伊朗人。我们在傍晚的时候回到了波恩，走过波恩方砖嵌拼的贝多芬广场，去香江酒店吃我们迟到的晚饭。

第五天是一个节日：赛德尔夫人的生日，她包下了一艘游艇，请了她的许多朋友们，包括我们，游莱茵河。我们坐了满满一船，沿了美丽的河岸行驶，昔日的古堡早已成了一个个童话，立在河岸护卫着我们的漂流。船上有一个作家，他的一个短篇小说已为我们翻译并且收进了一本德国当代小说集，名叫《告密者》。他是一名真正的工人作家，他的作品总是以反映工人生活为主题。他曾经因为写了工厂的阴暗面而被工厂开除，他打了官司，并且胜诉了。现在他已经退休，住一幢郊外的小房子，专门写作。他非常想去中国，希望我们能够邀请他。这一日，他特地带了那本德国小说选，让我立刻就看，可是这么热腾腾的集会，我很抱歉我没有一点阅读的心情。

船上有许多土耳其孩子，均是黝黑而结实的皮肤，卷曲的头发，精力十分充沛，胃口极佳，大冷的天且还下着雨却永远聚集在露天的甲板上。他们的父辈是在德国经济萧条时期来到了德国，而在如今，却面临了严重的失业的危机。赛德尔夫人以她的慈悲为怀而获得了许多土耳其朋友的真实的友情。来为她祝寿的朋友们中间，还有一位削瘦孱弱的老人，他在集中营里度过了漫长的八年，至今孑然一身。我问他为什么不找个老伴，他说他曾经试过，可还是觉着这样一个人很好。可是将来怎么办？他很乐观地告诉我们，将来他可以进养老院。我们共同地想起了汉堡的养老院，心中总有些凄凉。我又问他，你为什么不写一写在集中营的遭遇，他像孩子一样天真地笑着说："许多人都已经写过了，那都是差不多的遭遇。"然后，他和大家一起唱歌，唱海涅的那首关于莱茵河的著名的歌。他很不惹眼却很快活地站在人群里，常常跟不上节拍，便害羞地笑着，翕动着嘴努力跟上。他那瘦小的身躯是如何经受了八年集中营的岁月，八年集中营足可塑成一位骄傲的英烈，而他却这样地平凡。

有一个苏联纪录片，名叫《普通法西斯》，结尾是一个小女孩在讲一个故事："从前有一个母鸡，它生了一个金蛋。一个小老鼠爬上桌子，尾巴轻轻一扫，金蛋掉在地上，碎了。爷爷哭了，奶奶哭了，可是，不要紧，母鸡说，我再下一个金蛋。"

那是在莱茵河上永不会忘记的一幕。

第六天，我们往慕尼黑去了。这可说是我最向往的地方了——慕尼黑。那是一种热情的美丽，雨是透过阳光而落在草地上，露珠是晶莹而灿烂的。人们都说这是一个保守的地方，巴伐利亚——上帝和国王是它们永远不朽的权威，而他们又像爱自己家人一样平凡而亲切地爱上帝和国王，他们很嘴碎地流传着上帝和国王的轶事。我永远不会忘记，那一个从市场归来的妇女，走下圣米歇尔教堂的地下室，将鲜花献在路德维希二世的棺前。我永远不会忘记巴伐利亚给予我们的热烈的欢迎。离开慕尼黑我们再次北上，到了斯图加特。

在斯图加特逗留了一天，做了两件事情，一是和一个教会的慈善组织座谈，座谈的内容几乎全都忘记，只记得几位先生轮流虔敬地读着一份份报告。印象尤深的是去往慈善组织的路上，那是刚吃完一顿颇有救世意味的简朴的午饭之后，天下着相当大的雨，我有幸与那组织的负责人合用一把宝贵的雨伞。我想他大约是一位牧师或者神甫，因他宁可被雨水打湿一半而不愿与我靠拢一些。他大踏步地走着，带我穿过地下道，这时候，他忽然重重地严厉地一个字一个字地用英语说道："请，看，你，的，右，边。"——我陡地回过头去，右边的地道边上，蜷曲着一个无家可归的流浪汉。在斯图加特的第二件事则是同伙伴一起看了一场美国恐怖电影，名为《地狱下的魔鬼》，我们就像格林童话里那个不晓得什么叫做"害怕"的傻子一样，要去接受教育。电影院空空旷旷，只坐了寥寥几人，于是便无援无助地无以壮胆，失魂落魄地走出场来，天色已近黄昏。

最后的一周是在爱佛尔山间一个名叫"磨房"的别墅旅馆度过的，这是赛德尔夫人最爱的一个地方，她每年几乎都要来此地度过几日。这是一个僻静的地方，远远地离开了喧嚣的城市和紧张的高速公路，一轮巨大的水车在后院山下永恒地转着，带起一披乳色的水波。绿树遮掩，层层密密，雨水沙沙地落在斜斜的屋顶，弯弯曲曲从天窗上爬下。旅馆里有游泳池，有保龄球房，有酒吧，餐厅一日三餐都有供应。客人不多，门前略略停了三五辆汽车。到“磨房”的当天晚上，使馆的孙书柱先生便通知我，雅知书店的黄凤祝先生邀请我继续访德的申请已获正式批准。心情是十分的复杂，非常想家，回家的快乐几乎成了一宗理想，并且，与代表团的伙伴们都已相熟相知，独独一人留在德国，实在有些凄凉，然而我却又知道，假如任性放弃了机会，将来一定会非常后悔。这一个月的旅行实在收获很不大，甚至对德国还没有形成鲜明的印象。旅行至今，我都从来没有想过，要写一些关于德国的什么，无甚可写。这一月过得实在是浑浑噩噩，糊里糊涂，当然，确是一次快乐的休息。在同伴们的劝说与鼓励下，我终于下了决心，第二日一早，随了孙先生进波恩办延期签证，而大伙儿则去附近一个十一世纪的古堡参观。汽车上了高速公路，开始不限时速地飞驰，太阳高照，不一会儿，便看见了莱茵河，远远看去，河边的古堡是那么精致，精致得有些不真实，像一幕古典戏剧美丽的布景。心情不觉有些快活，心想，留下来其实也挺好的，假如回去一定要后悔的。汽车进了城，到了雅知书店，黄先生让一位打工的学生小陈陪我去移民局签证。小陈是杭州来的学生，已经结婚，刚刚做了父亲，我们很快就走到了移民局。那位官员大概对我印象很好，二话没说就盖了图章，而不似以往经常发生的那样，须跑上三五趟才可签下证来。当我们再度回到"磨房"，已是晚饭之前了。小小的山间旅馆里几乎没有别的客人，就只活动着我们这些人，在彼此的房间串门，极像一个国内的文学笔会。伙伴们上午参观的古堡据说有着极其阴森的气氛，有许多女人处死在古堡里面，充满了幽灵出没的气息。在我缺席的这一个白昼里，伙伴们还发现的是，那充满在整个山间里的阴森神秘的气氛。同伴说："这地方一定有鬼！"他们指引我去看那旅馆前后的植物，那植物确有一种奇异的肉感，或许是因为过于肥硕，茁壮得有些狞厉了。虽则对那植物并没生出多少恐惧，可终因他们的启迪而渐渐抱了成见。我不觉也感到了一种阴郁的神秘感，那是充满在整个的德国的——顶楼，地下室，斜斜的天窗，石块嵌拼的小街，窄巷，深廊，均流露出上千年的古老的神情，那不可获知的上千年的故事隐匿在每一道墙的裂纹中、石块的拼缝间、顶楼的天窗下。我想在美国的日子，即使是鬼魂喧嚣的"万圣节"，穷凶极恶的迪斯尼"鬼馆"，都不令人生出恐惧，那是一个阳阳然的国度。从此，这一种隐隐的恐惧便一直潜伏在我的意识和心情里，使得我常常惊慌失措，自己给自己创造了许多可怕的故事。

第二天，我们乘车去了马克思的故乡特里尔，在古罗马时代的遗址大黑门下，有一个小伙子在地砖上临着毕加索的图画，画边放了一个乞讨的小盒。上去与他搭了几句，他告诉我们，他是本地人，本来是个开饮料车的司机，后来失业了。他非常坦然，神情也很轻松，这样的生涯看来并非完全的生活所迫，而更多地出于他的选择。这样的人，我们见过许许多多。然后，大黑门下又冲来一群青年，大喊大叫着，我们想起曾经在地下道与他们相遇，他们唱着古怪的歌，叫人学也学不上来。他们唱着歌冲上大黑门，将一杆什么旗帜从顶上的窗孔里伸出来挥舞，大群的鸽子从窗孔里飞出来，在空中盘旋。猜想他们是一些新纳粹分子，据说，这也是德国的新问题。四十年的和平已使有些人感到腻味。

从特里尔回来，又去了赌场。这是来德国之后，唯一的一次，必须要西装礼服才能入内的场所。赛德尔夫人送给我们每人两个筹码，让我们概率极小地碰一次运气，运气都很平常。

下一天的活动是去“三国之角”，在一个山顶上，一边是荷兰，一边是比利时，一边是西德，山顶没有国界，各国人民坐在石阶上，太阳暖暖地照着。从亚琛回来，在爱佛尔山间小路走车，经过一个极小的城Blankenheim，小憩一时，再向“磨房”前进，便意外地遇上了那个德国著名歌星Udo Lindenberg的摇滚音乐会，这是一个十二万人的疯狂的集会。

再下一天是去科隆。在“磨房”的日子，每过去一天，那代表团离去的日子就近了一天，我竟会有一种近乎绝望的心情，我真是太怕他们回国而撇下我自己，我自己将会何等地寂寞与孤独，我是想都不敢去想那一日的。到科隆是去看一个罗马-日耳曼人的博物馆，所有的解说都是德文，一个字也看不懂。一位同伴向那服务人员询问一些玻璃器皿的年代，那先生背了手紧贴着墙壁，一双眼睛如受惊的兔子一样睁着，同伴便去拉他，他则更加惊恐地贴了墙壁不肯走，好像面临了很大的危险。翻译金弢过来才解了围。这是这个博物馆所给予我们的最有趣的一件事。因实在无聊，便去了博物馆附近的大教堂，那大教堂就在博物馆的一侧，这一侧的窗外，教堂如一座山峦一般默默地伫立，怀了一种巨大的威慑力量，钟声传来神圣的消息。我走出博物馆，穿过半个广场，风大得几乎将人击倒，从教堂的尖顶呼啸而来，像是神的意志。我又一次地走进了科隆大教堂，高远的穹顶又一次将我攫住，两边的祭坛熊熊地燃烧着成千上万支蜡烛，蜡烛的火光映红了黑暗的墙壁，火光摇曳着，好像是一首宏大而低沉的合唱，烛光无声地合唱着，吟颂着一个无名的伟大的意志。忽然，铃声响了，铃声从烛光上空黑暗的穹顶下流利地穿行而过，管风琴声从四面八方涌起，一瞬间充满了辽阔而深远的苍穹。红衣主教出现在前方的高高的讲坛上，我这才看见，在我面前，是一片虔诚的人们，早已静静地坐在长椅上等待，他们无言地站立起来，主教鲜红的衣袖，如一面神圣的红旗，拂过他们头顶上那一片无垠的空间。后来，我才知道，这一日是圣灵降临节。

下午我们去了Krefeld，在赛德尔夫人家做客。晚上，则去了“磨房”附近一个小镇上的迪斯科舞厅。然后，我们去了Koblenz，再然后，与赛德尔夫人及朋友们召开了告别晚会；然后，最后的一日到了，代表团要走了。

代表团走的那一日天气特别地晴朗，而且彻日地晴朗，是德国难得的好天气。汽车离开“磨房”旅馆，驶向法兰克福。在法兰克福，我们还来得及去“歌德故居”，从容地在一家开张不久的中国餐馆吃了午饭，然后，他们是真的要走了，我是真的要自个儿留在德国了，一个人的旅途真的要开始了。将他们送进机场长长的甬道，我再回转身走出长长的甬道，我就好像第一日来到了德国，我身边的所有的景物都在告诉我——这是德国，这是德国！而在这之前，却全不是。

汽车在夜晚的高速公路上驶向波恩，这是第一次在夜晚走高速公路的经历，夜晚的公路是那么寂静，寂静得使人思想都空洞了。黑暗的公路上有着闪亮的车灯，如流星飞过轨道一般急速地掠过，加油站的灯亮是那么渺小而冷落，那整整一团人的撤离使得加油站都寥落了，原来那是多么地热闹而快乐啊！影影幢幢的树丛在公路两边无声地滑过，深蓝的夜幕笼罩了德国，汽车像一只甲壳虫一般在夜幕下没有尽头地奔驶。就是在这一个夜晚里，我忽然地生出许多心情，越来越多的心情在我的胸中十分拥挤，压迫着我，我很想说一说，告诉那些我认识、我知道，也认识我、知道我的人。

以后的旅行，基本上也还是前一次的路线，以波恩为据点，北上，然后南下。我最先去的地方是维思巴登，在维思巴登的三天里有一天是去海德堡，海德堡的露天音乐会，完成了我第一个旅德的故事，这是一个关于贝多芬，也关于希特勒的故事。于是我便决定，要写一部《旅德故事》。

从维思巴登回到波恩，再向吕贝克进发，在波恩停留的一日里，从早到晚下着不大不小的雨，我在一个小店里买了一把小伞，然后撑了伞走到贝多芬广场，广场被雨水浸透了，石块如成千上万个明亮的水洼，我从水洼上走过，从石面上看见了自己的倒影。我向贝多芬走去，贝多芬立在石头的底座上，高高地立着，他的手上挂了一块标语牌，已被雨水打得透湿，我猜想那大约是一块反战的标语，因为前一日，当我还在维思巴登的时候，这广场上举行了一场反战的示威游行。雨是不息地下着，贝多芬立在雨中，望着撑了伞的波恩市民们忙忙碌碌地走过广场，去商店购物。这天晚上，我们去一个名叫Attendorn的小城，那里有一个“政治学院”（Politische Akademie Biggesee），学校有一个德中友好的组织，我们去开一个报告会。这组织的负责人Neufurth先生开车来接我们，路上要经过一个著名的水库。雨是永远地蒙蒙地下着。这一个“政治学院”有点像俱乐部，又有点像度假村，不过度假与聚会都需有一个题目作为活动的中心，今天的题目则是“中国”。在座的大多是老人，又以老太太居多，却还有一个十分可爱的中学生。我问他为什么要来这样一个会议，像他这样的孩子，通常是去迪斯科和酒吧的，他回答说他对中国有兴趣，他爱中国的艺术。此外，座上还有两名从科隆来的中国留学生。报告会之后，参观了这一所建筑，底楼大厅里的壁炉前，三个女孩子在讨论着东德的文学作品，壁炉的火光映着她们年轻的脸颊，十分地温暖。然后，我们便上了车，车上还有北京来的画家古干、一位自愿担任翻译的越南华侨小张先生。我们一起聊天，不知聊到了什么题目，好像是谈起了一些历史人物，我忽然冒出一个问题："Neufurth先生，你对希特勒怎么看呢？"小张陡地缄住了口，回头看看我，说："你问希特勒？"我点头："我不知道可不可以，可是我非常想问。"小张沉默了一会说："可以，但是让我想一想怎么问才好。"他点上一支烟，低头沉吟着。汽车里突然变得十分安静，只听见雨点沙沙地扫在窗上，Neufurth先生也沉默着，凝神注视着前方，雨刷将前方车窗上的雨水扫成两股溪流，潺潺地流淌下来。小张将烟头揿灭，回过头小心翼翼地嘟哝了一声，那位先生欣然作答道："可以！任何问题都可以提。"气氛一下子活跃起来，雨无声地一层一层降下，车轮歌唱着驶过公路。

"事情是非常复杂，为了使我们的讨论比较方便，我们先将一些次要的问题解决，比如说二次大战前德国工业的危机，经济的低潮，民族思想的分裂，等等。"

那么剩下的，主要的问题是什么呢？

"我们德国人——"他开始说了。他说得很多，很长，很平静又有点激动。小张几乎来不及将他的话翻译过来，他就又接着往下说。他很平静地回顾着在他出生之前那几十年的历史（后来我知道他出生于一九五二年），他好像出生以来就开始在思考那两次大战之间的历史，因此他便已经思考了四十多年，而足以有充分的勇敢和理性探讨他们“德国人”了。我不觉受了感动，我感动地又一次想那个关于“金蛋”的故事，想起母鸡安慰爷爷和奶奶：“不要紧，我再下个金蛋。”

第二天，我去了吕贝克。在吕贝克第一个二十四小时，几乎抵得上我这半生里孤独的经验，有了这二十四小时的经历作底，以前和以后的孤独就不再算得上什么。那是一无旁证，最终连自己都证明不了自己的二十四小时，我甚至从这孤寂中体尝到了死亡的意味。而所有的离奇的遭遇似乎都是从这二十四小时开始，从这以后的遭遇连自己都觉着奇怪，不可言传，无法使别人信服，而我是样样都需要别人信服，然后从中得到鼓励的。我虽然爱好飞翔，却只爱那种风筝似的飞行。无论飞了多远，都有一根线牵连着我的出发地，而觉得安全，觉得前途与归途一样地光明。我不惯做一只无羁无绊的鸟，四处为家。而当我独身一人到了吕贝克时，我觉着我就像一只断了线的风筝，这是足以使我彻底妥协的二十四小时。过后回想，也觉着这是我旅德的最有意义的二十四小时。

吕贝克是个奇异的城市，它有着一种寂寞与荒凉的表情，它终日充满了庄严的宿命的钟声。极目望去，四处是教堂的森严的尖顶，鸽群在尖顶旁盘旋，挟裹了一种不祥的预感。教堂是那样肃穆，全然不似巴伐利亚的教堂充满了生命的欢腾。巨大的廊柱上没有一点装饰，没有装饰的穹顶在极远处压迫着人的心灵，像一个没有星月的暗夜。我独身一人地在这吕贝克，身边没有一点东西可为我作挡，好让我和吕贝克间开距离，于是我便彻底地被吕贝克掳去了。它使我充满了疑虑，当我从吕贝克回到汉堡之后，我到处向人们提出这样的问题：

首先，我们知道，有种观点认为，基督教是比天主教更为进步的宗教，比天主教更承认人性，更具民主与人本的色彩。其次，我们知道德国的北部是基督教为首，宗教革命的领袖马丁·路德是在北方，知识分子常说：没有马丁·路德便没有德国。而天主教至今在南方，尤其巴伐利亚，几乎统率了人民的思想，然而，我却感觉到，北方教堂的气氛，以及城市与生活的气氛，更有压抑感，甚至有些严酷，而南方却更多生活的欢愉和天性的解放。

第一个回答我问题的是德国新闻社的记者Edelgard Simon女士，那天本是她要对我进行采访，而我迫不及待地向她提出了这个问题。她回答我说，北方的天气忽阴忽暗，变幻无测。吕贝克是一个海港城市，很多居民以航海为业，出海的船只常常覆没，有去无回，人们深感生死无定，命运的力量不可战胜，因此，北方的宗教里便充满了悲观的宿命感。我想起吕贝克教堂里遇到海难的船的残骸，想起昔日水手云集的粗犷的酒吧，想起教堂里有一位老人忽然地歌唱起来，歌唱着从死者的名字前踱过……她又说到宗教改革兴起的经济的原因以及对经济的推动，为我分析了德国的经济分布情况。因北方是港口，经济发达，首先兴起了工业革命的要求，而天主教使它们感到束缚，因此宗教革命便在沉郁的北方兴起。在德国，也许是世界上所有的地方，宗教绝不仅仅是一桩教堂里的事情，也不仅仅只有人性的内容，它实际上是人们政治生活、经济生活、文化生活的全部。

接着回答我的是一位哲学研究者。我们是去看他太太的，他太太是上海姑娘，六七届初中毕业生，插队之后考进江苏省盐城地区的一个县文工团拉小提琴，恢复高考后又考进上海音乐学院提琴制作专业，后来到了德国汉堡。他们家住在一幢公寓的顶楼，不大的两间屋，一间便做了她的工作室。她在一家著名的琴行工作，老板允许她将一些活计带回家来做，隔日去一下便可。那位哲学研究者的回答是，天主教注重形象的展览，强调感官的直接印象、气氛的渲染，所以天主教的教堂四壁便绘有宗教故事以及劝诫世人的图画和浮雕。这些图画、浮雕强调到了极端，便成了独立的艺术，教堂则成了艺术家的用武之地。而基督教却注重说教，基督教的教堂里常常是徒有四壁，这便是南方教堂与北方教堂不同的原因。而巴伐利亚无疑是一个保守的地方，尽管他们好客，对人热情，其实他们对外是十分排斥的。而不像北方人，你很难与他接近，可是一旦成了朋友，他永远不会背弃你。他指着自己的胸口说，我是南方人，可我也这样说。

在汉堡除了讨论宗教问题，还看了几场电影，一是美国的《野战排》，二是陈冲主演的《大班》，听了几场音乐会，看了一个博物馆，在路上看见一个流浪汉在地上写道："我和我的狗从巴黎走来，为了看看汉堡的风光，请大家帮助我。"在他身边，果然伏了一头疲倦的大狗。第二天早上从汉堡往波鸿去，梁先生送我到火车总站，站在月台上等车，望着天桥上的一排小店，不由想起第一次和代表团来到汉堡，早晨我们在这里溜店，有一个店里出售古老的猎枪，有一尊银饰的炮非常帅气；还记得我们轮流在那上边拍照，有一位先生主动要为我们合影，那情景回想起来就像上一世的事了。后来，火车来了，我上了车，从车窗里望着梁先生老实而真挚地随了火车一步一步走着，直到再也看不见为止。火车驰出了汉堡——这一座和我故乡上海很相像的城市，驰进了绿树红花的田野。火车的路线是一条罗曼蒂克的路线，蜿蜒在小树林里。那一截蜿蜒的铁路，像一个旧时的遗迹。火车静静地驰进一个城市，又静静地从教堂下驰走，中午的时分便到了波鸿。

在波鸿的鲁尔大学有一个关于中国当代文学的报告会。鲁尔大学据说是西德自杀学生最多的一个大学，经各方研究，是因为学校的建筑。那建筑果然有些沉郁，有压迫感，黑色的钢铁搭成脚手架的形状。报告会结束便乘坐黄凤祝先生的汽车一径回到波恩。

别后几日的莱茵河，是那么亲切地出现在眼前，竟有些感动。后来，每当我外出旅行再回到波恩，莱茵河总是那么亲切地出现，它是我在德国最最稔熟的朋友了。然后，我就要再一次地南下慕尼黑。

这一次的南下，也是一个相当庞大的队伍，黄凤祝先生开一辆车，车上有我、画家古干、作家丛维熙，古干和老丛要去奥地利，前者是去联系画廊办展，后者则是应邀讲学。黄先生的太太安妮开一辆车，车上有阮嘉玲和她的母亲、妹妹，以及她刚出生不久的婴儿。阮小姐是黄先生的秘书，几年前从香港来到德国，原本是在酒店做酒保，后来见她喜爱文学并且相当有文才，黄先生便将她调到书店。她的母亲和妹妹是特地来照料她生产的，如今快要回去了，便趁此机会去慕尼黑游玩。两辆车在正午十二点的时候上了高速公路，天气格外地晴朗，甚至有些炎热。我们的汽车沿了法国边境的小路走，因要去一个名叫St. Wendel的小城，为古干去联系一个画廊。午后的乡村非常宁静，洋溢着泥土和青草新鲜而苦涩的香味。一路上，每到一处加油站便与慕尼黑的朋友通电话，阿克曼早已为我买了一套慕尼黑电影节的票子，因我的延误已只剩不多的几场。慕尼黑的电影节特点是，参展的大都是有争议的探索性电影，这一届汇集有几百部的各国电影，我们中国带来的是《黑炮事件》和《城市假面舞会》，还有香港的《天菩萨》。今天晚上十点钟的一部电影是苏联的，据说在苏联禁演了多年，名字叫做《忏悔》，他们嘱我一定要力争在十点之前赶到慕尼黑，否则就太遗憾了。可是，当我们驶进St. Wendel的时候已是下午五点。这是一个很小的城市，如同玩具一样精致而小巧，却说有十一万居民。我们从教堂前走过，走下一条下倾的小街，找到了那个画廊，是一幢极小的二层楼房，老板已经下班回家，只有一个女秘书。然后我们便去喝咖啡，咖啡馆里有一群服兵役期满的年轻人，喝着啤酒吹着小号，大喊大叫。估计这群人是此地的驻军的士兵，这么一个小城绝不可能有这么多的青年同时服役。这一带的公路上，不断有美国的军车过往，还路过一个有着奇怪库房的地方，像是一个飞机修理基地。这一次南下，我注意到了斯图加特是如何接近我们的。那是一个山城，教堂，古堡，房屋，布在一道山峦上，慢慢地向我们过来，而太阳在迅速地西去，落在一峦松林后面。

黄先生向我说，今晚是无论如何也赶不到慕尼黑了，即便是赶到了，这一伙人也很难很快地找到地方投宿。所以，我们不得不在距离慕尼黑尚有一个多小时的Günzburg，安妮父母的家里过一夜，明早再往慕尼黑。

安妮是个非常美的德国女人，脸色有些苍白，有一双很大很深的眼睛，她永远穿着黑色的衣服，还将头发染成黑的，在黑沉沉的密发中，那一双极大的眼睛便十分地神秘。她是学汉学的，能读通中文却不会说（在德国有许多学汉学的都是这样，包括《小城之恋》的翻译卡琳）。安妮的世界里所有的色彩都被她简化成黑白两色，她养了一只漆黑如夜的大猫，她屋里墙上挂了日本的脸谱，雪白的脸上有两瓣鲜红的唇，即便是红，在此处也得到了黑的效果，是一种略有些恐怖的效果。她桌上有一只从美容店顺手牵羊牵来的做发饰的人头模特儿，白瓷般的一具头颅上，扣了一顶黑色的毛线帽，进门处则是一长条黑白的照片，照片的人物均是“朋克”。据说安妮从前是一个“朋克”，至少她是有着许多“朋克”朋友，她说“朋克”中有许多好人，并且是可怜的人。我觉得安妮接受“朋克”，只不过是接受了“朋克”的文化，这文化中有一种神经质的恐怖而神秘的气质，还有一种叛逆的不安的激荡的精神。而安妮又很喜欢日本的文化，“雅知书店”的名字是她与黄先生斗争而又相互妥协的结果，最终是黄先生出了一个“雅”字，安妮则获得一个日本味的“子”，然后取了谐音“知”。书本的装潢是由安妮设计决定，也是黑色当头。看着安妮静静地坐着，悄然如影，而偶然地会发出孩子才有的纯洁的嬉笑声，心里总有一种奇怪的感觉，好像面临了一个美丽的谜语。

然而，不曾想到，安妮的家却是那么亲切和平常，我们到的时候，她的爸爸妈妈、弟弟和两个妹妹都在客厅里闲话。她的家人均是金黄的头发，白皙的肤色，身体又结实又匀称，安妮黑幽幽地坐在她的白净的弟弟妹妹中间，便生出一股奇特的意味。不过，看到安妮活泼泼的一家人之后，安妮的来历便好像清楚了，好解释多了。

我独自一人睡在安妮小妹妹的顶楼，床就在倾斜的屋顶下，不小心便碰了头，一夜睡得很熟，醒来已阳光满屋。当我们与安妮父母告别上了公路的时候，天却布满了阴霾，进慕尼黑时便下起不大不小的雨来。慕尼黑电影节只剩下最后一部电影了，是一部伊朗电影。我们无法想象，这时候的伊朗，会生产怎么样的电影。观众很多，偌大个电影院全部客满了，在座有许多伊朗人，身穿十分贵重的衣饰，坐在座位上静静地等候开映。电影是讲一个男孩，是个孤儿，自己住在一艘废船上。他和一群孩子以打捞海里的酒瓶为生，每日里的某个时候，就有一艘客轮从海边驶过，总会抛下许多空瓶，他们使用轮胎载着木箱去抢这些空瓶。他后来干腻了这营生，又去给人擦皮鞋，却遭了诬陷，这是一个倔强的永不会屈服的男孩，他最终是在海滩卖冰水。当他好容易抢购得了一块冰，却被人抢走了。他紧紧不舍地追赶那人，那人再没有想到这男孩是这样不会气馁。他最终夺回了那冰，冰已溶化了一半。孩子捧着溶化着的冰，朝海滩奔去，冰如燃烧的岩浆一样灼伤了他的手，而他不放弃，捧着灼手的冰奔跑着，最终那冰溶化成了小小的钻石一样的一块，在阳光里，闪烁出耀眼的光芒。我不由想起汉堡的大街上那些蜂拥而上的女人们，想起科隆大教堂下那俏丽的瑟缩的身影，伊朗人，是些什么样的人啊！

在慕尼黑的首要任务，就是跑教堂，我的德国朋友阿克曼开了一辆借来的车，带着我跑遍了巴伐利亚著名的或不著名的教堂。我越发感觉到，宗教于德国绝不是一桩仅属信仰的事情，它几乎是源生了一整个民族的文化。巴伐利亚是一个上帝特别垂爱的地方，天气那么好，风景那么好，阳光如同金子泻在碧绿的草地上，因此，巴伐利亚必得感戴上帝。北方的上帝使人想到死，南方的上帝则使人想到生。在慕尼黑的这一个旅行中，充满了教堂，所有的各种时期各种风格的教堂最后全混淆在一起，合成一幅瑰丽、热烈、生气盎然的图画。而在了阳光明亮的巴伐利亚，回想着寂寞沉郁的吕贝克，竟会感受到吕贝克的沉郁里的一股惊心动魄的力量。从慕尼黑回波恩的那一日气温达到空前的三十四摄氏度，这是顶顶热烈的阳光了，德国人汗流浃背地坐在太阳下暴晒，生怕错过了时机。我们路过Würzburg，那里正举行每年一度的葡萄酒节，人们坐在啤酒棚下，车队演奏着爵士和古典音乐。我们在Würzburg的王宫晚饭，夜幕降临的时候，就在我们的脚下，忽然喷然而起一道光亮，我们好像身处在一个巨大的舞台上。在我们脚下，亮起一排雪亮的灯光，照耀着我们身后的巍峨的王宫，我这时候方才明白，昔日的王宫是如何在夜色里通体透明。天黑了，露水像一场蓬勃的小雨，浸润了黑暗的高速公路，车灯如流星一般在公路上迅疾地飞掠，穿过蒙蒙的雾气。深夜三点的时候，汽车驶进了波恩，莱茵河明亮的在夜色里流淌，河水温暖如夏。

在波恩休息了两日，便要去我最后一个地方，那是靠近荷兰的斯特拉伦，一个小镇。镇上有一个“翻译之家”，是查艾克介绍我去的。我的《本次列车终点》，便是他在那里翻译的。我永远难忘斯特拉伦的宁静的墓地，教堂里当当的钟声，“翻译之家”的朋友们，以色列人，乌克兰人，法国人，美国人，南斯拉夫人，芬兰人，那可算是一个小小的联合国了。我们的小小的联合国曾在一起温暖和煦地度过一个夜晚。在那里的五天生活，我无一遗漏地写进了我的日记，每一点细节都包含着无穷的回味，足够我快乐地享用很久。而这已经是德国最后的旅行了，回家的日子一天一天地接近，简直像是一个理想的实现。我不知为什么，无法无牵无挂地旅行。我走得再远，我都想着我的家，好像有一根线牵着我，这是我永远的宿命的羁绊了。我无论走了多远最终都是回家，回家。

回到波恩又去了一次卡塞尔，看一个国际性的艺术展览，然后，最后的一天到了。直到最后的一天，我才留恋德国。我从莱茵河的桥上走过，看着莱茵河水从脚下流淌，岸边是美丽的古堡，教堂的尖顶萦绕着庄严神圣的钟声，我走下桥，走到莱茵河边，鸽子在河畔啄食，太阳明媚极了，我在一条白色的长凳坐下，那头有一个老人对我说“早安”，一群旅游者在河边拍照，我想起我们第一日来到德国，也是在河边推推搡搡地拍照。一艘游艇慢慢地离岸，沿了河岸去作一次美好的漂流。钟声响起，好像告别的歌唱。田里的麦子也黄了。然后，我站起身，走了。

又旅德国

一个人看海，时间变得无限，空间也变得无限，只有风是有形有界限的，它吹过来时，人好像有了可依附的实体，不致在天海之间沉没。

又旅德国

又一次来到德国，走在汉堡的大街上，许多情景出现在眼前：乞讨的伊朗人，从巴黎来观光的青年与大狗。迷路时我向一个先生问路，他抢先回答我："对不起，我不是汉堡人。"于是我问了第二个先生，他是那样认真，在我手中的地图上先找出我们站立的位置，汉堡的地图精确无误，连一个小小的岔口都有清楚的标记，继而再一一地指示。在汉堡的火车总站，一位过路的行人，热心地要为我们合影，我们本来并不打算合影，便只得合了一张，这张照片一直保存在我的纪念册里。有一位老头忽然在我面前站住，问我从哪里来，我说"从中国来"，他便用蹩脚的中文一字一字地说道："恭喜发财！"说罢就走下了地道，一会儿又返回来，大声地用同样蹩脚的中文对我说："你很美丽！"……我不曾想到，在这个异国的城市里，竟也有一些可供回忆的东西，回忆使我注意到时间的流淌，我想：我生活里有一段时间过去了。

汉堡依然阴晴无定，云来了，就是雨，云走了，太阳便照耀着大地。我们在雨中乘船游览了港口，参观了仓库博物馆。船在潇潇秋雨中驶过黑暗的河道，两边是巨大的昔日的仓库，遮住了天空，石壁上布满了黑色的苔藓。孩子们在博物馆吵吵嚷嚷，在木板地上吱吱嘎嘎地奔跑。我想起上次在德国参观博物馆的经历，发现博物馆里总有着许多孩子，他们对他们出生之前的生活与人物有着很多好奇，而那些年代久远的照片与实物显得那样不真实，就像一个虚拟的枯燥的故事。于是他们最终聚拢在一位茶博士跟前，等待他品茶的演出。他已经全副武装，围裙系好，长案子上一字列开数十个茶叶盒，还有茶盅，脚边放一个铅桶，一壶水坐在电炉上，突突地冒汽。然后表演开始。他从一个小盒里取出一杆精致的小秤，一一称着茶叶，放在不同的茶盅里，再冲上开水，然后吸一口茶，漱口一样漱了一会儿，再吐到铅桶里，只听茶叶在他口中汹涌地激荡着。我们忍不住要笑，而孩子们一律严肃和认真。窗外是潺潺的雨，隔着雨帘，我望见对面裸露的红砖，年代久远的坚实的红砖直垒上天空，有水鸟在飞。在上一次汉堡的雨天里，我们去一个郊区的养老院，鲜花在雨中格外地娇艳，老人们坐在轮椅里围着一张长桌，沉默地看着我们这些来客。那位欢迎我们的太太说：老人们总是抱怨孩子们来看望得太少，其实，这是不明智的，因为孩子们自己有很多事情要做。我想起在我们走过的房间里，有一个衰竭的老人，护士们说，她将不久于人世。这时候，她大约已经安息，不再抱怨，墓地的阳光是多么的明媚。教堂的钟声传来，报着时辰。我们离开了博物馆，雨将卵石路洗刷得十分清洁。

这一回我们住的是一个家庭旅馆，名叫“海鸥”，正在湖畔。早晨，可从窗户里看见太阳从湖心升起。老板娘长得雍容华贵，栗色的头发，有一绺鬓发却被她染成火红色的。她每日天不亮就起来，忙着做早餐。等我们起床后，便见临湖的早餐室里，雪白的桌布上摆好了刀叉杯碟，一壶咖啡、一壶红茶和一壶薄荷茶，热气冉冉地温在炉火上，筐里放着刚出炉的面包和新鲜的奶酪。有时候，有两个青年学生来打工，帮忙收拾房间和洗澡间，每隔一日洗一回衣服。因洗衣机在我的洗澡间内，因此老板娘总是先来问我：“安忆，你现在用不用洗澡间？”然后才进去工作。洗好的衣服她总熨烫平整，挂在我们各自的房间门口。有一回，我房里的杂物架倒了，我便请她修理，她一边扶起架子，一边用英语说：“对不起，这是我儿子做的，因他是个年轻的男孩，做事情总是这样。”于是，我就知道，她还有一个儿子。在一个周末的晚上，她向我们告假，说要去听一个音乐会。她穿了一件褐色的麂皮上装、深色西服呢裙，怀里抱了一只黑猫，娴雅地微笑着。我希望是一位先生约她去的，这先生应当高高的，帅帅的，对她体贴而温柔。据说常有一位先生来访，可我从未见过。

我想起我曾住过的大小各种家庭旅馆，德国有许多家庭旅馆。我起初并不习惯，尤其是当我独自旅行的时候。在家庭旅馆里，有一种特别的阴郁气氛，这气氛由这个家庭与众不同的历史、习惯而合成，屋角里的旧书报，墙上的旧照片，一只机敏的猫或强壮的狗，黑暗的地下室和神秘的顶楼，全都暗示着一个家庭的秘密，而你在这秘密之外徘徊，你无法不感觉到：你是一个异乡人，你是一个外国人。做一个外国人是很寂寞的。而在国际化的大饭店里，身在异乡的感觉便淡然了，那里是没有国界的，你甚至可以想象这是在中国，然而，这其实又是多么无聊和浪费啊！大约是因为前次旅行的锻炼，我对寂寞地做一个外国人已有所准备和经验，我变得能够适应而且有些喜欢了。我注意到在我床边有一小瓶鲜花，每天都换上清洁的水，我注意到枕边留有祝我做个好梦的卡片，还有两颗绿色的糖果：老板娘说因为中国人都爱喝茶，她便准备了茶具、茶叶和热水瓶；有客人来访，她总是亲自敲我的房门，说："安忆，有朋友找你。"我猜测着她的身世和遭遇，想着一个优雅的女人经营着一个湖畔的旅馆，将会有多少故事发生。

又一次来到汉堡，还叫我高兴的，是和老朋友相会。这相会使我们彼此觉得：距离可以跨越，地球是圆的，人与人之间不仅是萍水相逢，转瞬即逝。我万万没有想到，我竟然能够再次看到法埃。那一次难忘的吕贝克之行中，那一个神秘莫测的木偶博物馆，那一个和往常一样的早晨，我收到一个名叫法埃的陌生人的电话，他邀我去他的木偶博物馆，他请我在小饭馆吃饭，他带我去参加吕贝克名流汇集的晚会……那时候，我对他充满戒心，我觉得这个神秘人物转眼间便会消失，我回想他就好像回想一个梦，他对我说什么，我都不那么相信，就好像是一个人的呓语。他对我说，他的职业是一名电视摄像师，我怎么也不能将一名电视摄像师同一个木偶博物馆联系起来，我听过即忘，就像耳边吹过的风。可是，当我坐在汉堡市政厅里，庄严的汉堡艺术节开幕式的会场上，发现了扛着摄像机奔前奔后的人即是法埃。我早已忘了他的模样，可当他出现在我的面前，我立即认出了他。他淡黄的头发，淡蓝的眼睛，穿一件黑色衬衫。他也看见了我，遥遥地朝我微笑。会后，我在空旷的会场上与他见了面，他静静地站在我的面前，显得那么真实可信，我想，过去对他的不信任是多么不应该和荒唐。不知是因为一年多时间的隔离，还是因为这一回我不仅是个旅游者而且是中国作家代表团的一名成员，他的态度略有些拘谨，不晓得说什么才好。我说我那次回国之后，写了一篇文章，专门是关于他和他的博物馆的，他便惊喜地欢呼了一声，然后说，明天他将在吕贝克的木偶博物馆，等待迎接我们作家代表团。他的博物馆已交给政府，成为吕贝克的了。我说可是明天我不能去吕贝克了，而是要去荷兰。他怔了一下，然后用中文一字一字地说："王安忆走，我哭。"然后我们大笑。我想起那一次，他很骄傲地带了我在吕贝克的名流里走来走去，向人介绍我是来自中国的"人民英雄"，当即被我喝住；我还想起在他的博物馆里，专为中国的木偶设了一层展厅，播放着歌剧《刘三姐》的录音。我们隔开了几行座位，互相微笑地望着，然后他扛着摄像机穿过会场向门外走去，我则回到了欢乐的庆祝晚会上。这天晚上九点半，汉堡的空中升起了中国的焰火。所有的高层旅馆都开设了焰火观赏席，在九点半的时候关上了灯。姹紫嫣红的礼花无声地在夜幕上盛开与谢落，化成金银的雨点。

第二天早上，代表团驱车前往吕贝克的时候，我则去了荷兰。在来德国之前，我就想好，一定要去吕贝克，即使计划中没有安排，我也要抽空独自去一次，或者搭火车，或者央朋友开车去。上一次旅德的日子里，吕贝克的旅居是最最难忘的，我一个人孤魂一样游荡在古堡与市政厅广场中，头顶上飞翔着鹞鹰般凶狠的鸽群。我不知道再一次回到吕贝克会有什么样的心情，想起来就有些激动。在那遥远的地方，我竟留下了自己的足迹，我要去寻觅。然而，当我这一心愿不能实现时，我的心里却很平静，我也说不清我为什么又会这样。人的心情有时是这样古怪矛盾，越是向往的东西却越是要回避它。当我踏上去荷兰的旅途，我还在想着吕贝克，我想啊想的终于有些明白，吕贝克给予我的感觉是那样独特和奇异，我生怕这一次的寻访会损坏我所保存的记忆。我愿意让这一个唯我独有的吕贝克保存得长久一些。波罗的海的那一艘红帆船一生只可一次骄傲地航行。有些事情是不可重复的。

当我结束荷兰的访问，再次回到德国，从埃默里希（Emmerich）入境，去往法兰克福。这是一条沿着莱茵河的旅途，多少回忆随着莱茵河涌现在了眼前。莱茵河畔美丽的城堡历历在目，我曾以为那是永远过去的景象。在这样广大的世界上，这样短暂的人生中，我能二度来到同一条遥远的河边，真像一个奇迹。我们曾经乘了一条游艇，从波恩出发，为一位慈善的夫人做寿；我曾经站在往昔的海关炮台上，瞭望莱茵河的对岸，想象着旧日的割据与战争；在我那一次离开德国的前一天，我在河边坐了很久，一位老人向我问早，脚边落满啄食的洁白的鸽子……教堂的钟声从车窗前流淌过去，我想起科隆大教堂的钟声，去科隆我们也是走的这条路线，还有维思巴登，也是从莱茵河岸驶过。在德国，莱茵河是我永恒的路线，每一次旅行都是从莱茵河出发，再回到莱茵河，它使我感到格外亲近。使我觉得亲近的还因为贝多芬的缘由，我想，他是在这里出生的。那时候，我喜欢在贝多芬广场散步，无论是蒙蒙雨天还是阳光普照。还有一部分原因是来自《约翰·克利斯朵夫》，记得卷首第一句这样写道："江声浩荡，自屋后上升。雨水整天地打在窗上。一层水雾沿着玻璃的裂痕蜿蜒流下。"

德国本来像一个古典的梦，而再次来到德国的旅行使这梦变成了现实。

一九八八年　上海

法兰克福

法兰克福国际书市是法兰克福的一部分。那一年在法兰克福的巨大展览馆前驰车经过，就向往着有一个秋季，能够走进国际书市。据说，在那一个时刻里，就好像全世界的书籍都汇集到此，成为一个书的汪洋大海。一本书就像是一滴水珠，刹那间便淹没消失了。有时候，一本书包括了一个作者一生的悲欢歌哭。那么，在许多人生汇成的汪洋之中，一个人便也像是一滴水珠般的渺小与脆弱。于是，我便想到，当一个作者和一本书走进这一个世界性的书市，光荣之后便面临了灭顶之灾。

当时我并没有想到，一年之后的秋天，也就是一九八八年的十月，我和我的书在法兰克福国际书市的一角上出场了。

那一日，我从荷兰乘火车到达法兰克福，出

了车站，费了些时间才找到一辆出租，汽车穿过黄昏时分车辆如潮如涌的街道。街道上方悬挂了无数彩旗，以各国文字写着关于书籍的格言。成千上万面彩旗在傍晚晴朗朗的天空飘扬着，车辆无声地在街道里行驶，很像河水在河床里流淌。许多车辆渐渐汇集到通向书市的街道，然后停在书市前的广场上。广场上有各种国籍的人在分发书讯之类的宣传品，转眼间，我的手中已收集了好几份，只好塞进了垃圾箱。垃圾箱里满满的，遍地都是五彩的印刷精美的宣传品。

汉瑟出版社的编辑先生出来接我，向我谈了从现在起至明天晚上的计划，我见我的名字排在汉瑟出版社的摊位前的时间表上。总之，从这时候开始，我将每一个小时接受一位报刊或电台或电视台的采访与摄像。我看见了我的书陈列在书架上，以一幅中国画作封面，题名为“小小的爱情”，这“小”的德语的含义有“非法”“私情”等内容，其中收集了《荒山之恋》和《锦绣谷之恋》。在这样多的书里面，我想只有我自己注意到我的书。然而，从现在开始的每一分钟内，我都将扮演一个主要的角色，这又使我的虚荣心抬头了。我觉得自己是幸运的。

这天晚上，我将在一个名为假日酒店的旅馆里宿夜，天下起了雨，我独自一人带了我的行李乘一辆出租车去了旅馆。汽车转眼间驶出了灯光灿烂的大街，来到安静的郊野。四下里静静的，只听见汽车发动机沙沙的声响，迎面而来的车灯如闪电般掠过。我发现我们的车上了高速公路，前后左右有无数辆汽车默默地飞驰，四周是寂静而黑暗的田野。心中不由骇怕起来，腾腾地跳着，眼睛紧盯着前边那司机的后脑勺，不晓得此人会不会是歹徒。汽车在雨夜的公路上飞驶，法兰克福已在身后很远的地方。朝后窗看去，只见星星点点的灯光，而前方黑暗一片，只有无数车灯飞掠而来。心中不由绝望地想到，今晚要糟了。那司机一言不发，只顾飞车。雨越来越大，车窗模糊一片，什么也看不见了。我便也横下心来，什么也不去想，听天由命了。忽然，汽车一个转弯，眼前豁然开朗，出现一道光明。车停了，司机说了声到了，就开门下了车，到车后去取我的箱子。我懵懵懂懂地推门下车，见自己是在一个门厅前边，玻璃厅内射出明亮温暖的光芒，有穿了黑色制服的侍者在奔来忙去。我的旅馆到了。司机已从车后取下行李，帮我推到门前，我按计时表付了钱，他就和我说“谢谢”，而我却也不由得向他说了声“谢谢”。他看看我，忽然非常快乐地笑出了声。我不知道他笑我什么，也朝他笑。他极其仁慈地望了我一眼，钻进车去，说道再见，汽车转眼间驶进雨幕，在黑暗中消失了。

我到服务台要了“汉瑟”为我定妥的房间，取了钥匙，然后推了我的箱子上了电梯，走到房间。走廊里静悄悄的，没有一个人影，可是灯光明亮，心里十分安定。安顿下来，洗过澡，一上床便睡熟了。第二天早晨起床，拉开垂地的窗帘，见四周是一片农田，近处高速公路上，有甲壳虫似的汽车驶着。然后我就下楼吃早饭。

宽大的早餐厅里，已有一批客人吃完走了，又有一批客人刚到，侍者们不时端来一盘盘食物，又收走一摞一摞的脏盘子。女招待们端了茶和咖啡，沿桌问道：“要茶还是咖啡？”我找了一张桌子，慢慢吃我的早饭，一边审视周围和进来的人，有没有中国人。最终才出现两个亚洲人，可他们的态度与表情使我肯定他们是日本人，而不是中国人。他们走到食品台前，选了一盘食物，在角落的桌上坐下，很迅速地吃着，偶尔交谈几句。我很失望地结束了我的早餐，走出餐厅。正向电梯走去，不料身后追上一位先生，在我面前站定，一手扶着玻璃橱窗，一手叉腰，微笑地对我说，愿不愿意在一起吃顿饭、聊聊天。我问他是哪里来的。他大约是说从爱尔兰来的，又问我从哪里来，我说中国，来参加书市。他告诉我说这里有不少人都是为书市而来。他喋喋不休地说着，我听不太懂他说的，只懂他是要我与他吃饭。我问他道：你是作家吗？他说不是，只是个商人。我就说，对不起，我非常忙。他便让开，向我道了再见。回了房间，便听电话铃响，拿起一听，是一个男人的声音，说着英语问我是不是王安忆，他是从意大利来的作家，汉瑟出版社要他与我一起去书市，说十点钟就得出发。九点五十分时，我就下了楼，他早已等在门口。他拿给我看汉瑟给他出的新书，又要我的书看，我们很辛苦地聊着些闲话，随后就要了辆出租。

这个出租司机是一个健壮的、黄头发蓝眼睛的年轻人，他看上去很喜欢交友，一路话没停过。他告诉我们昨天他拉过一个南斯拉夫的作家，这是一位伟大的作家，写作小说和评论，出了十多本书，他的书又翻译成十多种文字。他拿出一本名片夹，抽出一张名片给我们看，意大利人看了就说，他知道这个人，确是一个非常有名的作家，我却不认识，很不好意思。意大利人又送了司机一张名片，以充实他的名片夹，可惜我没带名片，只能说下一次。可是，什么时候有下一次呢？书市的巨大超出了我的想象，总共十个大馆，每个馆有几层，每一层有几十排，以字母排列，每一排有数十个摊位，一眼望不到头。我们到达了我们的摊位，意大利人将我交给了我的编辑，然后与我庄严地握手，表示一次旅行圆满地结束。然后，一天的工作开始了。

这一天和昨日的一天，是面对记者和出版社开放的，到了明天，才开始向群众开放。浩浩荡荡的记者们在摊位间走来走去，出版商则留意着书的行情，然后着手谈判，购买版权。汉瑟出版社是一个历史很久并有实力的大社，自从出版张洁的《沉重的翅膀》获得成功之后，他们便将中国当代文学的翻译出版列入了日程。他们拥有庞大的宣传网络，具有将作家与书推出去的力量。当他们决定出一个作家的一本书，他们就做好了准备，要将这个作家和这本书推上引人注目的位置。我碰巧在了这个位置上，我了解其中的偶然因素，也了解其中商业化的含义。可是，我想无论出于什么原因，一个中国的作者，能够在一个世界性的书市上登场，应是一种幸运，至少我将此视作幸运。当今的时代，印刷术越来越发达，做一个作家，表达自己的机会越来越多。而这样众多的人一起得到机会表达自己，就好比成千上万的人一起在呼喊，各自的声音被淹没在声音的巨浪里。也许会有那么一瞬间，有一个声音能够突出，使大家都能听见。或者那一瞬间是出于偶然的机遇，比如其他声音正好一起沉默了、瞌睡了，或者有人选择了这声音与他们的利益发生关系，给了它一个麦克风使它响亮百倍。总之，那一个声音获得了这一瞬间，仅仅是一瞬间，这个声音也是快乐的。当无数照相机围绕了我，摄像机为我工作，记者静听着我朗诵我的作品并对自己作着解释和表白，我想我是快乐的。我想起了许多事情，其中有一件是一九八三年在美国，有一个人对我说，中国有什么文学？这时照相机的闪光灯组成一个耀眼辉煌的景象，我觉着自己成了这辉煌的中心。这是转瞬即逝的一刻，可是我想我为这一刻却做了长久的等待。我充满了虚荣心，想要表现自己，又缺乏行动的能力，我只能写啊写的，在一个虚拟的世界里快乐和悲伤。我渴望被更多的人知道和了解，这全是出于虚荣心，没有虚荣心我什么也干不了。我知道在我身前背后，在十个馆内，在几十层楼面内，在数以百计、数以千计的书摊上，有无数作家在面对电视、电台、报刊，陈述着自己。我很计较地去留心哪里热闹，哪里又冷清。得意过后心中又不免涌起一股凉意，我想我的声音终究是微弱和单薄的，转眼间被浩荡的风声卷没了。汉瑟出版社的经理先生问我，看见你的书在这样多的书里面，你有什么感想？我说，我骄傲。他又问，可是你的书几乎被淹没了啊！我逞强地说，再过几年，或十几年，我要我的书在这里不被淹没。他惊喜地说道：太好了！然后就拥抱了我，而我心中充满了疑虑。

我在浩瀚的书摊间寻找着我的朋友潘耀明先生，他是香港三联书店的副主编。香港几家书店，联合租了几个摊位。我到问讯处去查问，那里挤了许多人，然后问讯处的小组翻开一大本字典般的索引，找到了香港的摊位所在，抄在纸上递给了我。当我找到他时，他正在忙着出卖版权。晚上，我们各自结束了工作，走出了书市，外面在下雨。我们在雨中等待了多时，才等到一辆出租，拉我们到了一个中国餐馆。有一个五年前来自上海的跑堂，很爱说话，告诉我们由于书市的原因，生意兴隆，他们也格外地忙了。他点给我们看里面和外面的几桌，全是来自书市的出版商。他说他看过我的书，并要我们签字留念。就餐间，他带来他的妹妹，也就是餐馆的老板娘，一个削瘦的年轻女人。她手里拿了一张纸，纸上写了一个名字，问我们认不认识这个人，她说他是中国作家协会的会员，也是一名作家。我想了许久，没有想出来，便说不知道，说是中国很大，作协会员也很多，不是每一个都知道的。老板娘便收起纸退回了厨房。过了一刻，我们桌前走来了一个中国人，问道：是王安忆吗？我说是的。他自我介绍了，听是方才那纸上的名字，就请他在桌前坐了。他说刚来西德半年，语言很不通，在此家餐馆厨房打杂工，平时活儿忙得很，今天是老板娘允许了，让他和国内来的作家谈谈天的。见他是北方人的魁伟体魄，气质粗犷，留了胡子，脸色却憔悴，情绪低沉。他说在外度日非常孤独，一日一日过得艰难。他回想起在国内的情形，与梁晓声、张抗抗都是朋友。我们问他在此有何打算，他说前途很渺茫。他说了一阵，又默了一刻，然后告辞了，站起身朝厨房走去。望着他的背影，我们沉默了良久。我们想起没有问他是不是打算继续做一个作家。在这间餐馆里，作家是一个遥远而又现实的话题。

吃罢饭，我们出了餐馆，来到街上。天下雨，喷泉在雨中舞蹈，被灯光照耀得五光十色，又朦朦胧胧。我们走在豪华的商场的廊下，橱窗里的模特儿傲然而淡然地望着外面的世界。然后我们在街边等车，出租车很少几辆，有过去的又总载了人。在书市期间，出租车的生意简直好得不得了。系在树梢、横跨街道的彩旗被雨淋湿了，静静地垂在天空。我们等了许久许久，终于等到一辆空车的出租。汽车载了我又上了高速公路，驶在黑暗的夜幕中，国际书市上辉煌荣耀的景象，已经离我很远很远。我想，明天我就要走了，通过莫斯科的航线，回到中国，又将开始我那平凡的日日夜夜。

第二天早晨，雨停了，空气格外新鲜。我走过寂寞无人的走廊，到了服务台，交回我的钥匙，然后朝服务台为我叫好的出租走去。汽车里走出了司机，竟就是昨日载我和意大利人去书市的那一位。他早已认出了我，笑容满面地接过我手中的箱子，让我上车。然后，汽车上了去往法兰克福机场的公路。

他问我写过几本书，写的关于什么，翻译过几种文字，今天又将去哪里。他兴奋地说道，中国的菜是那么美妙，法兰克福所有的中国餐馆，他都光顾过，如果有一天他将去中国旅行，他就一定要参观厨房。我说，中国菜需要许多时间，在吃上面花这样多的时间，是很愚蠢的。他回过头，疑惑地看看我，然后说，他不同意。我送了他一张名片，他珍惜地插进他那本名片夹，让我的名片和世界各地其他作家的名片放在了一起。这时，机场到了，他放慢车速，探头看着机场前航空公司的标记，要找到我要去的那一家，可是终于没有辨认出来。他停下车，提着我的行李，非常非常担忧地嘱咐说，你要多问人，问讯问处，不要怕。我让他放心，说我一定能够找到我的伙伴，然后接过我的箱子，朝机场内走去。回身见他还站在那里，担忧地望着我，便笑着朝他招手，说道："再见！再见！"他这才钻进了车，走了。我心里满怀感激之情，他使我温暖地告别法兰克福，平静走上了我的归途。

一九八八年　上海

波特哈根海岸

一九九二年初夏，我去德国做文学演讲，汉堡的演讲结束，距离去波恩尚有几天时间。我对朋友老梁说，能不能替我在海边找一处便宜的旅馆，我到海滨度几日。他想了一会儿说，他有一个德国朋友克罗里雅是做旅行社生意的，德国统一之后，她去东边接受了爷爷的遗产，一所海边房屋，开了一个旅馆，我可以去她那里几天。我说那很好，我也想看看东边的海岸。他立即和克罗里雅联系，她说没问题，又问我会什么语言，老梁说会点儿英语。

这天中午，克罗里雅就来接我了。路上她对我说，波特哈根那地方的人都不会说英语，所以她为我找了个伴，一个中国学生，他也有兴趣去那里，正可为我解决语言的问题，我想这真是太好了。中途，我们就把这中国学生接上了。他来自北京，穿一件这年最流行的广告衫：“别理我，烦着呢！”是他家刚给他寄来的。一切都很顺利。汽车出了汉堡，往北去，经过吕贝克，不久就到了昔日的东部，道路明显地颠簸起来，路边的房屋也有些陈旧。

我想波特哈根不是著名的海岸，它在我曾经去过的特拉沃明德的东边。看上去它好像还处在初创阶段，风把海滩上的沙粒吹来，盖满了道路和空地。这海滨仅有一家商店，建在一个简陋的仓库般的平房里。餐馆倒有不少新建的，已透露出一点浮华的度假气氛。但它们星星点点的，呈分散状态，加上门前空地上的流沙，依然有一种荒凉的气氛。餐馆里的厨师我想大约就来自本地的渔村，菜的味道不怎么样，鱼煎得又老又干，服务的技能也不熟练，总有些手忙脚乱的。我们住在克罗里雅的旅馆，这是一个四四方方无甚情调的建筑，楼下的大厅倒很有气派，穹顶高大，空空荡荡，是那种古老的大厅。这里的客人都来自于东部，像我们这两个中国人是仅有的外宾。吃早餐时，大厅坐满一半，小姐们神情紧张地来回奔跑，送茶送咖啡。距离海岸一刻钟汽车路的是小城格瑞佛斯谬伦，是那种人人都相识，低头不见抬头见的小城。像我这样一个中国人走在街上，便招来好奇的注意的目光。小街的石头路面很有风味，早晨的集市也令人亲切。从小城到海岸是走的乡间公路，两边是农田，大树笔直，草籽成熟。

这个朴素的海滨，还带有往日渔村的面目，这里的人们似乎还留有渔人的表情。海面漂浮着肮脏的水草和泡沫，海滩的沙子很粗砺，通向海水的栈桥又宽又长，木桩扎进海底。走向栈桥那端，风便迎面吹来，叫人想起打渔出海的日子。

开头的几天过得很顺利，我和那学生白天在海滩，他游泳，我看书，或者一起去游船，等太阳落下，我们便去喝咖啡聊天，克罗里雅还和我们驱车去附近一个磨坊餐馆消磨了一个夜晚。这和所有的海边度假一样，悠闲而轻松，时间过得飞快。太阳一下子把我们晒黑，脱了一层皮。那几天人人都在谈天气，已有几十天没下雨，草都黄了。到了第三天早上，那学生要回汉堡参加期末考试，克罗里雅为生意事也要在当晚回汉堡，而我已通知波恩下一天去，我必须单独在这里度过一天一夜。

送走那北京学生，克罗里雅就开始为我担心，她说这里人不会说英语，你吃饭怎么办，喝饮料怎么办，明天坐火车又怎么办。我说全部没问题，你只需为我定一部出租车明天送我。克罗里雅说你遇到任何困难，只要是今天六点钟以前，都可到办公室来找我。等克罗里雅进了办公室，便剩了我自己。我独个儿走向海边，太阳热辣辣地照着我。

这一天的海边如同每一天一样拉开了帷幕，人们从远处走来，背着橡皮筏子或者救生圈，还有浴巾书本什么的。他们在这一个炎热的假日走向海边，租下一座帐篷，然后开始安营扎寨。人们竖起栅栏，晾上浴巾，再换好泳衣。海滩上渐渐热闹起来，新的一天又开始了。我走上栈桥，趴在木栏上，看人们戏水，游向深水处的人转眼间变成一个黑点，被白亮的海水融化。我看着海水一点点闪亮，好像看着时间一点一点走过，我忽然发现时间过得极慢，一天的时间漫长得没完。我走到栈桥到头的地方，眼前便全是大海，无边无际，无波无浪。我忽然还发现看海其实是什么都不看，是视野的虚空景象。我迫使自己去想一些什么，思想却从海面滑行过去，一下子散开了。思想就好像在冰面上步行，止不住脚步。也没有诗情产生，心也变成虚空的景象。我无哀无乐地，站在栈桥尽头看海。我向望远镜里投了硬币，再从望远镜里看海。望远镜里的海更加虚空，它将这虚空放大了。我什么感觉也没有，什么知觉也没有。一个人看海，时间变得无限，空间也变得无限，只有风是有形有界限的，它吹过来时，人好像有了可依附的实体，不致在天海之间沉没。

一个人在海边，心里变成一个空洞，里面什么也没有。我在栈桥那里怎么也呆不长，这种空洞的感觉叫我受不了，一分钟好像一百年。我受煎熬似的站在那里，不一会儿就返身走去。我在树林间的沙地上散步，又去喝可口可乐，可过一会儿我又要去栈桥，好像我除此以外没别的去处，那里就像我的家。走在栈桥上我的脚步还很坚定，气昂昂的，风迎面吹来，带有一种行板的节奏。我刚一走到顶端，海水浩渺，心里又陡然地被掏空。我空空洞洞的，好像成了一个人壳，站在那里。时间又一次停滞。海水和天空一样渺茫，深不见底，它一下子将人这种东西消化了，灵魂荡然无存。我觉得自己好像没了，就又离开栈桥，让海风从背后吹着我。

然后，我就去餐馆吃饭。坐在餐馆，心里似乎踏实了一点，魂也回来了。我一个人慢慢地研究德语菜单，寻找那些与英语接近的字。我找到一种菜，看懂其中有鱼，有土豆，还有奶油。这三样东西都是我了解的，于是便要了它。菜端上来却叫我扫兴，鱼是那种生腌的咸青鱼，土豆是碗大的一个，中间破开，浇上一堆奶油。无论如何，东西一口口咽下肚，人就好像充实了一些，不再那么无根无须，飘摇不定。散落的心这时候又一点点聚合起来，复原成形。接着，我又去找克罗里雅，只是为了与她说几句话，似乎这可进一步证明我的存在。克罗里雅正忙着，看见我便又流露出忧虑的神色。这一次她劝我同她一起回汉堡，从汉堡去波恩也是一样。我坚决不回汉堡，回汉堡似乎有种半途而废的味道。她只得再一次向我描绘格瑞佛斯谬伦火车站的地形，一共有两个站台，要穿过地下道，越过第一站台才是去波恩的方向。

和克罗里雅聊过天我又去海边，在这里除了海边没有其他地方可去，条条道路都通海边。太阳已经西去，海水的颜色有些变幻。人们陆续上了岸，换上衣服收拾起东西踏上归途。这时候，另有一些新人来到，他们显然是住在附近，穿着泳衣径直走来。他们大多是些孩子，我想他们刚刚下课，撂下书包就走了来。男孩子还是孩子，女孩子已经袅袅婷婷，一律四肢修长，身躯结实，她们三三两两走在栈桥上的情景叫人赏心悦目，从心底里高兴。

这一回深海处有了一艘帆船，在浩荡无边中缓缓移动，是虚空中的一个斑点，抓挠着你的心。落日在如此浩瀚的洋面上也弄不出什么细节，每一种光色都巨大得没有边缘，看不见变化的界限。栈桥上的人也渐渐回家，只剩下默不作声的几个。一个人看海其实是危险的事情，无依无助的，一下子便被挥发了，像一股气体。看海的人都感到彻心的寂寞，除了寂寞，还是寂寞。

夜晚，我推开窗户，想听听涛声，却万籁俱寂。我敛声屏息很久，似乎感觉到涛声来临。那也是浩大无边，渗透了空间，于是便成为另一种寂静，一种有声的寂静。窗外黑压压的，只看见有树林子，影影绰绰，渔村的景色从夜幕上浮现出来，人们在等待出海人归来。半夜时分，睡梦中听见远处滚来隆隆的雷声。然后下雨了，细密的雨落地无声，落海也无声。第二日起来，温度骤降，好像一雨成秋。吃过早饭，我又往海边去。天上飘着零星雨点。我踩着湿润的沙粒，往海边去。远远地，我看见栈桥，远远伸向海里，空无一人。有几个孩子在海水里游泳，发出怕冷的尖锐叫声，还有笑声。我踏上空无一人的栈桥，木板在脚下作响。海风吹来，夹着雨点。一个人向海走去，海岿然不动，有一种时空停滞的状态。我走着走着就要回头去看岸，岸渐渐离我远去。这一回我觉得栈桥无尽似的漫长，我孤零零地走在上面，像一个孤儿。我没有走到头就折回来，涉过沙滩，走向我的房间。我从房间里提起收拾好的皮箱，来到楼下服务台，不一会儿，就有一个高大的男人朝我走来。我们言语不通，没法交谈，但彼此都知道，心领神会。他提起我的箱子，领我坐上汽车。

汽车在雨中的公路上行驶，小雨成了中雨，两边的景色格外醒目。我们没法说话，他就自己哼歌，一直到了火车站。事先克罗里雅一定详细交代了他，他负责地带我买票，穿过地下道，来到第二站台。这个火车站小得惊人，是那种偏僻小城的车站，这里只有一个卖票的，一个广播员，还有一个站长。当火车要进站，站长便走出小屋，跨过铁路，来迎接列车。站台上只等了五六个乘客，分别上了不同的车。然后，去波恩的车从东边开来，那司机将我送上车，向我挥手告别。就这样，我离开了波特哈根海岸。

我拖着箱子走过几个车厢，才找到比较空的一个，里面坐着一对老夫妇，显然是东部人。那老妇人有一双粗糙的手和一双白翳严重的眼睛，她看哪里，白翳就向着哪里。那老人则是一对假肢，那假肢做得十分粗糙，就像两捆劈柴，每当活动，便吱吱作响。他穿了一件海魂衫，我觉得他像一位第二次世界大战的老兵。那老妇人是个嘴碎的人，可惜我没法与她交流，她便自言自语，一边吃着手巾包里自家烘焙的点心。火车一站一站向前，过了吕贝克，又过了汉堡，一直到波恩前一站杜思道夫，进来一位先生。他问我是哪里人，我说中国人，他便欣喜地说，我是你的邻居，印度人。这时候我发现，我开始说话了，我的耳朵和舌头恢复了知觉。波特哈根已留在身后很远很远的地方，太阳也出来了，身上残留的海的咸湿气，一下子蒸发干了。

一九九二年　上海

等待歌星

一九九二年去柏林，住柏林文学社，一条绿荫遮地的小街，通向繁华的库当大街。重要的事情似乎都在这里发生。当日下午，就是大游行，反对南斯拉夫内战。第二天上午是同性恋游行，浩荡的队伍，走一程，停一程，停下来便躺倒在地，身底铺一张白纸，上写“艾滋”字样，表示视危境为坦途。第三日的节目是在晚间，欧洲足球锦标赛半决赛，德国队在数名强手负伤不能上场的情况下，战胜瑞典队，进入决赛，于是，欢乐的人群涌上大街，吹号奏乐，直至凌晨。即便是平常的日子，库当大街也散布着一些事端的细枝末节：沿街的摊贩，兜售的是苏联红军的军帽、勋章，还有成堆的纪念章，其中有列宁的头像，有领袖时期的像，也有婴儿时期的像，一马克一个。印度人散发反政府的宣传品，南美人唱他们的家乡歌，流浪汉在招人赌博。

库当大街的一头，是著名的大教堂，一九四三年被拦腰炸断，战后，修整了旧教堂的废墟，同时在旁边按原样另起一座教堂的尖顶，一新一旧，身首异处，铭记着惨痛的教训。教堂周围的空地，是人们集合玩耍的地方。摇滚歌台是搭在这里的，大游行的队伍走到这里就到了头，演讲在此开场。在那特别漫长的黄昏里，人们散步到这里，就停留一时。站在教堂前的广场，看熙攘的大街，是身在局外的旁观者角度，心里很安宁。

教堂前有着替人画肖像的画家，一伙伙的，其中有一伙显然是来自中国大陆的学生，有七八个人，外加一个波兰人，略微保持着距离，有些落寞的样子。搭讪着问他们，这人为什么加入到这里来，回答说，很自然的，社会主义和资本主义各自为阵营，本来还有捷克人什么的，后来终因画不过中国人，离去了，现在还剩一个，怕是也不能长久的。他们边说边大笑，笑得很放纵，有些疯。波兰人的背影显得孤单而宁静。

据称，柏林的街头肖像画是欧洲价格最高的，画一幅四十马克。画分两种：一种是写实的肖像，用炭笔；一种是漫画，“克利拉多”，是彩笔画，画完后都要喷上胶定色。生意不多，却也不间断，基本是一两人画着，六七人闲着。

闲着的人便鼓动着看客，怂恿来一张。有人看一时就拔腿，还有些则流连忘返，希望就在这些人中间。一个相貌端正的老妇人在长久观察比较斟酌之后，选定那个年轻清秀的杭州人，杭州人手里忙着给一个少女画肖像，边上的同伴就有意做这笔生意，杭州人也同意，老妇人却执意要他画。我想她一是因其技术好，二是因他形貌清纯可爱。他是这群人中最年轻阅历最浅的一个，刚来柏林半年，国内还有个女朋友，等着他创造条件接她出来团聚。他看上去信心很足的样子，一切都在开始之中，不像其他的几位，比他谙熟柏林的世事，因而也显得疲倦一些。有个从日本转道而来的上海人，大约是遇到了我，老乡见老乡的缘故，或是有别的原因，他突然间情绪低落，没了做生意的兴趣，双手插在裤袋，立在一边，看着眼前的人群，发着牢骚。他说，每个人都是盲目的，不知道为什么在这里，挣钱不容易，成功更没指望，和德国画界根本搭不上话，在国内还能接触西方现代艺术，到了欧洲反倒不知道西方艺术在哪里了！一切都是茫然的，他越说越激昂，眼睛里甚至闪起了泪光。我想岔开话题，好让他平静，就劝他也去拉生意做，他却不干，赌气似的立在那里，说是他们都这样，一阵一阵的，今天你情绪上来了，拼命拉生意，一日可做二三百马克，明天就轮到他上情绪，而你却落下来了，就是这样，此起彼落的。

在这期间，有一群中学生闹哄哄地围观着，其中一个流露出想画的意思，却被同伴们嘲笑了，还将他朝这边使劲推，他红了脸，极力站住脚，随着伙伴们一起走了。走了几步，又回来看看，可一旦有招徕他的，便又红了脸跑开，几次三番，终于下了决心。他显然是手中钱不多，又十分想画，便接受了一位北京女生半价的建议。这位女生不是学美术出身，是到了柏林后才开始画的，手生得很，形也抓得不怎么准。好在西方人一概轮廓鲜明突出，容易造型，所以也把这碗饭给混了下来。但有时不得不减半价，这一天，她总共画了三张半价的了。她先是给那少年画了张“克利拉多”，不料少年是要肖像，于是再画肖像。画像过程中，少年的伙伴们便在旁边起哄，少年则手足无措，无地自容，后来，他咬咬牙，豁出去了，伙伴们终也闹得没趣，走开去别处玩，这边才安静下来。

这晚，生意做得最专注积极的，是一名山东籍男生，他问我去没去过美国，又问美国的中国画家情形，问得很具体，谁有无和画廊签约，谁有无买房子，纽约的房价又如何。我尽我知道的回答他，感到他像是酝酿着什么计划，就问他是否想去美国。他并不正面回答，只说，柏林太沉闷了。

这时，广场上走来一个女人，笑容可掬的，这边又一次欢腾起来，纷纷与她搭话。女人已到中年，矮胖的个子，衣着很邋遢，头发也肮脏，粘腻成一股一股，手里提着一个破旧的布袋。这是一个老主顾，多年来她总是光顾他们的生意，她不是为自己画像，而是替一位男歌星。她崇拜这名歌星，收集这名歌星的照片，拿来请画家们肖像，说等歌星到柏林来，她要请他在肖像上签名，这样，肖像就值大价钱了。他们几乎每个人都替歌星画过肖像，可至今也未听到歌星来柏林。这一次，她先从袋里摸出一个橡皮做的玩具鸭子，介绍说是一九五〇年生产的鸭子，两马克一个，现在她要以二百马克的价格出售，因为它已经有四十年的历史了。

她胡吹乱侃了半天，大家也逗着她解闷，疯了一阵。最后，她拿出一本杂志，翻到最末一页，指着指甲大小的一张照片，请其中一位替他肖像。这时，天色终于暗了，街上的人也稀了，有几位收拾了画架准备回家，明日再来。路灯亮起，凑着路灯端详照片，发觉还是那歌星，不过，歌星显见得已经老了。女人说不久他就要来柏林了。

一九九七年四月十九日　上海

图书在版编目（CIP）数据

旅德故事 / 王安忆著 . —上海 : 文汇出版社，
2022.8
ISBN 978-7-5496-3832-1

Ⅰ.① 旅…　Ⅱ.① 王…　Ⅲ.① 散文集－中国－当代
Ⅳ.① I267

中国版本图书馆 CIP 数据核字（2022）第 123184 号

旅德故事

作　　者 / 王安忆
责任编辑 / 戴　铮
封面设计 / 裴雷思
版式设计 / 汤惟惟
出版发行 / 文匯出版社
上海市威海路 755 号
（邮政编码：200041）
印刷装订 / 上海颛辉印刷厂有限公司
版　　次 / 2022 年 8 月第 1 版
印　　次 / 2022 年 8 月第 1 次印刷
开　　本 / 889 毫米 ×1194 毫米 1/32
字　　数 / 172 千字
印　　张 / 10.25
书　　号 / ISBN 978-7-5496-3832-1
定　　价 / 68.00 元